los chicos sí que lloran

LEAH KONEN

Bruño

Título original: *The Romantics*
Texto: © 2016 Alloy Entertainment y Leah Konen
Ilustraciones de cubierta e interior: © 2016 Jordan Sondler
Publicado por primera vez en inglés en 2016 por Amulet Books,
un sello de Harry N. Abrams, Incorporated, New York.
Todos los derechos reservados en todos los países
por Harry N. Abrams, Inc.

© 2017 Grupo Editorial Bruño, S. L.
Juan Ignacio Luca de Tena, 15
28027 Madrid
www.brunolibros.es

Dirección Editorial: Isabel Carril
Coordinación Editorial: Begoña Lozano
Traducción: María Jesús Asensio
Edición: María José Guitián
Preimpresión: Mar Garrido

ISBN: 978-84-696-2093-9
D. legal: M-6625-2017

Reservados todos los derechos. Quedan rigurosamente prohibidas, sin el permiso escrito de los titulares del *copyright*, la reproducción o la transmisión total o parcial de esta obra por cualquier procedimiento mecánico o electrónico, incluyendo la reprografía y el tratamiento informático, y la distribución de ejemplares mediante alquiler o préstamo públicos.

Este libro está dedicado a todos los románticos
que hay por ahí: vosotros ya sabéis quiénes sois.

Nunca dejéis de creer.
(Los demás dependemos de vuestro optimismo.)

notas de amor

NO, NOTAS ACERCA DEL AMOR, NO. NOTAS DE AMOR, con preposición; es decir, notas mías.

Soy el Amor, vuestro narrador de confianza. Citado con frecuencia, incomprendido las más de las veces. Muy imitado pero imposible de duplicar; algo así.

Por eso estoy aquí —desprendiéndome de mi manto de misterio, hablándoos claramente—, para contaros una historia de amor. Una verdadera historia de amor, en la que, de hecho, participo.

Varias normas antes de empezar… Una guía, si os parece, para entender el Amor.

Regla número uno:

Nunca os pediré que toméis veneno, que os dejéis caer sobre la espada de vuestro amante, que os convirtáis en una especie infrahumana, que libréis una guerra ni que en general os causéis daño físico o se lo causéis a otros. Eso es cosa de libros e historias, no de la vida real.

Regla número dos:

Puede que no avise con mucha antelación. Es muy posible que esté a la vuelta de la esquina y no tengáis ni idea. A veces ni yo mismo sé dónde estaré: soy el Amor, no un dios omnisciente.

Regla número tres:

No puedo evitar que vayáis detrás de quien no os conviene. Hasta es posible que creáis que me habéis encontrado cuando no es así.

La gente se las arregla para verme en las situaciones más absurdas: en un beso a escondidas con el novio de tu mejor amiga; en las dulces palabras del guaperas que te pide que te dejes llevar en el sofá del sótano de su casa. Eso es amor verdadero, decís, ¡y ahora es cuando suena música de fondo, se atenúa la luz y se activa un filtro que os da un aire soñador y romántico!

Siento decepcionaros, pero, en muchas ocasiones, ese no soy yo.

Os remito a la Regla número uno. Romeo y Julieta; Arturo, Lancelot y Ginebra; Marco Antonio y Cleopatra; Bella y Edward: la historia y la literatura están llenas de ejemplos de personas que tomaron malas decisiones en, ¡ejem!, mi nombre.

Mirad, los seres humanos cometen muchos errores. Yo no. Creedme aunque solo sea esta vez.

Me gustaría que olvidarais todo lo que sabéis sobre el «amor verdadero». El de verdad no os vuelve egoístas ni miopes. El amor verdadero os hace mejores de lo que jamás imaginasteis.

Entonces, ¿cómo me podéis encontrar? Bueno, en realidad soy yo el que os encuentra a vosotros. Seguid leyendo.

Regla número cuatro:

En algún momento apareceré en vuestra vida.

Os lo prometo: da igual que tengáis unos brillantes ojos verdes o la cara llena de granos; da igual que viváis en París, en un apartamento con vistas al Sena, o en lo más profundo de Indiana, en una granja con vistas a las vacas. Cuando os toque, allí estaré. Y, si me dejáis, os ayudaré.

Regla número cinco:

Yo no puedo controlaros, ni tampoco al doble de Harry Styles que está en vuestra clase de matemáticas. A la hora de la verdad, todo depende de vosotros.

Dicho esto, es de todos conocido que doy empujoncitos, pequeños pero eficaces.

Regla número seis:

A veces el momento que elijo para presentarme es un poco delicado.

Pongamos por caso a Gael Brennan. Es un chico serio, con las ideas claras. Un Romeo convencido de que ha encontrado a su Julieta. Está en el último curso de Secundaria en Chapel Hill, en Carolina del Norte, y no tiene ni la menor idea de lo que le aguarda.

Está a punto de perder la fe en mí. Y me fastidia reconocer que eso es en parte culpa mía, lo creáis o no. Lo sé, lo sé, he dicho que yo no cometo errores…

Y así es.

Bueno, así era.

Pero voy a hacer todo lo que esté en mi mano para arreglar este desaguisado.

Porque hay una razón por la que mi querido Gael me necesita. Una muy importante. Y digamos que no se trata de si tendrá a alguien con quien ir a la fiesta de fin de curso...

Sin duda, gran parte de lo divertido de mi trabajo radica en el desafío. Lo cual me lleva a la:

Regla número siete:

Puedo ser creativo.

Antes de que pongáis reparos, dejadme que os diga que, como prometí en la regla número cinco, el libre albedrío permanece intacto. Yo no puedo obligar a la gente a que haga nada. No tengo un carcaj lleno de flechas ni un armarito lleno de pociones.

Pero eso no significa que no tenga mis métodos...

salto al primer «te quiero»

GAEL SE MORDÍA EL PULGAR CUANDO *LOS PÁJAROS*, de Alfred Hitchcock, terminaba con el plano de un paisaje inundado de plumas.

—¿Te ha gustado? —le preguntó a Anika nervioso.

Era muy posible, incluso probable, que no le hubiera gustado. Cierto que ya habían alquilado *Vértigo* y que a ella le había encantado. Y que había visto *Psicosis* por su cuenta, pero él siempre había pensado que esas dos películas gustaban con más facilidad. *Los pájaros* era mucho más rara. Aunque Anika era bastante rarita, pero aun así.

—Sí.

Anika sonrió, se comió la última barrita de Snickers Mini, que siempre robaba cuando se pasaba por casa de Gael, y se apretó contra él en el sofá. Estaban acurrucados en el sótano-sala de ocio, que era un espacio cómodo, feo, con paredes revestidas de madera, carteles desvaídos, una alfombra descolorida, que de alguna manera resistía desde la época de estudiante de su padre, y un enorme televisor de pantalla plana. Era el único lugar que se había librado de la meticulosa decoración de su madre y carecía del encanto de las habitaciones de arriba, pero era el preferido de Gael.

—Bueno, puede que te hayas pasado un poco elogiándola —continuó Anika, frunciendo los labios—. Pero no esperaba menos.

Ella sonrió y Gael se permitió observarla: aquel pelo oscuro y brillante recogido en gruesas trenzas en la coronilla, que hacían que pareciera una campesina de armas tomar; aquellos ojos grandes que crecían aún más cuando se ponía graciosa o quería dejar algo claro; aquella boca pequeña y sobria... Era una chica preciosa, perfecta, lo bastante peculiar como para que le gustara esa película (casi) tanto como a él.

A Gael la palabra «amor» se le pegó en la mente como un sándwich de crema de cacahuete en el paladar. Tan rico y a la vez tan incómodo... (o eso dicen. Desde mi posición en el mundo, no es que pueda permitirme muchos sándwiches de crema de cacahuete, precisamente).

Era 18 de septiembre, había pasado un mes desde el día en que se habían besado por primera vez, algo que él habría celebrado por todo lo alto de no ser porque Anika no hacía más que repetir lo molesto que era que su mejor amiga, Jenna, se empeñara en mantenerla al tanto de su relación casi semanalmente.

Él sabía que un mes era pronto para decirlo. Y, sin embargo, parecía tan natural, tan pertinente...

Gael la abrazó con más fuerza cuando Anika se le acurrucó en el pecho. Notaba su cuerpo cálido y suave contra el suyo. Su familia y él habían pasado infinidad de horas viendo películas en aquel raído sofá del sótano, pero desde que su padre se había ido de casa, las veía casi exclusivamente en su habitación. Por alguna razón, con Anika le parecía bien estar allí abajo otra vez. Siempre le quedaría la pena de lo que había sido, pero al menos ahora cabía la esperanza de lo que podría ser, también.

Gael le acarició las trenzas a la vez que lanzaba una ojeada al reloj del reproductor de Blu-ray. Eran las nueve y media pasadas, y los fines de semana Anika tenía que estar en casa a las diez de la noche. A ella le traía sin cuidado el toque de queda, pero a Gael sí le importaba mostrar a sus padres lo mucho que respetaba sus normas.

Anika levantó la vista y le miró con picardía.

—No es que sea una película muy romántica —comentó, esbozando una sonrisita—. Aunque supongo que es más romántica que el maratón de *Battlestar Galactica* que te impuse yo la semana pasada. Imagino que tendremos que compensarlo —añadió después, sin bajar la mirada.

Anika le pasó las manos por el pelo y él se estremeció al notar en el cuero cabelludo las yemas de sus dedos. Entonces ella le buscó los labios con los suyos.

Gael se separó.

—Espera.

Aquellas dos cruciales palabras le quemaban en el fondo de la garganta, donde llevaban unos días alojadas. Anika ya le había dicho que no podría pasarse por su casa al día siguiente porque tenía que estudiar, lo que significaba que si no se apresuraba a decirlas, tendría que esperar otras cuarenta y ocho horas. Y para un romántico[1] como Gael, ese era un periodo de tiempo insoportablemente largo.

Anika le dio un piquito juguetón.

—¿Por qué? Te aseguro que no soy una maníaca disfrazada. —Le besó otra vez, arqueó una ceja y le preguntó—: ¿O sí?

Anika tenía la cara colorada. Estaba tan increíblemente guapa que Gael supo que no podría evitar soltarlo en aquel momento.

—Quería decirte algo.

—¿Que eres un maníaco disfrazado? No pasa nada —replicó Anika, y le atrajo de nuevo hacia ella, dejando claro que no tenía ningún interés en hablar.

Él la besó brevemente y volvió a echarse para atrás.

Le parecía que iba a estallar, pero en el buen sentido. Notaba un hormigueo en la punta de los dedos. Tenía la impresión de que él podría hacerlo bien, aunque sus padres no pudieran. Se preguntó cuánto tiempo llevaba sin

---

[1] Romántico: aquel que cree a rajatabla en el amor en estado puro e imprime esos sentimientos en todas sus relaciones. Puede espantar parejas, caer en enamoramientos indebidos y realizar desesperados intentos de convertir la vida en una película llena de glamurosos actores del Hollywood de antaño. Aunque también puede gestar algunas de las mejores, más inspiradoras y profundas relaciones que puedan darse.

parpadear y pensó que era entonces o nunca (yo, por mi parte, me preparé para lo que no dudaba que, inevitablemente, sucedería a continuación).

—Solo quería decirte que te quiero —soltó.

Yo capté rápidamente el ataque de pánico que empezó a atisbarse en el rostro de Anika y en ese momento provoqué una fuerte ráfaga de viento que entró por la diminuta ventana del sótano. Rozó los bordes de un póster de Pokémon que estaba pegado precariamente a la pared del sofá con cinta adhesiva vieja y, en un instante, el cartel se les cayó encima.

Gael se desembarazó del póster y preguntó:

—¿Estás bien?

—Estoy bien —se apresuró a responder Anika.

Como me esperaba, Anika aprovechó la interrupción para recomponer el gesto. El pánico había desaparecido.

Fue entonces cuando Gael se dio cuenta de que ella no lo había dicho a su vez.

—No te sientas obligada a responder enseguida. Ya sé que solo llevamos un mes..., pero es que, bueno, me parecía que tenía que decirlo. —Anika asintió con la cabeza—. No te habrás mosqueado, ¿verdad?

Gael se quedó mirando el póster hecho trizas que estaba a su lado, en el sofá, y vio que los desorbitados y alegres ojos de Pikachu le devolvían la mirada. Se obligó a sí mismo a dejar de morderse el carrillo y la emprendió con la uña del pulgar.

Anika vaciló un angustioso momento, pero enseguida le agarró de la barbilla, ladeándole la cara hacia la suya.

—No —contestó, y le besó larga y profundamente. Cuando se apartó, sonreía otra vez—. Te veo este fin de semana, ¿vale?

Gael habría jurado que había visto indicios de amor en sus ojos.

Y yo también, porque él no se habría lanzado con tanta rapidez de no haber sido por mi error.

Aún no había llegado el momento de actuar, pero sabía que muy pronto tendría que poner mi plan en marcha.

Estaba impaciente.

el segundo peor día de la vida de gael

AUNQUE LLEVABA A CUESTAS SU ENORME SAXO TENOR, Gael caminaba con paso ligero en dirección al aula de música antes de las clases.

Era martes, 2 de octubre: hacía exactamente dos semanas que Gael le había dicho a Anika que la quería (sí, contaba los días). Las hojas de los árboles empezaban a cambiar de color y la temperatura comenzaba a descender. Todo era como debía ser: el mundo no había implosionado como consecuencia de su prematura declaración.

Cierto, puede que Anika no hubiera dicho las palabras todavía, pero parecía decirlas de otras maneras: con el mensaje que le enviaba por las noches, antes de irse a la cama; cuando le recordaba los deberes de cálculo avanzado siempre que a él se le olvidaba anotarlos; cuando entrelazaba los dedos con los suyos y le daba un pequeñísimo apretón en la mano...

(Atención, difícil momento de la verdad: si alguien quiere responder «te quiero», simplemente lo hace.)

A veces Gael y Anika iban juntos al instituto en coche, pero el día anterior ella le había dicho que toda esa semana llegaría media hora antes para practicar la flauta; quería optar al puesto de solista y las pruebas eran el viernes. Sin embargo, esa mañana había decidido sorprenderla y llegar temprano él también, con flores, nada menos. Claveles rojos. A Anika le encantaba el rojo.

Gael atravesó el aparcamiento, casi vacío, y cruzó el patio y las dobles puertas traseras, cuyos chirridos daban la impresión de ser más fuertes en la quietud matinal. En el instituto se respiraba una extraña calma a aquella hora tan temprana. Los pasillos parecían más grandes al no haber nadie en ellos; las taquillas estaban todas cerradas de manera uniforme. Las huellas de pisadas en el polvoriento linóleo eran la única prueba de que por lo general allí había centenares de jóvenes. Gael se encaminó hacia el pasillo central y giró a la derecha en dirección al aula de música, llevando las flores con orgullo, pero en aquel brillante y abarrotado lugar solo había dos chicos con trompeta; ni rastro de Anika. Gael dejó el saxo, se ajustó las cintas de la mochila y miró su reloj. Estaba seguro de que Anika le había dicho que estaría allí a aquella hora, y entonces pensó que a lo mejor se habría olvidado algo en el coche.

Gael aún caminaba a paso ligero cuando volvía a cruzar las puertas dobles y marchaba por el asfalto hacia el aparcamiento. Hacía fresco pero brillaba el sol: era un buen día para estar enamorado y hacer algo bonito por tu chica.

El coche de Anika —un Volvo destartalado amarillo-mantequilla que le iba a la perfección— se encontraba unas filas por detrás del suyo, pero ella no estaba.

Para cuando volvió al aula de música —por donde Anika seguía sin aparecer— empezaba a llegar más gente y los pasillos cobraban vida lenta y soñolientamente. Decidió echar un vistazo a su taquilla.

Gael la divisó desde un extremo del pasillo. Llevaba melena, el pelo suelto, largo y ondulado. El pelo de Anika, distinto siempre, era una de las cosas que más le gustaban de ella.

Aceleró el paso y entonces vio a alguien detrás de Anika. Alto y musculoso, con unos ojos alelados muy abiertos, pelo revuelto y la espalda ligeramente encorvada: Mason, el mejor amigo de Gael. Mason nunca llegaba pronto al instituto. Normalmente se presentaba de cinco a diez minutos tarde a la primera clase y conseguía salirse con la suya porque él era Mason, y todo el mundo adoraba a Mason.

Mason y Anika se miraban el uno al otro cuando ella cerró la puerta de su taquilla. Estaba tan concentrada en él que ni siquiera vio a Gael parado a unos metros de distancia.

Gael nunca había sufrido un accidente de tráfico, pero fue exactamente como la gente lo describía. Todo se ralentizaba y se acentuaban los detalles: la hora del reloj, la afinada voz de la radio y el alarido prolongado anterior al crujido del aluminio, el olor a goma quemada y el destello de luz blanca.

Así fue cuando sus padres le dijeron que se separaban.

Y así era en aquel momento.

Se oyeron los portazos de otras taquillas, tableteando una detrás de otra, y los agudos chillidos de un grupo de chicas de primer año; los ojos de Gael estaban fijos en los de Mason cuando este se inclinó, lenta, confiada y directamente, como si fuera un péndulo que se aleja como nunca antes lo había hecho, y besó a Anika en los mismísimos labios.

(Para que conste, yo había intentado suavizar el golpe para el pobre Gael. El timbre de clase sonó exactamente doce segundos antes de tiempo, y al doble del volumen habitual. Pero no sirvió de nada. Anika y Mason no podían dejar de mirarse el uno al otro.)

Tras besarse durante unos infinitos y angustiosos segundos, Anika se echó para atrás y dijo:

—¡Para! Todavía no he hablado con Gael.

Gael estaba paralizado, y las palabras salieron de su boca casi sin querer.

—Estoy aquí.

Anika y Mason se giraron rápidamente, como escolares pillados en falta.

—¡Gael! —soltó Anika—. ¿Qué haces aquí? Tú nunca llegas tan pronto.

—Él tampoco —repuso Gael, escupiéndole las palabras a su amigo, y luego le dijo a ella—: He venido para darte una sorpresa.

—¡Oh! —exclamó Anika, contemplando las flores que Gael sostenía en la mano.

Las tenía dirigidas hacia el suelo, como si hasta ellas hubieran perdido la esperanza; Gael se sintió ridículo al instante. Abrió la mochila y las metió dentro: ya no podía ni mirarlas.

Mason cambió de postura sobre sus largas y enormes piernas y empezó:

—Oye, tío...

Aunque Anika reaccionó enseguida.

—Gael, quizá deberíamos hablar a solas.

Mason vaciló, pero Anika le miró con los ojos entrecerrados y los labios fruncidos, como hacía cuando deseaba que Gael dejara de hablar de películas clásicas; al parecer, el lenguaje sin palabras que compartían Gael y Anika ahora pertenecía también a Mason.

Mason asintió con la cabeza y se marchó arrastrando los pies. Una parte de Gael quería salir tras él, echarle mano, preguntarle qué demonios creía que estaba haciendo con ella, pero no podía apartar los ojos de Anika.

Esta inspiró profundamente y pasó los dedos a lo largo del listón superior de su taquilla. Luego, fijando los ojos en él y sosteniéndole la mirada, le puso cara de «vamos a hablar». Era una de las cosas que más le gustaba a Gael de ella, lo seria que podía ser. Anika tenía coraje. No muchas chicas de secundaria lo tenían.

El suficiente coraje para engañar a su novio con el mejor amigo de este, se sorprendió Gael.

—¿Qué pasa? —le preguntó—. ¿Ahora estás con Mason? ¿En serio?

Para bochorno suyo, se dio cuenta de que le temblaba la voz.

Anika bajó la vista a sus rozados merceditas rojos, los mismos que había encontrado en Goodwill el día en que Gael consiguió una camiseta desteñida de *Taxi Driver*.

—Lo siento.

Lo primero: notó un golpazo y un estremecimiento generalizado, como un terremoto que solo él pudiera sentir.

Lo segundo: ella le miró a los ojos para confirmárselo. Era así de sencillo: había sucedido algo tan imposible que ni se le había pasado por la cabeza.

Lo tercero: vio que la gente que los rodeaba los miraba con curiosidad. Distinguió destellos de seres humanos que no tenían nada que ver con Anika y él. Devon Johnson. Mark Kaplan. Amberleigh Shotwell, flautista principal de la banda. De repente se preguntó cuántas de aquellas personas sabían lo que estaba pasando; porque Anika y Mason no estaban siendo discretos precisamente. Gael se los imaginó riéndose de él mientras tomaban sándwiches de queso fundido en la cafetería: el tonto e iluso de Gael, que no tenía ni idea de lo que su novia y su mejor amigo estaban haciendo a sus espaldas...

—¡Estarás de broma! —exclamó con voz temblorosa mientras la primera lágrima le rodaba por la mejilla. Gael no daba crédito a que ella estuviera haciéndole eso a él, sobre todo después de lo que había sucedido con sus padres. Era como si ella se hubiera propuesto confirmarle su mayor temor: que el amor no existía. ¿Cómo podía existir si dos personas que habían parecido felices durante toda su vida de repente no lo eran?—. ¿Cuánto tiempo hace que salís? —preguntó, rezando con desesperación para que lo que acababa de presenciar fuera un breve momento de debilidad, una casualidad.

Anika se mordió un labio.

—No sé —respondió ella—. Una semana, supongo.

¿Una semana? ¿Anika y Mason llevaban saliendo juntos una semana?

Gael agarró a Anika del hombro como si le fuera la vida en ello y luchó por dominarse.

—Mira, estás confusa y flipada por lo que te dije. A lo mejor, si lo hablamos… ¿Qué me dices? Nos saltamos la primera clase —afirmó Gael, que no se había saltado una clase en su vida.

Anika, sin embargo, sí, cuando tuvo que hacer cola para comprar las entradas para ver a Flaming Lips.

Anika siempre conseguía lo que quería. Y ahora ya no le quería a él.

—No, Gael, no puedo —repuso ella, tratando de sacudirse su mano de encima.

En lugar de quitársela, Gael la agarró del otro brazo, mirándola a la cara con desesperación.

—Por favor.

Durante unos instantes se vio comprensión en los oscuros ojos marrones de Anika y casi pareció que iba a dar marcha atrás, como si de repente se hubiera dado cuenta de que cambiar lo que Gael y ella tenían por lo que fuera que estuviese ocurriendo con Mason era la tontería más grande del mundo. Pero entonces un imperioso «¿Qué pasa aquí?» interrumpió el momento, los curiosos se dispersaron rápidamente y apareció la señora Channing mirando a Gael con severidad a través de sus gafas sin montura.

—¿Hay algún problema?

Gael soltó a Anika, se enjugó los ojos disimuladamente y se metió la mano húmeda en el bolsillo de la chaqueta, donde palpó un paquetito de pañuelos de papel que no recordaba haber guardado ahí. (De nada, Gael.)

—¿Anika? —dijo la señora Channing.

Anika vaciló.

—No —contestó finalmente, con docilidad, de una manera impropia en Anika.

Entonces la mujer se volvió hacia Gael y le anunció:

—Quiero verte en mi despacho, Gael.

—Tengo clase —respondió él.

—Te daré un justificante —dijo la señora Channing—. Vamos.

Gael la siguió por el pasillo, mordiéndose las mejillas por dentro para no derrumbarse delante de todo el mundo.

Se giró para mirar a Anika, pero ella, en lugar de mostrarle un poco de apoyo, corría ya a su primera clase sin volver la vista atrás.

Anika siempre marchaba al son de su propio tambor.

Solo que ahora marchaba lejos de él.

un humillante intervalo en el despacho de la orientadora

«¡PERSEVERA!», SE LEÍA EN UN PÓSTER QUE LA SEÑORA Channing tenía en la pared, con la imagen de un gato colgando por los pies de unas barras. Al lado había otra foto de un gato desplomado en el suelo, con unas letras de imprenta blancas por encima: «PERVERAR STÁ SOBEVALORADO».

—¿Va todo bien, Gael?

Él apretó firmemente los pies contra las deslucidas baldosas del diminuto despacho y arrebujó el pañuelo en la mano.

La respiración le salía temblorosa.

Hasta esa mañana las cosas le habían ido muy bien, o todo lo bien que podían ir, dadas las circunstancias. Estaba en el último año de instituto. Había muchas probabilidades de que le aceptaran en la Universidad de Carolina del Norte. Tenía a Anika. Tenía a Mason.

Cierto que esperaba contra toda esperanza que sus padres se reconciliaran y que su padre volviera a casa, pero su relación con Anika le había distraído de eso.

Le había distraído de todo.

En general Gael había salido a su padre en lo que a la aprensión se refería; siempre parecía estar preocupado por algo: si asistía a suficientes clases de nivel avanzado; si practicaba el saxo lo suficiente; si su hermana pequeña, Piper, encontraría amigos de su edad (era tan lista y le interesaban tan poco las cosas típicas de los niños de ocho años...); si la esporádica constelación de granos que le salían en la frente haría que ninguna chica se fijara en él. Y así, sin parar.

Pero cuando Anika y él finalmente empezaron a salir juntos, fue como si todos esos estresantes asuntos ya no importaran. Porque aunque podría decirse que era la peor época de su vida, aunque hiciera poco más de un mes que sus padres le habían dado la noticia, difícil aún de comprender, de repente él se sentía... bien.

Puede que su familia estuviera desmoronándose, pero Gael y Anika estaban empezando.

Y ahora ella le había plantado.

¿Y se suponía que debía creer que todo era por Mason? Mason, que llevaba arramblando con las minipizzas del congelador de su casa desde que ambos tenían la edad de Piper. Mason, que a menudo acompañaba a Gael a ver películas independientes a pesar de que a él lo que le iban eran las películas de acción y diálogos infames.

Mason, que sabía mejor que nadie el daño que le había hecho la separación de sus padres.

—Gael...

—Sí, todo bien —balbuceó, mirando al suelo con el ceño fruncido.

—¿Qué pasaba entre Anika y tú?

—Solo estábamos hablando.

Pronunció las palabras despacio. Si decía demasiado, se vendría abajo.

—Un momento —replicó la señora Channing.

Revolvió entre el caos de su escritorio, en el que había montones de papeles y dos tazas vacías de café manchadas de carmín seco. Le gustaba más el brillo de labios que llevaba Anika, pensó Gael de manera automática, antes de apartar ese pensamiento de la cabeza rápidamente.

La mujer abrió un archivador, hojeó las abultadas carpetas que había dentro y deslizó dos folletos sobre la mesa.

Folleto n.º 1
Ruptura y desilusión:
Cómo enfrentarse a los altibajos
de los amores de instituto

Folleto n.º 2
No es no:
Manual sobre relaciones
y consentimiento

Gael miraba sin dar crédito a lo que veía.

—Mi madre es profesora de estudios de la mujer en la universidad —le dijo—. Lo sé todo sobre el asunto ese del no-es-no. Solo quería hablar. Es mi chica.

La señora Channing inspiró hondo.

—Sé que es duro, Gael, pero no parecía que Anika quisiera hablar.

La señora Channing no lo entendía. Gael respetaba a las mujeres como nadie. Nunca se comía a las chicas con los ojos como hacía Mason, ese imbécil. Él amaba a Anika.

—¿Puedo irme ya, por favor? —preguntó, y la voz se le quebró a media frase.

—Sí —contestó la profesora, quien a continuación garabateó una nota para su profesor y la dejó sobre los folletos—. Derecho a clase. —Gael cogió el montón y se dirigió hacia la puerta—. Ah, y Gael... —añadió.

—¿Sí?

—Nos ha pasado a todos.

—¿El qué?

—Que alguna vez nos han roto el corazón.

Acongojado, contemplé a Gael mientras salía a toda prisa del despacho, enrollaba los papeles —la nota para el profesor y todo lo demás—, los tiraba a la basura, empujaba la puerta de entrada del edificio y salía a la calle.

el segundo peor día de la vida de gael, continuación

GAEL SE PASÓ EL RESTO DEL DÍA ESCONDIDO EN SU coche, en el aparcamiento del instituto, comiéndose una bolsa medio llena de patatas fritas rancias que había encontrado en la guantera, tratando de sintonizar alguna emisora de radio con cara mustia y arrancando furiosamente los ajados pétalos del ridículo ramo de claveles de 6,99 dólares hasta que destrozó todas las flores.

Gael no tenía otro sitio donde compadecerse de sí mismo. Su madre estaba en casa, puesto que su primera clase no empezaba hasta las dos de la tarde, y contaba con un gran detector de mentiras. Y la idea de estar solo en el lúgubre piso de su padre era aún más deprimente que aquello.

Según pasaban las horas, llegaba hasta el aparcamiento el débil zumbido del timbre de cada clase. Gael hacía todo lo posible por no pensar en nada, pero era inútil. Imaginaba a Anika y Mason sentados bien juntos en la cafetería, rozándose mientras ella comía Pringles con sabor a nata agria y cebolla y Mason se metía en la boca aquella enorme pizza rectangular que tenían en el instituto. Vio a sus compañeros de clase riéndose cuando difundían la noticia de que finalmente Gael se había enterado. Su instituto era tan pequeño que todos lo sabían todo de los demás, fueran famosos o no.

Se vio a sí mismo, estupefacto, avergonzado y arrastrándose detrás de la orientadora, la receptora oficial de cuitas del instituto.

Y lo peor, vio la verdad, notoria y deslumbrante como la marquesina retro del Varsity Theater de la calle Franklin: Anika ya no le pertenecía. Ahora Anika se había enrollado con Mason.

Anika, su chica, estaba con el tipo que él conocía desde los siete años: el tío que, en cuarto de primaria, se había quedado dos semanas sin recreo por zurrar a un niño que había llamado idiota a Gael; el tío que decía que cuando fueran mayores, Gael y él se casarían con unas modelos gemelas, se comprarían casas contiguas y tendrían un equipo audiovisual de cine en casa escandalosamente grande para poner las películas de Gael y los videojuegos de Mason.

Ese tío.

Para cuando dieron las tres y cuarto, sonó el último timbre y los estudiantes empezaron a invadir impacientes el aparcamiento, la tristeza de Gael se había transformado en pura rabia. Sin darse tiempo a cambiar de opinión, abrió furiosamente la puerta del coche, la cerró de un golpazo al salir y, con amargura, se dirigió a la sala de música a toda prisa.

* * * * *

La banda de música del instituto era en sí misma un pequeño microcosmos del mundo, un estudio sociológico más que un conjunto de instrumentos de madera y metal. Estaban los frikis, llenos de granos y ligeramente grasientos. Estaban los prácticos ambiciosos, que tocaban sin pasión y sin ritmo, ansiosos por rellenar un apartado más en el formulario de solicitud de ingreso en la universidad. Estaba la sección de percusión, formada por futuros hípsters que en unos años tendrían los brazos llenos de tatuajes. Y estaban los tubistas, corpulentos y asexuados, como si poco a poco se fueran metamorfoseando en el instrumento que habían elegido.

A Gael siempre le había parecido que ni Anika ni Mason ni él encajaban en esos estereotipos. Mason tocaba la batería y tenía los ojos azules, vale, pero pasaba la mayor parte del tiempo con Gael y Anika. Gael se unió al grupo porque su amor por las películas antiguas le había llevado al amor por las bandas sonoras de películas y el saxo tenor. Y Anika era diferente a las chicas malas del harén de Amberleigh Shotwell, que tocaban la flauta envueltas en un muro de pelo largo y brillante que decía: «No nos hables. Ni siquiera deberíamos estar en la banda de música». Anika nunca haría que nadie se sintiera aislado, en la banda o donde fuera. Ella siempre sabía cómo llenar el espacio que hay entre las personas, siempre lograba que estuvieran cómodas al instante, ya fuera citando diálogos de la serie *Firefly* de manera obsesiva o dedicándoles cumplidos únicos y genuinos, como cuando le dijo a Jenna que con su nuevo flequillo parecía una «distinguida bibliotecaria». Anika conseguía que los demás sintieran que importaban.

Esa era una de las muchas razones por las que Gael estaba coladito por ella y creía que su amor era verdadero. Anika y él eran una pareja de la banda de música, vale, pero no eran como esos empalagosos amigos de las manifestaciones públicas de afecto frente a las taquillas de los instrumentos antes de los ensayos. Su relación tenía estilo, como una película de Wes Anderson o una canción de Mumford & Sons, la clase de amor del que no puedes burlarte. La clase de amor que él nunca imaginó que pudiera esfumarse.

Y al parecer ya lo había hecho.

(No puedo evitar intervenir en este punto. Todos creen que su idilio es el no va más. Nadie se pone a comparar su relación de pareja con las películas que ponen los fines de semana después de comer. Y nadie piensa que terminará, porque si lo hicieras, no te arriesgarías. Afortunadamente, el corazón humano no es tan lógico.)

Gael se dirigió a donde tenía guardado el saxofón. Amberleigh, que estaba por allí, le miraba apenada, haciendo pucheros con el labio inferior.

—¿Has visto a Mason? —le preguntó.

Amberleigh negó con la cabeza y Gael se dio media vuelta antes de que ella pudiera seguir proyectando compasión. El ensayo no empezaba hasta las tres y media. La mayoría de los estudiantes empleaban los quince minutos previos para hablar con los amigos, pero a veces Gael y Anika se iban al coche de ella y se sentaban en los asientos delanteros agarrados de la mano, jugueteando con los pulgares en una especie de danza que era más excitante que la basura que Mason veía en su portátil. Ponían rock clásico a todo volumen, reclinaban hacia atrás los asientos y simplemente se miraban el uno al otro...

La visión desapareció instantáneamente cuando Anika y Mason entraron en la sala de música juntos, cogidos de la puñetera mano.

Pusieron cara de sorpresa y, por un momento, Gael pensó que se darían la vuelta, pero Anika parecía decidida a no evitarle. Se soltó de la mano de Mason y esbozó una sonrisa de lo más estúpida y falsa. Mason iba detrás.

—¡Ah, hola! —dijo—. No te he visto en clase de lengua.

—¿Hola? —preguntó Gael—. ¿Hola? ¿Eso es todo lo que se te ocurre decir?

Anika se mordió el labio.

—Supongo que esto es un poco violento. Sé que quieres hablar, pero yo quería esperar a que te calmaras...

—¿Y crees que estoy calmado ahora? —gritó Gael. La sala de música estaba casi llena, aunque el señor Potter no había llegado. Todos se quedaron observándolos, pero a Gael no le importaba. Se volvió hacia Anika y afirmó—: Me has engañado con mi mejor amigo.

A Anika se le humedecieron los ojos. Miró a Mason, pero este paseó la mirada por el aula y luego la bajó hacia sus enormes pies, evitándolos a ambos.

Eso no impidió que Gael dijera lo que tenía que decir. Se volvió hacia Mason y le soltó:

—¿Y tú has renunciado al código de los colegas por un rollete? Podrías haber conseguido a cualquier chica. ¿Por qué ha tenido que ser mi chica?

Mason suspiró, pero no levantó la vista para mirarle a la cara.

Anika se tocó la comisura de los ojos, aunque al menos tuvo la decencia de mirarle. Después se sorbió la nariz y añadió:

—Queremos que sepas que tu amistad es muy importante para nosotros, Gael.

«Nosotros».

«¿Nosotros?».

«¿¡¡Nosotros!!?». &¡¡!!@%¿¿¡¡!!??

A Gael se le puso un nudo en el estómago y apretó los puños. Que le engañaran ya era una faena, pero es que encima ninguno de los dos mostraba ni un ápice de verdadero remordimiento.

Entonces, sin darse cuenta de lo que hacía, Gael arreó un puñetazo en la estúpida cara de su exmejor amigo, en esa cara que las chicas parecían encontrar siempre tan atractiva.

Mason se desplomó hacia atrás contra un batiburrillo de atriles que le frenaron la caída e hicieron un ruido estrepitoso al caer.

Gael estaba al borde de las lágrimas, el cuerpo le ardía, la cabeza le martilleaba. Percibía vagamente muchos gritos y gente apresurándose a su alrededor, pero no entendía qué pasaba.

Entonces echó a correr y no paró hasta que se encontró fuera del aula de música, a la luz del día, lo bastante lejos del instituto para que no le viera nadie.

La respiración se le hacía cada vez más trabajosa mientras la cabeza se le llenaba de visiones horribles: Mason agarrando de la mano a Anika, besándola en los labios, abrazándola, riendo con ella, sonriendo con ella, teniendo con ella todo lo que Gael jamás volvería a tener.

salto al mejor día de la vida de gael

PARA GAEL NO HABÍA SIDO DIFÍCIL ELEGIR EL DÍA QUE destacaba por encima de todos los demás.

Fue una de esas extrañas tardes frescas de agosto, el último sábado antes del comienzo del último año de instituto. No había nada que hacer salvo perder el tiempo y disfrutar del último fin de semana del verano.

Desde junio, él y los sospechosos habituales habían pasado la mayoría de los sábados en casa de Jenna Carey. Jenna era la mejor amiga de Anika de toda la vida, y tenía piscina. Pero ese sábado hacía demasiado frío para nadar. Gael lo pensaba a veces, pensaba que si hubiera habido treinta y dos grados, habrían ido a la piscina de Jenna y quizá Anika y él nunca se habrían convertido en Anika y él.

No fueron a casa de Jenna ese día, sino a la calle Franklin para cargarse de dónuts en Krispy Kreme.

En la calle Franklin abundaban las librerías, la comida rica (hasta tarde y no tan tarde) y las tiendas en las que se vendía de todo, desde artículos hípsters económicos hasta ropa deportiva de la Universidad de Carolina del Norte pasando por cinturones pijos que los chicos de las hermandades estudiantiles llevaban siempre. Los edificios históricos y las aceras de ladrillo le otorgaban ese aire de centro urbano antiguo, mientras que los tugurios de música, las tiendas de tatuajes y los bares cutres te recordaban que era, efectivamente, una calle universitaria.

Se quedaron en los peldaños de la oficina de Correos de Chapel Hill, que ofrecía una vista perfecta del campus de la universidad, con sus edificios de ladrillo y columnas, céspedes extensos y masas de árboles cuyas hojas aún no habían enrojecido. Era de esos campus que se veían en los programas televisivos sobre universidades, de los que hacían que te entraran ganas de llevar una sudadera con letras de fieltro.

Cuando terminaron con los dónuts y se hubieron limpiado las escamas de azúcar de los labios, Anika preguntó si alguien quería ir a ver el documental *La vida de una estrella* al planetario, que estaba al otro lado de la calle.

Uno tras otro, todos se rajaron. Mason dijo que tenía que ir a cenar pronto a casa de su abuela; Jenna comentó que pagar por ver estrellas falsas le parecía «aburrido no, lo siguiente»; y Danny Lee, que, además de Mason, era el mejor amigo de Gael y había empezado a salir con Jenna hacía poco, asintió como nuevo novio que era. Gael, pese a seguir la página IFLScience en Facebook, no sabía gran cosa sobre la esperanza de vida de una estrella ni de ciencia en general, pero sí que no iba a dejar pasar la oportunidad de estar hora y media solo con Anika, así que respondió: «¡Claro!».

Cuando los demás se fueron, Gael y Anika se dirigieron al planetario y pasaron junto a un banco situado debajo de un imponente roble; según la leyenda, acabarías casado con quien te besases allí.

(Aunque ojo, dato curioso: la mayoría de las personas que se besan en ese banco no acaban casadas. ¡Si lo sabré yo!)

El planetario era un lugar abovedado y majestuoso, como sacado de una película; Gael no había vuelto desde la visita que había hecho con el cole, de pequeño. El letrero de la entrada decía que la siguiente sesión era a las tres y media. Llegaron a tiempo, uno de los muchos factores que estuvieron a su favor ese día. Cuando la chica de la taquilla preguntó «¿Vais juntos?», Gael respondió «Sí» con torpeza antes de que a ninguno de los dos les diera tiempo a pensarlo realmente.

Filas de asientos repletos de gente recorrían las paredes de la sala circular, y ellos eligieron dos de la parte de atrás. Los diminutos asientos eran más pequeños que los de los aviones, de esos en los que tienes que apretarte contra la persona de al lado.

Y entonces empezó el documental y aparecieron las estrellas, miles de ellas, más de las que podían verse en la vida real, incluso en lugares como Wyoming, donde Gael había estado en una ocasión. Era como si estuvieran en un descomunal colador de pasta puesto al revés, lleno de infinidad de diminutas aberturas que dejaban pasar puntos de luz solo para ellos.

Gael oía la respiración de Anika, pero a ella no la veía. Cuando volvió la cabeza para intentarlo, no distinguió más que oscuridad.

Y entonces ocurrió lo más sorprendente, algo que jamás se le habría ocurrido planear, eso que Gregory Peck podría llevar a cabo de manera impecable, pero no él, no Gael Brennan. (He de decir que eso es lo que me encanta de mi trabajo: ver a chicos normales convertirse en héroes románticos aunque sea solo por unos instantes.) Gael puso la mano en el reposabrazos que había entre ellos, pero Anika se le había adelantado. Su primera reacción fue retirarla; sin embargo, antes de que pudiera hacerlo, Anika giró la mano y entrelazó sus largos y finos dedos con los suyos y apretó.

Las estrellas desaparecieron y, con un sugerente resplandor, surgió en el techo la imagen de una colosal superestrella roja.

Gael se volvió hacia Anika. Ahora sí la veía, con la cara bañada de rojo, y le estaba mirando.

En el momento en que sus labios se rozaron, volvía a reinar la oscuridad. Cuando el documental terminó y ellos salieron a la calle, a la cegadora luz de la tarde, Gael dio por hecho que se olvidarían del asunto. Besar a tu amor platónico en la oscuridad era parte de otro universo, un golpe de suerte; a lo mejor era una de esas cosas que Anika quería hacer antes de morir. (Lo que no era una idea tan descabellada. En materia de amor, Anika era una aventurera[2].)

Pero Anika se volvió hacia él; tenía el brillo de labios corrido y las mejillas encendidas, y le preguntó:

—¿Te apetece ir al Cosmic? —De los restaurantes de la calle Franklin, el Cosmic era, junto con el Spanky's, el favorito de Gael, si acaso era posible llamarlo restaurante. En realidad se llamaba Cosmic Cantina, pero cuando te servían la comida en una caja de poliestireno, parecía un poco absurdo utilizar el nombre completo—. El superburrito me está llamando a gritos —añadió Anika.

---

[2] Aventurero: aquel que ante todo busca un compañero de aventuras (y desventuras) y que no siente la necesidad de hacer grandes gestos románticos, pronunciar frases edulcoradas ni meterse en profundas discusiones sobre el futuro. Puede caer no tanto en la búsqueda de emociones y situaciones serias como en el «Veamos adónde nos lleva esto». También puede gestar relaciones divertidas, improvisadas sobre la marcha, que estimulan y satisfacen a ambas partes.

—Suena bien —dijo Gael, y volvió a agarrarla de la mano cuando se dirigían a la calle Franklin, hacia el señuelo de burritos y nachos grasientos. En el transcurso de un documental, habían pasado de ser compañeros de la banda de música y amigos de salir por ahí a ser mucho más.

Anika siempre conseguía lo que quería, ya fuera guacamole gratis en el burrito o una nota más alta en el examen de matemáticas.

Y ahora, de repente, le quería a él.

A Gael le hacía sentir increíble y al mismo tiempo totalmente desorientado.

(Por cierto, esto es digno de mención: a todo el mundo le asusta ese sentimiento de desorientación. Y me refiero a todo el mundo.)

Sostener la mano de Anika le parecía natural, y entre ellos había una intensidad grande y poderosa, lisa y llanamente literaria, como entre Tristán e Isolda, Cathy y Heathcliff o Romeo y Julieta.

Pero a Gael se le olvidó recordar que da igual que el autor sea Shakespeare, Emily Brontë o quien escribiera *Tristán e Isolda*; el caso es que todas esas historias tienen algo en común: terminan mal.

la vie en dramas

—LLEGAS PRONTO A CASA OTRA VEZ. —SAMMY, LA PEsadísima canguro de Piper, se ajustó las gruesas gafas rectangulares y añadió—: Creía que tenías un montón de actividades extracurriculares y esas cosas.

Era lunes, había pasado casi una semana desde la ruptura, y Sammy y su hermana pequeña estaban instaladas en el comedor, como de costumbre. Piper ni siquiera levantó la vista de su libro de *Francés elemental*.

—Se supone que tendría que estar ensayando con la banda de música, pero, con hoy, ya ha faltado *cinq fois* —dijo, y sin esperar a que su hermano preguntara, le aclaró—: Eso significa cinco veces.

—¿De repente ya no te gusta tocar las canciones de Village People en formación? —le soltó Sammy.

—No quiero hablar de eso —contestó Gael.

—¿Por qué no? —inquirió Sammy, posando un codo en la mesa y apoyando el mentón en la mano.

—Perdona si no quiero contarles todos mis problemas personales a mi hermana pequeña y a su niñera —respondió Gael.

—¡Eh, que no es mi niñera! —protestó Piper mientras movía enérgicamente la cabeza, lo cual hizo que el pelo castaño y corto se le balanceara. En su cara de ocho años y medio de edad se dibujó claramente un ataque de indignación—. Te he dicho que es mi profesora de francés.

Gael no pudo evitar reírse.

Sammy llevaba cuidando a Piper después del colegio desde que Gael empezó en la banda, en el último año de instituto; pero en agosto, cuando sus padres se enteraron de que Sammy iba a estudiar filología francesa, le ofrecieron pagarle un poco más si incluía unas clases de ese idioma en sus servicios. Y ahora Piper aborrecía la palabra «niñera».

Sammy jugueteó con una página de su *Cándido* y se echó hacia atrás en la elegante silla de comedor para mirarle a los ojos.

—¿De verdad que no vas a contarnos por qué estás haciendo pellas?

Gael habría jurado que Sammy no había sido siempre así de pesada. Antes se habían llevado bien.

Cuando Gael llegaba a casa, Sammy le hacía algunas preguntas sobre las clases, los amigos y tal, y enseguida volvía al libro que estuviera leyendo, proyectando los ojos en la página tras unas gafas sin montura mientras esperaba a que su madre llegara a casa con su cheque.

Pero desde que había empezado la universidad, se había cortado el pelo, se lo había teñido de color chocolate, había cambiado las gafas de mamá por unas del modelo empollona-pero-guay, y hablaba sin parar de peñazos como los escritores franceses y el «sistema penitenciario industrial». Su madre se lo tragaba, pero Gael encontraba aquel repentino esnobismo un poco... falso.

El caso es que Sammy se había vuelto mucho más pesada ahora que Gael llegaba a casa más temprano y se veía obligado a interaccionar a diario con una presuntuosa estudiante de literatura francesa que pensaba que su trabajo no solo consistía en cuidar de su hermana, sino también en entrometerse en la vida de él. Eso no había supuesto ningún problema hasta que sucedió La Mayor de las Traiciones, un episodio conocido también como «adiós a la chica y a tu mejor amigo de golpe». Básicamente, significaba el fin de la vida que Gael había tenido hasta entonces.

(Ya lo sé, los románticos son taaaan teatreros...)

—No puedes faltar a algo que has dejado —añadió Gael.

—¿Saben tus padres que lo has dejado? —inquirió Sammy.

Parecía que últimamente Sammy podía hacer preguntas sin fin. No era de extrañar que Piper y ella se llevaran tan bien.

—¿Y a ti por qué te importa?

—No tienen ni idea —metió cuchara Piper, cerrando su libro y lanzándole una mirada acusadora con sus verdes ojos muy abiertos.

Apoyó el mentón en una mano, imitando el gesto de Sammy, y se quedó esperando una respuesta.

—Pero ¿estás bien? —insistió Sammy con voz un poco más suave—. No pareces de los que abandonan las cosas sin más.

—Estoy bien —respondió él entre dientes, evitando los ojos de Sammy—. ¿Ahora podrías dejarme en paz?

Sammy y Piper intercambiaron idénticas miradas. Formaban una pareja curiosa: la desgarbada universitaria hípster y su diminuto *minion* con gafas. Gracias a Dios, ya no añadieron más.

Fiel a su nueva rutina, Gael se dirigió a la despensa de la cocina, derecho al alijo de chocolate, que incluía un tesoro de barritas Snickers de las que Anika solía dar cuenta. Desde la ruptura, ya había repuesto discretamente la bolsa dos veces. Cogió tres, se las guardó en los bolsillos y se encaminó hacia su habitación sin mirar a Sammy ni a Piper.

De vuelta en su cueva, Gael cerró las cortinas que su madre abría todas las mañanas y puso una película que había visto incontables veces. Desenvolvió la primera chocolatina, procurando olvidarse de la última semana aunque solo fuera durante un momento; el papel satinado hizo un ruido que le resultó extrañamente reconfortante, aunque el sabor de la barrita le recordó con amargura los besos de Anika.

Gael estaba hecho un lío. A veces le parecía como si Anika estuviera muerta, como si hubiera sido suplantada por una especie de robot que se le parecía, como en

Las esposas de Stepford, la peli original, no esa nueva versión tan mala. A veces, sin embargo, se sentía como si él estuviera muerto, como si se le hubieran borrado las entrañas y solo le quedara un vacío adormecido. A veces quería molerle las costillas a Mason, a pesar de que aún le dolían los nudillos del puñetazo que le había arreado en el aula de música.

Pero sobre todo, independientemente de los disparates que se le ocurrían, lo que él quería de verdad era desaparecer, comer el chocolate despacio y fundirse en la cama. Comprendió con horror que incluso su método para sobrellevar la situación era patético, sacado directamente de una comedia romántica para chicas, y él detestaba las comedias románticas.

Gael dio otro mordisco a la chocolatina.

(Otro dato curioso: el chocolate mejora el estado de ánimo después de una ruptura debido a que contiene feniletinamina, una sustancia química que se produce en el cerebro cuando te enamoras.)

Las dos horas antes de que su madre llegara a casa era el único periodo de tiempo en el que Gael no tenía que fingir que todo iba bien. No podía derrumbarse delante de ella. Ya lo había hecho bastante el verano anterior, cuando sus padres les comunicaron la inesperada noticia. Su madre había alternado entre derrumbarse ella misma e invitarle a él a sus clases de *power* yoga.

Tampoco era que los fines de semana en casa de su padre fueran mejores. Desde la separación, le había rogado que le acompañara a correr todos los días unos seis kilómetros y a una o dos sesiones de terapia familiar. Si su padre se enteraba de que el romance de Gael también se había ido a pique, casi seguro que volvería a insistir en el tema, y él pasaba, gracias.

Gael bajó el volumen de la tele y cerró los ojos, esperando contra toda esperanza hundirse enseguida en el sueño o, lo que es lo mismo, en la inconsciencia.

Desde LMT (La Mayor de las Traiciones) todos los días habían sido un desastre. Tenía clase de lengua con Anika, que nunca dejaba de dedicarle una sonrisa forzada. Luego química con Mason, donde eran compañeros de laboratorio. Gael se negó a hablar con ambos. En la última semana apenas había cruzado palabra con nadie.

Las cosas habían sido complicadas incluso con Danny. Aunque era el mejor amigo de Gael aparte de Mason, el tío estaba pirado por Jenna, y Jenna era desde hacía tiempo la mejor amiga de Anika. Así pues, esta era la regla tácita que había entre ellos: Jenna hacía equipo con Anika, Danny con Jenna, y por la propiedad transitiva, Danny no podía estar del lado de Gael.

A Gael jamás se le había ocurrido hacer amistades fuera de su pequeño grupo. No se había curado en salud, por así decir.

Había puesto todos los huevos en el mismo cesto.

Y esos huevos habían decidido traicionarle.

donde soy testigo del fin de la estrecha relación de amistad entre gael y mason

NO ES QUE NO TUVIERA UN PLAN PARA GAEL. LO TENÍA, creedme por una vez.

Lo que pasa es que ciertas circunstancias (sí, también algunas en las que yo tuve que ver) habían contribuido a que mi plan fuera mucho más difícil de llevar a cabo. No imposible, por supuesto, pero sí... complicado. Soy muy bueno en mi trabajo. Al menos era muy bueno en mi trabajo antes de ese inoportuno descuido. Pero estoy divagando, así que vayamos al grano.

Permitid que introduzca un elemento de la función que no es infrecuente pero sí muy desagradable: la ruptura de amistades.

Muchas han terminado por mí, o por una percepción de mí, y parece siempre tan innecesario... Me gustaría sacudir a las personas, recordarles la época, no tan lejana, en la que eran inseparables...

Pero volvamos a Gael y Mason. El final de su amistad no solo fue demoledor, sino realmente peligroso. Veréis, la verdadera amistad es en sí misma una clase de amor, lo que significa que viene acompañada de su propio desengaño, y en los últimos tiempos Gael había sobrepasado su cupo.

Entre la separación de sus padres, la traición de Anika y la implicación de Mason, Gael se encontró encajando un desengaño por partida triple.

Lo cual hizo que la siguiente escena, que tuvo lugar el viernes posterior a la ruptura, fuera aún más difícil de contemplar:

—No puedes quedarte ahí sentado sin hablarme durante toda la clase —dijo Mason. Gael no levantó la vista. Repasaba sus apuntes de química, desviando de vez en cuando la mirada hacia el lavaojos del laboratorio. De hecho, se había pasado buena parte de las clases tramando métodos químicos para mutilar a su exmejor amigo—. Eh, tío.

—¿Qué? —saltó Gael.

Mason tomó aire.

—He dicho que no puedes...

—¡Ya lo sé! —exclamó Gael—. Te he oído. No estoy sordo. No quiero hablar contigo.

—Pero somos compañeros de laboratorio. Tenemos que... hablar de medidas y esas cosas.

(Vale la pena señalar que, como de costumbre, Mason no tenía ni idea de la tarea, mientras que Gael hacía todo el trabajo.)

—Ya, y antes éramos los mejores amigos —apuntó Gael.

Mason puso sus enormes manos en la mesa y apretó el borde hasta que los nudillos se le pusieron blancos.

—¿De verdad vas a tirar por la borda una década de amistad por lo que ha pasado con Anika y conmigo?

Esta vez Gael le miró a los ojos. «Lo que ha pasado», se repitió. Como si los dos le hubieran roto accidentalmente el reproductor de Blu-ray o algo parecido.

—Eres tú quien se ha cargado nuestra amistad por andar a escondidas con Anika durante una semana sin decirme nada. No yo.

Mason se pasó una mano por su pelo rizado y jugueteó con el libro de química que casi no había abierto nunca, evitando los ojos de Gael.

—Lo siento —se disculpó—. Simplemente... pasó. Ella...

Gael levantó una mano.

—No quiero saber los detalles, ¿vale? —Movió la cabeza con vehemencia y añadió—: Yo la amaba.

Finalmente Mason cruzó la mirada con Gael.

—Nunca me lo dijiste.

Gael cruzó los brazos.

—Porque pensé que te burlarías de mí.

Mason se rio, pero le salió una risa triste, floja.

—Probablemente me habría burlado por haberte enamorado en dos meses.

—Bueno, para que te enteres, puedes enamorarte de alguien en dos meses —dijo Gael.

(En eso llevaba razón, por supuesto. Puedes amar a alguien en dos minutos. Yo lo he visto incluso en dos segundos, en contadas ocasiones.)

—No pretendo ser un imbécil —dijo Mason cuidadosamente.

«Demasiado tarde», pensó Gael.

—Pero ¿ella te quería? —continuó Mason—. ¿Te lo dijo alguna vez?

Gael apretó los labios.

Mason arqueó las cejas y ladeó la cabeza. Mientras esperaba la respuesta, se puso a tamborilear con los dedos sobre la mesa.

—Eso no importa —saltó Gael—. No cambia lo que has hecho.

Mason dejó de tamborilear.

—Sé que lo que he hecho no está bien, pero yo solo digo que he estado colgado de la camarera del Chili más tiempo del que tú has salido nunca con Anika.

(Aunque en esta situación me considere del bando de Gael, creo que no toda la culpa era de Mason. Este no comprendía lo que —francamente— nadie en el mundo termina de comprender, salvo Gael y yo: da igual que se tratara o no de amor verdadero, para Gael lo era todo.)

—Eres un cerdo —dijo Gael.

Y sin añadir una palabra más, Gael siguió tramando métodos de ataque en el laboratorio de química.

insomne en chapel hill

VOLVAMOS AHORA CON GAEL Y SU CRISÁLIDA DE DESESperación.

Nuestro reacio héroe estaba casi dormido cuando oyó un fuerte golpe en la puerta. No le había dado tiempo a decir una palabra cuando Piper irrumpió en la habitación. Gael miró el reloj de su teléfono; pese a su deseo expreso de que le dejaran en paz, su hermana le había concedido media hora escasa. Al parecer, la clase de francés elemental había terminado por ese día.

—Esto está muy oscuro —observó.

Sabiendo que ya no podría quedarse dormido de ninguna manera, Gael detuvo la película y abrió otra Snickers.

—De eso se trataba.

Ella encendió la luz, deslumbrándole.

—¿También vas a estar de mal humor el día de tu cumpleaños? Porque hace mucho que no vamos a comer *sushi*, así que más vale que no lo estropees.

¡Su cumpleaños! Era ese viernes, y su madre había organizado una absurda comida familiar en su restaurante preferido. Gael no podía soportar la idea de comer pescado crudo mientras su padre brillaba por su ausencia y él fingía que todo iba bien. Dio otro mordisco a la barrita de chocolate.

(Nota al margen: las rupturas anteriores a un cumpleaños son las peores. Junto con las anteriores a Navidad, al día de san Valentín y a un aniversario.)

—¿No tienes que conjugar algunos verbos? —preguntó Gael, cambiando de tema, cuando Piper se encaramó a la cama. Ella negó con la cabeza—. ¿Me harías el favor de dejarme en paz? ¿Por favor?

—Tienes chocolate entre los dientes —le informó ella.

Gael se zampó el último trozo de Snickers y contestó a su hermana con la boca llena.

—Ahora tengo más.

Sammy apareció y se apoyó en la puerta.

—Qué atractivo.

Gael alzó la mirada al cielo y masticó despacio adrede, lo cual no resultó muy difícil entre los cacahuetes, el caramelo y el chocolate. Sammy cruzó los brazos, moviendo la cabeza a un lado y a otro.

—¿Se puede saber qué quieres tú? Intentaba dormir un poco —le espetó Gael.

—Tu hermana pequeña quería asegurarse de que estabas bien —contestó Sammy, que ladeó la cabeza y le dedicó una sonrisa cauta; entonces, por un momento, a Gael le recordó a la antigua Sammy, la de las gafas molonas y las grandes ideas. No es que hubieran sido grandes amigos, pero al menos no era tan molesta.

Aun así, no quería hablar con ella.

—No, no lo estoy, ¿vale? —dijo Gael—. Lo cual debería ser evidente. Pero ahora ya tenéis las dos una respuesta oficial.

—Vamos, Piper —terció Sammy—. Terminemos el capítulo de francés. —Piper se bajó de la cama de un salto como un cachorro obediente y Sammy le puso una mano en el hombro y se arrodilló para ponerse a su altura—. Empieza el siguiente ejercicio. Yo voy enseguida.

Sammy esperó a que Piper estuviera en el pasillo para hablar.

—Sabes que no puedes seguir compadeciéndote de ti mismo para siempre, ¿no?

—¡Sammy, no eres mi niñera! —exclamó Gael.

Sammy se puso una mano en la cadera, como hacía siempre que quería hacerse entender.

—Solo te lo recuerdo. Tienes que seguir adelante, salir de ahí. Es la única manera.

—Pero ¿por qué te importa tanto? —murmuró él mientras observaba las aspas del ventilador del techo.

—Me interesa seguir ganando quince pavos la hora, que supongo que a tu madre no le apetecerá pagar si se entera de que te pasas todas las tardes en casa.

A Gael no podían importarle menos los quince pavos a la hora de Sammy.

—No es que me sirva de mucho viniendo de ti, con tu relación de, ¿cuántos?, ¿tres años viento en popa a toda vela?

Sammy tomó una rápida bocanada de aire y vi perfectamente cómo la invadía la pena, tan reciente aún. Entonces se le endureció la expresión y respondió con aspereza:

—Mi relación no tiene nada que ver contigo, ¿vale?

—Yo solo digo que si no te han plantado de la noche a la mañana, no puedes entenderlo.

Ella se echó a reír, aunque solo yo sabía que lo que realmente quería era llorar, y repitió el mantra que llevaba mes y medio diciéndose a sí misma.

—*Si vous vous sentez seul quand vous êtes seul, vous êtes en mauvaise compagnie* —recitó despacio, con voz nasal y acento francés.

(Tenía un acento realmente impresionante, pero no es que eso le importara a Gael.)

—¿Y eso qué significa? —preguntó Gael, quien, conociendo a Sammy, intuía que se trataba de una pulla o algo parecido.

—Es de Jean-Paul Sartre. Búscalo —respondió, y apagó la luz, giró sobre sus talones y cerró la puerta tras ella.

A Gael le costó diez minutos encontrar la traducción en Google.

«Si te sientes solo cuando estás solo, es que estás mal acompañado».

Lo cual le llevó a una única conclusión:

A Jean-Paul Sartre, como a Sammy Sutton, nunca le habían roto el corazón.

dieciocho velas

ESE VIERNES POR LA NOCHE, SU MADRE LLAMÓ A LA puerta de su habitación y asomó la cabeza.

—¿Estás preparado?

Gael se sentó en la cama, donde había estado tumbado mirando al techo y deseando no tener que ir a su estúpida cena de cumpleaños.

Tan dolorosa le resultaba la idea de celebrar los trascendentales dieciocho años con una triste cena de tres personas, como la de decepcionar a su madre.

—¡Ya voy! —dijo Gael de mala gana.

Se calzó sus zapatillas Chuck, metiendo los pies como pudo sin molestarse en abrir los cordones, mientras su madre entraba en la habitación y se apoyaba en la puerta del armario.

Llevaba el pelo, oscuro, casi negro, recogido en un moño, y se había puesto un vestido negro con una bufanda que se había tejido ella misma, junto con aquellos pendientes colgantes color turquesa que Gael y su padre le habían regalado hacía un par de cumpleaños.

—Por cierto, acabo de hablar con tu padre. Él viene también.

—Creía que habías dicho que íbamos a hacer cosas por separado.

—Bueno, pues he cambiado de opinión, ¿vale? —respondió ella, esbozando una sonrisa forzada, como sorprendida de sí misma.

Angela Brennan, que se ganaba la vida levantando la voz a jóvenes estudiantes universitarios, exhortándoles a que abrieran los ojos ante los engaños del sistema, era un dechado de alegría en casa. En una ocasión fue con su padre a recogerla y llegaron cuando estaba terminando la clase; resultó increíble ver a aquella pequeña mujer, a la que le gustaba quitar la corteza del pan, hablar apasionadamente de cómo los quehaceres domésticos eran el «segundo turno».

Aunque ahora era cuando Gael veía con claridad que aquella alegría le costaba lo suyo. Desde que su padre se había ido, su madre trataba constantemente de mantener la calma, y Gael se preguntaba a veces cuánto tiempo había estado haciéndolo mientras su padre aún vivía en casa.

(Mucho, en realidad. Mucho más incluso de lo que yo había observado.)

Ella inspiró profundamente y juntó las manos.

—Lo que quería decir es que soy consciente de lo difícil que todo esto está siendo para ti, y por eso he pensado que, en este periodo de transición, estaría bien hacer algo en familia —comentó, y se le congeló la sonrisa en la cara mientras esperaba la reacción de su hijo.

—Lo que quieras —dijo él encogiéndose de hombros.

La sonrisa volvió a aparecer en el rostro de su madre con todo su esplendor.

—Ah, por cierto —añadió cuando se dirigía hacia la puerta—. Me he encontrado con Sammy en el campus esta mañana. También la he invitado a venir. La recogeremos de camino.

Otro encogimiento de hombros.

—Sinceramente, me importa muy poco quién venga, mamá.

Ella ladeó la cabeza, haciendo una mueca.

—Lo que tú digas...

Lo que de verdad quería Gael era atiborrarse a tarta y Snickers y ver entre dos y diez películas.

Pero pensó que, a aquellas alturas, ya debería estar acostumbrado a no conseguir lo que quería.

* * * * *

La iluminación era tenue en el interior del restaurante, decorado para hacerte olvidar que estabas comiendo pescado crudo casi recién salido del mar, con colores terrosos, persianas de papel, macetas llenas de palos de bambú retorcidos y camareros vestidos de negro. De la cocina salían sonidos de chisporroteos, y un olor salobre y delicioso impregnaba el ambiente.

Aunque ellos llegaron pronto, el padre de Gael se les había adelantado y estaba sentado a una mesa grande en mitad de la sala. Arthur Brennan era un apasionado de cuatro cosas: correr, la historia de Rusia, el equipo de baloncesto de la Universidad de Carolina del Norte y la puntualidad.

Su padre, con mucho la persona más alta de las que estaban allí, se levantó al verles entrar y cambió el peso del cuerpo de un pie a otro mientras, nervioso, se pasaba una mano por aquel pelo castaño claro meticulosamente cortado. Entonces sus padres empezaron a realizar una incómoda danza para decidir si se abrazaban o no (cosa que finalmente no hicieron) y dónde sentarse (Piper y Sammy terminaron por coger dos sitios entre ellos para que no tuvieran que estar demasiado cerca). Gael tomó asiento junto a su madre y no tardó en darse cuenta de que había otros dos sitios más, justo a su lado.

—¿Y estas sillas? —preguntó.

Y entonces...

—¡Anika!

Su madre se levantó y Gael se dio la vuelta, poniéndose ya enfermo; pero no se trataba solo de Anika: también estaba Mason.

Ambos entraron sonriendo a diestro y siniestro, como si no acabaran de romperle el corazón y de fastidiarle la vida de común acuerdo.

Gael se obligó a esbozar una sonrisa cuando vio que Sammy le miraba con los dientes apretados de manera incómoda y una expresión compasiva en el rostro. Menuda vergüenza...

Luego notó que el cuerpo se le tensaba cuando Anika le dio un abrazo.

—Feliz cumpleaños —le susurró.

Olía como siempre, a champú de coco, y se separó muy deprisa, aunque no lo bastante pronto.

Entonces Mason le pegó una repentina palmada en la espalda.

—Feliz cumpleaños, colega. No sabía si presentarme o qué, pero cuando tu madre llamó para asegurarse de que venía, me animé.

—¿Mi madre?

—Ella lo ha organizado todo, tío.

Los dos se sentaron enseguida; Anika, incómoda, entre Gael y Mason, en plan sándwich. Gael quería explicarle que su madre no tenía ni idea de lo que había sucedido entre ellos, y que cualquier llamada suya no contaba de ninguna manera con su aprobación, pero no podía decir nada de eso delante de los demás.

(Para que todo el mundo lo tenga claro, el hecho de que Anika y Mason aparecieran allí era lo último que yo quería que sucediese en ese momento. Hice todo lo posible para evitar que se presentaran: intenté inducir a Mason a cambiar de planes obligándole a vislumbrar el cartel de una película de acción de éxito en el camino a casa desde el instituto, y Anika incluso tuvo, ¡ejem!, misteriosos problemas con el coche, pero fue inútil. La madre de Anika era un hacha con la mecánica y a Mason le importaba mucho más restablecer su amistad con Gael que cualquier película, por muchas persecuciones de coches que prometiera.)

A Gael los minutos se le estaban haciendo interminables. Mientras, su padre empezó a ponerse nervioso por si el camarero se había olvidado de los entrantes. Su madre desdoblaba y volvía a doblar la servilleta para no mirar a su marido a los ojos. Piper se mostraba exageradamente contenta, quizá con la esperanza de que, después de aquella cena familiar, sus padres se reconciliaran. Mason, por su parte, hizo un comentario muy de Mason sobre lo mucho que le alegraba ver al señor y la señora Brennan juntos otra vez, y sus padres se embarullaron al decir que les unía una gran amistad, y que todo iba bien, y blablablá. Anika, por último, trataba de atraer su atención y le lanzaba miradas compasivas que lo único que lograron fue que Gael hirviera por dentro. Si Anika de verdad sentía la separación de sus padres, no habría actuado con él como lo había hecho...

Tras otros desesperantes minutos invertidos en que cada uno pidiera lo que quería —durante los cuales los padres de Gael hicieron un alarde de torpeza porque ellos siempre tomaban el plato especial «Sushi para dos»—, Anika metió una mano en su bolso y sacó un Blu-ray envuelto en papel de celofán.

—Quería darte esto —dijo en voz baja.

Él se quedó mirándola, indignado.

—¿Un regalo de cumpleaños? —susurró furioso—. No quiero nada de ti.

—Cógelo. Tuve que encargarlo —apuntó mientras lo dejaba en manos de Gael y sonreía.

—¿Qué es? —preguntó su madre.

—Nada —respondió él.

—¡*Vértigo*! Yo te hablé de ella por primera vez, ¿recuerdas, Gael?

—Ya lo sé, mamá.

—Edición de lujo y todo —comentó la mujer, cogiendo la película—. Qué detalle. ¿Se la has regalado tú, Anika?

—Sí, señora Brennan —respondió ella con dulzura.

Qué falsa sonaba. ¿Había sido siempre así?, se preguntó Gael.

—Bueno, tú conoces muy bien a Gael, claro —dijo su madre—. Le encantan las películas antiguas. No como a Arthur.

En otros tiempos, su padre habría respondido argumentando con vehemencia por qué las películas de ahora son mucho mejores que las antiguas, pero sus padres ya no mantenían esa clase de entretenidas discusiones. Su padre se limitó a encogerse de hombros.

—No había visto ninguna película de Hitchcock hasta que Gael me habló de ellas —dijo Anika con un tono de voz agudísimo, como una octava más alta de lo normal.

Mason, por su parte, miraba fijamente el tenedor, evitando a todo el mundo.

—Comprar una película no es nada del otro mundo —terció Gael—. Un clic en Amazon y ya está. Cualquiera puede hacerlo.

Su madre dio un grito ahogado.

—¡Gael! Se trata de un detalle de tu chica...

—No es mi chica —soltó él.

Todos se quedaron callados, contemplándole como si acabara de tirarse un pedo, incluida la del detalle perfecto, Anika. Ella le miraba como si de alguna manera aquello fuera culpa suya.

Gael no quería hacer las cosas así, delante de sus padres, de Mason y de Sammy y del puñetero restaurante en pleno, pero no pudo evitarlo.

—¿En serio crees que un estúpido regalo lo arreglará todo?

—Gael, basta. —A Anika empezaron a llenársele los ojos de lágrimas—. No sigas.

—¡Ni siquiera es la edición de la Criterion Collection! —exclamó Gael, levantando las manos.

—No tienen *Vértigo* en la Criterion —respondió Anika pacientemente.

—Bueno, si me conocieras de verdad, sabrías que yo habría preferido esperar hasta que saliera en Criterion —dijo a voz en grito ya.

—¡Eh, vamos, tío! —intervino Mason, apoyando una mano en el respaldo de la silla de Anika.

Anika no miró a Mason, sino que cerró la boca, puso ojos de pena para la galería y dijo:

—Lo siento. No pensé...

—Claro que no pensaste. Vosotros dos solo pensáis en vosotros mismos —replicó Gael, y entonces se volvió hacia los demás y añadió—: A ver, familia. Ya que estamos aquí reunidos para que presenciéis cómo pierdo los papeles, deberíais saber que ¡ella me ha engañado! ¡Con él! —puntualizó, señalando a Mason.

Durante un instante Gael distinguió una mirada de susto en el rostro de su padre, ¿o era de culpa? Gael se quedó callado. Sus padres nunca le habían dicho por qué se habían separado, y en las últimas semanas él había empezado a preguntarse si habría sido culpa de su padre, que corría a su dormitorio cuando le sonaba el teléfono y contestaba con la puerta bien cerrada, casi como si tuviera algo que ocultar. Quizá su padre no fuera mejor que Mason o Anika.

Sin embargo, a Gael no le dio tiempo a desentrañar el misterio, porque en ese momento el camarero apareció con una oruga de *sushi* y una vela encendida encima, y un grupo de personas se pusieron a cantar el *Cumpleaños feliz* en japonés.

(Yo había procurado retrasarlo: en la cocina la vela se apagó por lo menos cuatro veces debido a un extractor de aire curiosamente hiperactivo, pero, por desgracia, todos los camareros tenían encendedores en los bolsillos.)

Gael echó su silla hacia atrás y se levantó de un salto antes de que nadie pudiera detenerle. Aunque procuró evitar la mirada de sus padres, de Sammy y de su hermana pequeña, resultó imposible no ver el sobresalto y la confusión de sus caras. Intentó escapar, pero los camareros le habían rodeado, pasando de cantar el *Cumpleaños feliz* a repetir «¡Que pida un deseo! ¡Que pida un deseo!».

Finalmente, Gael se rindió, bajó la mirada al churro de *sushi* que tenía delante y dijo:

—Vale, muy bien. Pediré un deseo.

Los camareros dejaron de corear y en el restaurante de pronto se hizo un silencio poco natural, porque para entonces los otros comensales se habían dado cuenta de que allí estaba sucediendo algo más interesante que la típica fiesta de cumpleaños. Pero a Gael le traía sin cuidado montar una escena. Cerró los ojos con fuerza y, echando una gran bocanada de aire, apagó la triste y solitaria vela. Luego abrió los ojos de manera efectista y miró a su alrededor con expectación.

—¡Uy, seguís aquí! —exclamó Gael—. Pues supongo que va a ser que no, que mi deseo no se ha hecho realidad.

Entonces se abrió camino entre los camareros y salió del restaurante como alma que lleva el diablo.

(En fin, yo ya he dicho que los románticos son muy teatrales.)

el amor y el arte
de mantener una relación

EN ESTE PUNTO DE LA NARRACIÓN BIEN PODRÍA SINCERarme sobre mi no-tan-pequeño error. Para que entendáis la gravedad de la situación debo hurgar muy brevemente en el pasado.

A mediados de los noventa alenté el romance de dos jóvenes de tipo intelectual que vivían en Chapel Hill, Carolina del Norte. Se trataba de una buena relación, una en la que tenía fe absoluta. Los protagonistas eran perfectos el uno para el otro.

Probablemente no haga falta que lo diga, pero estoy hablando de los padres de Gael. Uno de mis grandes éxitos, modestia aparte.

Pero puede que me equivocara. Estaba demasiado seguro de esa relación y me volví un poco vago.

La cuestión es que mi trabajo no solo consiste en juntar a la gente. También, cada dos años más o menos, suelo comprobar cómo van las cosas. Cualquier pareja que lleve unida cierto tiempo te dirá que el amor va y viene, que hay altibajos.

Lo que no saben, sin embargo, es que muchos de esos «altos» tienen que ver conmigo. De repente acuden a su memoria recuerdos del principio de su relación que les producen el mismo cosquilleo y la misma emoción que les provocaron por primera vez. O, por ejemplo, están en mitad de una pelea y de pronto uno de ellos encuentra la fuerza para ser el más generoso, para olvidar las ofensas y zanjar la discusión. Pues ahí estoy yo.

Mi trabajo de mantenimiento es justo eso: mantenimiento. No puedo salvar una relación que ha completado su ciclo, pero cuando entre dos personas hay aún mucho amor, sé cómo encarrilarlas.

El problema es que, con los padres de Gael, se me olvidó comprobar qué tal les iba. De hecho se me olvidaron tres controles. Le he dado muchas vueltas y todavía no entiendo cómo ocurrió.

¿Fue por el lento pero constante incremento de mi carga de trabajo? (Gracias por nada, Tinder y demás.) ¿Fue por la boda real de William y Kate? (Ni imagináis la cantidad de fuegos que tengo que apagar cuando el mundo entero es testigo de un romance y contrae el virus del amor, y como resultado hay muchos que persiguen a quienes no deben.) ¿Fue simplemente un fallo a la hora de actualizar mi calendario mental?

Nada tiene sentido. Me he ocupado de alentar el amor en circunstancias difíciles en el pasado (hola, cólera); no ha sido la primera vez que he tenido que contener un exceso de emoción porque dos personas famosas se casaban; y mis capacidades mentales son muy superiores a las de cualquier calendario electrónico, creedme.

Pero fuera por lo que fuera, el caso es que la fastidié. Y mucho.

Para cuando conseguí organizarme y me pasé para ver cómo iban las cosas, ya era demasiado tarde. Solo pude asistir al desmoronamiento del matrimonio. Luego vi cómo Gael (comprensiblemente) se metía de cabeza en una relación con Anika en un intento desesperado por sentir algo que no fuera tristeza, por recuperar su propia fe en el amor. Y vi cómo ella le partía el corazón, algo que yo sabía que ocurriría.

Y ahora veía cómo Gael se daba completamente por vencido.

Pero no podía seguir mirando sin más. Tenía que tomar cartas en el asunto.

Su futuro dependía de ello.

a esto me refería con ponerme creativo

GAEL SE ENCAMINÓ SOLO HACIA EAST MAIN STREET y luego continuó por Franklin, procurando tranquilizarse y haciendo caso omiso de las repetidas llamadas telefónicas de su madre.

Al cabo de un rato giró a la izquierda en el callejón que conducía a la calle Rosemary.

La florista estaba allí, sentada en su rincón habitual: «Flores a un dólar. Flores a un dólar».

La mujer alzó la cabeza para mirar a Gael y le ofreció una flor.

—Toma.

—No tengo dinero, lo siento —se disculpó él.

—Es gratis —replicó, y volvió a ofrecerle la flor, mostrando unos nudillos huesudos, enérgicos y obstinados.

—No, de verdad —dijo Gael.

Pero ella insistió.

—Toma una flor —dijo otra vez, agitándola delante de él como un predicador.

Gael finalmente la cogió.

—Gracias —dijo.

—Sea quien sea, no vale la pena —comentó muy seria aquella mujer de rostro arrugado, con los ojos muy abiertos, como si no tuviera ninguna duda de que lo que estaba diciendo era verdad.

Por un momento Gael quiso preguntarle cómo lo sabía, cómo podía estar tan segura, pero entonces ella apartó la mirada y volvió a arreglar sus flores y a gritar su típica cantinela.

Gael siguió por el callejón en dirección a la calle Rosemary, donde sabía que habría mucha menos gente.

Anduvo por Rosemary y, después de recorrer unas cuantas manzanas, le llegó a la nariz un olor acre a pintura de espray. Volvió la cabeza. En la pared de ladrillo de uno de los antros más sucios había unas enormes letras mayúsculas, goteando como si estuvieran recién pintadas: «Esto también pasará».

Se detuvo, contempló aquellas palabras, pensó en ellas durante un momento. Luego movió la cabeza y siguió caminando. Las frasecitas motivadoras funcionan mejor, caviló, cuando tu vida entera no está ya echada a perder.

Por si acaso os lo estáis preguntando, no solo intentaba perfeccionar mis habilidades grafiteras y hacer sudar tinta a Bansky, sino llegar a Gael por todos los medios: ya fuera instando a señoras mayores a regalar flores o garabateando frases motivadoras en las paredes. Si conseguía ofrecerle un resquicio de esperanza, podría ayudarle a dejar de lado a Anika y, con el tiempo, llevarle a conocer a la Señorita Adecuada.

Pero no había contado con que mi plan tuviera un defecto fatídico.

El temido enemigo del amor verdadero desde el principio de los tiempos.

Señoras y señores, permítanme que les presente a mi némesis...

El efecto rebote.

sucedió (accidentalmente) una noche

GAEL SE ENCONTRABA A POCOS MINUTOS DE SU CASA, caminando por la calzada para no pisar el suelo pegajoso por la cerveza derramada que había en la acera, cuando de repente una chica en bicicleta se le echó encima. La rueda delantera le dio en una pierna, se le doblaron las rodillas y cayó hacia delante, levantando las manos para protegerse.

Durante un momento quedó tendido en la acera, con la ropa manchada de la cerveza que había intentado evitar, y entonces notó que una mano le tocaba el hombro.

—Lo siento.

Gael se puso lentamente de costado. Junto a él había una bicicleta negra y roja tirada sobre una bolsa de plástico llena de comida para llevar. Su flor se había salvado de milagro, enganchada entre los radios de la rueda delantera como una especie de molesta metáfora sobre la capacidad de superar circunstancias traumáticas.

Arrodillada a su lado había una chica con una sudadera de cremallera y capucha, camiseta Sriracha, vaqueros desteñidos y sandalias Birkenstock. El pelo, rubio, fino y largo, le asomaba por debajo del casco, que estaba lleno de pegatinas de grupos de música de los que nunca había oído hablar. Las mejillas, redondas, se le habían puesto coloradas.

—No doy crédito a lo que acabo de hacer —dijo mientras los ojos se le humedecían—. ¿Estás bien?

Gael se incorporó y se apresuró a sentarse en el bordillo.

—Estoy bien, creo. ¿Qué ha pasado?

—Había un gato. Se cruzó de repente en mi camino. He dado un viraje brusco para no pillarle y me he topado contigo.

—Arrollar al ser humano antes que al gato —dijo con acritud—. Muy bonito.

La chica puso gesto serio.

—De verdad que lo siento —repitió.

Gael se sintió mal al instante. No había tenido suficiente con decirles públicamente a sus padres y a Piper que ojalá desaparecieran, sino que ahora la tomaba con la primera chica que se cruzaba en su camino. Anika y Mason sí se lo merecían, pero ¿el resto del mundo? No tanto. No quería rebajarse a su nivel, aunque se preguntó si lo habría hecho ya.

Gael se sacudió la maloliente porquería de la camisa y comentó con voz suave:

—Estaba bromeando. Seguro que yo también habría salvado al minino. Pero deberías mirar antes de girar. ¿Y si hubiera habido un coche? Te la habrías pegado buena.

—Lo sé. —Se mordió el labio—. Tuve un accidente de bici no hace mucho. No estoy en forma.

Gael hizo caso omiso del dolor que tenía en la parte posterior de la pierna y del olor a cerveza que emanaba de su ropa y exclamó:

—¡¿Un accidente?! ¡Vaya faena! ¿Te pasó algo?

La chica sonrió sinceramente y entonces a él se le ocurrió una idea de lo más ingenua, tanto que hasta él mismo comprendió que lo era: «Ella no es de las que engañarían a su chico».

—No, nada grave, gracias. Al menos no me rompí ningún hueso, pero supongo que ahora me pongo un poco nerviosa en la bici. Creía que un paseo rápido hasta el Cosmic no sería gran cosa, pero me equivocaba.

Una chica a la que le gustaba el Cosmic y que no le engañaría, pensó. ¡Ni hablar!, tenía que parar aquello. ¿Tan mal estaba que proyectaba sus sentimientos en la primera chica con la que se cruzaba?

(Oh, sí, sí que lo estaba. El rebote siempre es un riesgo, aunque en el caso de Gael no me había preocupado mucho porque prácticamente se había convertido en un ermitaño. Hasta ese momento, porque, ya veis, él se iba solo a casa y a mí me tocaba ponerme a la defensiva. Pero claro, he de mencionar que el rebote en cuestión había sido también un encuentro de película. Ya sabéis, cuando dos personas se topan de manera inesperada y de pronto todo el mundo cree que estaba escrito... Los seres humanos son expertos en fijarse mucho más en cómo conocieron a alguien que en quién es esa persona y en si realmente es la adecuada. En fin, suspiro.)

Mientras Gael no dejaba de darle vueltas a la idea de que enamorarse de la primera chica que conocía después de Anika era un cliché total, notó que el estómago le rugía como si fuera ajeno a aquella lucha interna.

—¿Es de Cosmic? —preguntó con timidez, refiriéndose a la bolsa.

A la chica se le iluminaron los ojos grises.

—¿Te gusta el Cosmic?

Gael esbozó una amplia sonrisa.

—¿Y a quién no? Dan la mejor comida de la calle Franklin, además de Spansky's, en mi humilde opinión.

—¿Tú qué sueles pedir? —preguntó alegremente, como si se tratara de alguna especie de desafío que él tuviera que superar.

Gael y Anika solían mantener interminables debates filosóficos sobre qué era mejor en el Cosmic, los nachos o los burritos, y de pronto el recuerdo le produjo un vacío visceral. Y no era solo por el hambre que sentía.

—Los nachos —dijo él—. Y sí, ya sé que el resto del mundo prefiere los burritos.

—Bueno, pues hoy es tu día de suerte, porque yo no. ¿Quieres?

Gael vaciló. Sabía que debía irse a casa, cambiarse de ropa y tomarse un ibuprofeno para el dolor de la pierna. Debía disculparse con sus padres y ser franco respecto a lo que le estaba pasando. Y hasta quizá debía ir con su madre a las clases de yoga y, lo que era una locura mayor, decirle a su padre que una sesión de terapia conjunta no era una idea tan mala. Puede que incluso pudieran encarar allí el hermético comportamiento de su padre.

Pero la cuestión era que sabía que no haría nada de eso. Vería películas, comería más Snickers, se echaría siestas innecesarias y seguiría sintiéndose de pena.

Además, pensó, ¿acaso no se lo merecía?

Una chica simpática y (si he de ser sincero) guapa estaba ofreciéndole su comida preferida el día de su cumpleaños. Cierto que aún no sabía ni cómo se llamaba, pero ¿por qué no decir que sí?

—En realidad no debería aceptar la comida —dijo, ofreciéndole una salida fácil, en caso de que buscara una.

—Por favor. —En su rostro se dibujó una sonrisa—. ¿Qué es una comida del Cosmic a cambio de haber sido atropellado? Y, además, los nachos son fáciles de compartir.

La chica se puso de pie, levantó la bicicleta y cogió la bolsa que había debajo. Sacó la bici de la calzada, la apoyó en el bordillo y volvió a sentarse junto a él.

—Por cierto, me llamo Cara —añadió, alargando la mano.

—Yo Gael. —Él se la estrechó a su vez—. ¿Vives por aquí?

—Sí —respondió—. Muy cerca.

Gael se quedó mirándola.

—No te he visto en el instituto.

Cara volvió a sonreír.

—Estoy en primer año de carrera.

Una universitaria simpática y guapa a quien le gustaba el Cosmic... Y, a diferencia de Sammy, una universitaria de primer año que no iba de enteradilla, soltando grandes y pretenciosas ideas. Gael pensó que era demasiado bonito para ser cierto.

—Bueno —dijo Cara—, ¿vemos qué tal han resistido el golpe nuestros nachos?

«Nuestros». Él había renunciado a formar parte de un «nuestro» otra vez.

Cara deshizo el nudo de la bolsa y sacó un recipiente de poliestireno del que goteaba jugo de alubias negras y salsa aguada. Se lo puso en el regazo, claramente sin inmutarse ante la posibilidad de mancharse los vaqueros, y abrió la tapa.

—No están muy mal —anunció, ladeando la caja hacia él en el momento en que pasó un coche lleno de estudiantes—. ¿Les das el visto bueno?

La caja era un revoltijo de crema agria, pollo a la parrilla, queso blanco y alubias, como si los nachos hubieran decidido correrse una juerga.

—A mí me parece que tienen buena pinta.

—Espera —dijo Cara, y hurgó en la bolsa de plástico y sacó un bote, sucio y por la mitad, de salsa Valentina.

—¿Has robado la salsa picante?

Gael no pudo evitarlo y se echó a reír.

—El bote estaba casi vacío —se disculpó ella con un mohín—. Y a mí se me acabó la otra noche y siempre me olvido de comprarla... ¿Te importa? —preguntó, sosteniendo el envase sobre los nachos a medio sacudir.

—No —respondió Gael—. Adelante.

Entonces Cara lo roció todo de salsa, cogió un nacho y se lo metió en la boca.

—Me encanta la salsa picante —dijo.

Gael asintió, señalando la camiseta de la chica con la cabeza.

—Nunca lo habría adivinado.

Ella se rio.

—Sí, supongo que es bastante obvio. La salsa picante es como mi rebelión personal. Tanto mi padre como mi madre detestan lo picante, mientras que yo siempre estoy en plan «que pique hasta que me duela la lengua, por favor».

Gael se echó a reír.

—A mi padre los jalapeños de bote le parecen picantes nivel explosión. Aunque al menos mi madre está de mi parte.

Ya nunca volverían a tener esa discusión mientras cenaban, pensó por un momento, pero enseguida apartó esa idea.

—Te parecerá patético que la salsa picante sea mi mayor rebelión, ¿no? —le dijo Cara, metiéndose otro nacho en la boca.

A Gael enseguida se le vino a la mente la reciente rebelión de Anika e hizo un vehemente gesto de negación con la cabeza.

No necesitaba a una chica que rompiera todas las reglas. Necesitaba a una chica que pensara que darse el gustazo de tomar salsa ultrapicante era romper las reglas.

—No me parece patético en absoluto. Muchas veces la gente solo quiere ser imbécil, y a eso lo llaman rebelión. ¿Me entiendes?

Ella cerró la boca, tragó saliva, le sostuvo la mirada.

—Te entiendo perfectamente.

(Yo también le entendía. Pero que Anika no fuera la persona adecuada para él no significaba que aquella chica sí lo fuera. Por supuesto, convencer de eso a Gael sería otro desafío totalmente distinto, eso estaba claro.)

Gael no desvió la mirada y, tras unos instantes, Cara rio nerviosa, rompió el contacto visual y cogió otro nacho.

—La rebeldía no va conmigo, así de sencillo —continuó—. En la universidad mis compañeras están siempre «Venga, vamos a echar un ojo a los cerveceros», y así todos los fines de semana. Y yo digo que me piro a comprar todo el picante que pille y luego a casa a ver pelis a mis anchas.

—Ya... —dijo Gael, y cogió un nacho enorme—. Yo procuro ver todas las pelis *gore* en mi habitación, en privado. Pero mi hermana y mi madre entran cada dos por tres, y mi madre es profesora de estudios sobre la mujer y detesta la violencia en las películas, y es un fastidio. Empieza a mover la cabeza como si fuera yo el que acabara de liquidar a alguien, no el tipo de la pantalla.

El tono de Gael era desenfadado, aunque últimamente se había preguntado que si hubiera sido más atrevido e interesante, más tranquilo y despreocupado, como Mason, le habría bastado a Anika... Pero Gael no era así.

Él no quería emborracharse todos los fines de semana ni ligar con un montón de chicas. Quizá para él rebelarse no era más que rogarle a su madre que no abriera la puerta demasiadas veces durante una película de Tarantino. ¿Significaba eso que estaba condenado a no tener novia?

Casi como si respondiera a sus pensamientos, Cara levantó un nacho y lo chocó contra el que Gael tenía en la mano.

—Por las pequeñas rebeldías —dijo—. No por las estupideces.

Los dos se rieron y comieron unos cuantos nachos más.

Gael no habló de Anika, ni de su fallida cena de cumpleaños, ni de que seguía sin saber por qué se habían separado sus padres, ni de la puñalada trapera de su mejor amigo. Hablaron de las botas de montaña perfectas que Cara estaba buscando, de lo irritantes que podían ser los universitarios de la calle Franklin, y de las pegatinas que ella llevaba en el casco. Durante unos minutos Gael se sintió medio normal otra vez.

Cuando la caja quedó vacía, Cara metió los desperdicios en la bolsa de plástico y se levantó.

—Tengo que irme. He quedado con una amiga en que vería una película con ella esta noche.

Gael notó que se le caía el alma a los pies. Aquella cena improvisada había sido como una suspensión del colosal desastre en que se había convertido su vida en los últimos tiempos. No quería que terminara.

—Vale. —Gael se levantó despacio—. Esto..., gracias por compartir la cena conmigo. —Hizo una pausa—. Me ha alegrado conocer a alguien tan guay.

Había sonado patético, y lo sabía.

—Gracias —dijo Cara—. A mí también me ha encantado conocerte. Siento haberte atropellado con la bici.

—No importa —replicó Gael. La pierna le palpitaba de dolor, pero estaba tan embelesado con Cara que no se había dado cuenta hasta ese momento—. De verdad.

Cara levantó la bicicleta.

—¡Oh! —exclamó—. Ni siquiera había visto tu flor. —La sacó de entre los radios y comprobó que no había ni un pétalo dañado—. Espero no haber hecho que llegues tarde a una cita o algo así —dijo, elevando un poquito la voz al final, como marcando una ligera interrogación, y le entregó la flor.

Gael no quería que se la devolviera. Parecía estar destinada para ella, pero la cogió de todos modos.

—No te preocupes —la tranquilizó—. No lo has hecho.

Cara sonrió.

—Me ha alegrado conocerte —repitió, y se puso el casco, pasó una pierna por encima de la bici y se alejó pedaleando.

De pronto a Gael le entró pánico. ¿Eso era todo? ¿De verdad no volvería a verla, a aquella chica mágica que había surgido de la nada y le había dado un muy merecido pedazo de felicidad?

—¡Espera! —exclamó Gael.

(Yo le lancé una ráfaga de viento a la flor que sostenía en la mano, pero fue inútil, él la cogió al instante.)

Cara se detuvo y Gael fue cojeando hasta la bici, ofreciéndole la flor.

—¿Qué pasa? —preguntó Cara, echando un pie a tierra para mantener el equilibrio.

Gael no sabía muy bien qué hacer porque al fin y al cabo no había planeado aquello.

(Yo deseaba con todas mis fuerzas que se diera la vuelta, rebobinar aquel inoportuno encuentro, pero no pude; lo único que podía hacer era ver cómo se desarrollaba.)

—Toma, llévate la flor —dijo Gael, ofreciéndosela.

—Qué amable. —Cara la cogió y la enganchó en el manillar—. Ya está. Es preciosa. —Luego agarró el manillar con ambas manos y añadió—: Bueno, tengo que irme.

Gael ni siquiera sabía lo que estaba haciendo. Solo sabía que no quería que Cara se fuera y le dejara con aquel vacío.

Y entonces, con el corazón desbocado y el estómago lleno de nachos, Gael hizo algo muy impropio de Gael. Le puso a Cara una mano en el hombro y otra en la mejilla, le giró el rostro hacia él y le plantó un beso en los mismísimos labios.

Y por un momento se le exaltó el corazón cuando ella le devolvió el beso.

Pero entonces Cara se echó hacia atrás y él vio perfectamente que estaba desconcertada. A Gael se le ensombreció la expresión.

—Lo siento mucho. No debería haber hecho eso.

—No —respondió ella, retrocediendo—. Me ha sorprendido, nada más.

—A mí también —dijo él—. No ha sido algo deliberado... No sé, sencillamente ha sucedido. Quiero decir que ni siquiera sé cómo te apellidas.

A Cara no parecía salirle la voz.

—Thompson —balbuceó.

—Yo Brennan. ¿Puedo volver a verte? Me gustaría mucho.

Cara vaciló.

—¿Otra vez?

—Bueno, sin que tengas que atropellarme con la bicicleta. Ya sabes, planear algo. Encontrarnos a propósito.

Cara rio nerviosa, y durante un segundo yo pensé que el desastre se había evitado.

Pero entonces el rostro de Cara cambió.

—Vale —dijo con una sonrisa cauta en los labios—. Trato hecho.

Gael le devolvió la sonrisa, del todo ajeno a la chica que yo le tenía reservada, la chica a quien habría visto fácilmente si hubiera mirado donde tenía que mirar, si yo me hubiera dado más prisa.

Y observé, angustiado, cómo el corazón le daba a mi chico un pequeño brinco...

En menudo lío me había metido.

Al igual que Gael.

de cómo gael se convirtió en un romántico

COMO YA HABRÉIS DEDUCIDO, GAEL DE LO QUE ESTABA enamorado era de estar enamorado, francamente. Y por desgracia para mí, sus tendencias románticas no podían enmendarse sin más. Llevaban un tiempo formándose.

A continuación, algunos de los momentos clave que le hicieron de esa manera.

A los siete años:

Un lluvioso recreo de segundo de primaria. Gael se acurrucó debajo del tobogán metálico buscando refugio. De repente, la visión de una chica con pelo castaño rojizo y pecas, rizos salpicados de llovizna. Mallory Sinapellido (se mudó a Ohio en tercero; Gael no se acordaba) se sentó junto a él en la grava seca.

—Deberíamos entrar —dijo ella.

—Vale —repuso miniGael—. ¿Tú quieres?

Le gustaba Mallory. Aquella cría siempre ponía mucho empeño en sentarse junto a él en la clase de dibujo. Tenía una caja de ciento veinte crayolas, con colores exóticos como «Arena del desierto» y «Macarrones con queso», que desde luego no estaban en la sosa caja de cuarenta y ocho lápices de Gael. Mallory le dejaba usar los colores que él quisiera, aunque tuviera que colorear casi la página entera, para lo que se gastaba mucho.

Mallory se quedó mirándole y se arrimó un poco más, de manera que sus piernas se tocaban: por un lado los vaqueros de él, y, por otro, los lanudos leotardos rosas de ella.

—Te quiero, Gael —dijo, y le besó en la mejilla y se fue corriendo.

Entonces el ayudante del profesor salió a decirle a Gael que el resto del recreo lo pasaría en la clase, donde no llovía.

Aunque esa tarde Mallory Sinapellido les dijo a otros dos chicos y a una chica que les quería, durante aquellos breves instantes que estuvo debajo del tobogán, con la lluvia repiqueteando sobre el metal como una serenata con tambor de acero, Gael se sintió más vivo que nunca.

A los diez años:

Día de san Valentín. Sus padres nunca lo celebraban. A él y a Piper les regalaban postales y quizá uno de esos absurdos corazones de caramelo, pero no se regalaban nada el uno al otro. Su madre decía que era una fiesta inventada por los grandes almacenes y que solo existía para vaciar los bolsillos de las parejas. Su padre decía que a él no le gustaba porque hacía que los solteros se sintieran mal.

Gael se había quedado sin pasta de dientes, así que fue a la habitación de sus padres a por un poco, y allí, en el espejo del baño, vio una frase escrita con lápiz de labios: «Te quiero un poco más cada año».

Era un mensaje secreto, destinado solo a su padre. Porque por mucho que su madre abominara del día en cuestión, no podía evitar hacer algo por la persona que amaba.

A los trece años:

¡Olvídate. De. Mí!

¡La madre del cordero!

Gael había alquilado la película y la había visto con Mason porque alguien en Reddit había dicho que Charlie Kaufman era el mejor guionista del mundo. A Mason le pareció rara y aburrida, pero Gael contempló con la boca abierta cómo un tipo de lo más torpe (que vagamente le recordaba a sí mismo) y su impulsiva novia, Clementine, primero se borran de los recuerdos el uno al otro y después pugnan por recuperarse. La Clementine de pelo naranja dejó una fuerte impresión en Gael, con pensamientos de este estilo:

Si amas a alguien de verdad, aunque intentes BORRARLE DE LA MEMORIA no desaparecerá.

Clementine está muy buena.

De vez en cuando los tíos torpes consiguen chicas molonas.

El amor es complicado.
Yo lo quiero.

A los diecisiete años:

Tal vez el momento más importante, el que lo consolidó todo. El que le dijo que lo que había estado esperando, aquello en lo que creía (o había creído antes de la separación de sus padres), lo que había buscado desde aquella primera declaración debajo del tobogán, era suyo si lo quería.

Un correo electrónico de Anika, el día después del planetario:

hola
he pensado en ti esta mañana.
me ha alegrado.
eso es todo
xx
a

conexión francesa perdida

GAEL EMPRENDIÓ EL CAMINO A CASA Y LOS LOCALES frecuentados por los universitarios y los chungos alojamientos estudiantiles enseguida dieron paso a altos arces, céspedes cuidados y porches acogedores.

Mientras andaba haciendo crujir las hojas caídas, intentaba digerir lo que acababa de suceder. Había pasado del Fracaso de la Cena de Cumpleaños a compartir su comida preferida con una desconocida adorable. A quien había besado. En los labios. De la manera más inesperada. No sabía ni qué pensar.

Gael era consciente de que no debía precipitarse, de que estaba recuperándose de una ruptura.

Había una razón por la que lo llamaban rebote.

Porque era algo estereotipado.

Obvio.

Dio una patada a un montón de hojas y procuró quitarse aquella locura de la cabeza.

Claramente, estaba hecho un lío, pensó, como era lógico. No había necesidad de meter a nadie más en el ajo.

(Y yo no podía estar más de acuerdo. Por eso había planeado reservar el auténtico amor de Gael para unos meses después, cuando estuviera en mejores condiciones, un poco al menos. Pero como también os ocurre a vosotros, los humanos, no siempre consigo lo que quiero. Ni mucho menos.)

Gael iba pensando en cuándo sería aún demasiado pronto para buscar a Cara en Facebook y enviarle un mensaje cuando vio a Sammy (¡precisamente!) bajando por el camino de entrada a su casa.

—¡Oh! —exclamó ella, sobresaltada. Se paró en seco, justo delante del árbol que llevaba ahí toda la vida, del que el siempre afortunado Mason se había caído en una ocasión sin hacerse ni un rasguño—. Hola. Ya me iba. He vuelto del restaurante con tu madre.

—Eh…, siento haber montado una escena —se disculpó Gael.

—No pasa nada —replicó ella—. Era una situación complicada.

Una vez ofrecidas sus disculpas, Gael siguió fantaseando con Cara. La camiseta tan chula que llevaba, el hurto de la salsa picante y esa forma que tenía de sonreír tan…

Gael no se fijó en la forma en que Sammy se tiraba del dobladillo del vestido. Estaba rememorando el beso, maravillándose de cómo algo, casi milagrosamente, le había salido bien.

¿Era una locura pensar siquiera en prendarse de alguien tan pronto? (Sí.)

Y si lo era, ¿acaso importaba? (Otra vez sí.)

Gael se sentía mejor de lo que se había sentido desde que Anika le había dado la noticia vía sesión pública de besuqueo. Su vacío se había convertido en ligereza, como si, de abstraerse de lo que le rodeaba, pudiera echar a volar.

Hasta el punto de que apenas oyó a Sammy cuando dijo:

—¿Sabes?, no he sido del todo sincera contigo...

Sammy le miraba con ojos serios, esperando que él dijera las palabras que harían brotar la verdad, una verdad que ella llevaba tiempo queriendo revelar y que no había revelado porque no había encontrado el momento oportuno. (Es fácil, Gael. Tú escucha a la chica. Pregúntale que a qué se refiere.)

Pero (por supuesto) eso no es lo que hizo Gael.

—Perdona, ¿qué? —preguntó.

Sammy hizo un rápido gesto negativo con la cabeza y retrocedió dos pasos, agrandando el espacio que había entre ellos.

—Nada. Hasta el lunes —contestó, y se escabulló todo lo deprisa que le permitieron sus piernas, que fue muy deprisa, con su uno setenta y cinco de estatura, la misma que Gael.

Este, por su parte, se encaminó hacia su casa, sin molestarse en dedicar a Sammy Sutton ni un pensamiento más.

cómo acabar
con un encaprichamiento (o fase uno)

A PESAR DE ALGUNOS INGENIOSOS INTENTOS DE INCLInar la balanza a mi favor (que no se limitaron a hacer que el servicio telefónico y de internet dejasen temporalmente de funcionar en la casa de su padre), para cuando llegó el domingo Gael ya había encontrado a Cara en Facebook y le había preguntado si quería acompañarle al almacén de material deportivo REI. Había decidido que una cita no romántica era la forma más sencilla de empezar.

Quizá habría podido esperar un poco más si ese fin de semana no se hubiera muerto de aburrimiento en casa de su padre. El piso era una vivienda no muy alegre de tres habitaciones que ni siquiera tenía un reproductor de Blu-ray. Puede que accidentalmente yo mismo le proporcionara al padre de Gael acceso a la cadena HBO, pero ni con eso conseguí que mi chico aguantara mucho: entre los sucesivos episodios de *Juego de tronos* y las frecuentes llamadas de Mason, que no se molestaba en contestar, a Gael le recordaban constantemente que la traición no era exclusiva de mundos habitados por dragones y enanos.

Por no hablar de que su padre le estaba sacando de quicio.

Gael se había disculpado tanto con su padre como con su madre, con cada uno por su lado (otra cosa divertida de los hogares separados: ¡tienes que decirlo todo dos veces!), y su padre no solo le había perdonado, sino que parecía decidido a buscar la forma de establecer vínculos entre ellos. Lo intentó una y otra vez realizando distintas actividades familiares (como preparar juntos la comida, ir al mercado e incluso darse el gusto de un paseo después de cenar), lo cual no hizo sino aumentar las sospechas de Gael de que realmente su padre tenía razones para sentirse culpable.

Resumiendo: Gael tenía que salir de aquella casa.

Le dijo a Cara que necesitaba algo trivial, como unos calcetines de lana, y le preguntó si quería darle su experta opinión de senderista.

Ella no dudó en contestar que sí.

Señoras y señores, había llegado el momento de poner en marcha la Primera Fase de la Misión: alejar a Gael de una chica que no le convenía. Poseo una amplia y comprobada gama de formas de cortar un romance de raíz, y con Gael estaba dispuesto a utilizarlas todas.

Sin más preámbulos, he aquí mi obra:

Primera defensa: la irritación

—Hola —dijo Cara, entusiasta, al entrar en el coche de Gael.

Este llevaba esperando delante de la residencia de estudiantes diez minutos sobre la hora convenida para recogerla, pero ella no se disculpó. Se puso el cinturón de seguridad a la vez que Gael salía del campus sur de la universidad de vuelta a la autopista.

—Me alegro de que te decidieras a venir —dijo Gael, optando por perdonar su tardanza—. Me acordé de que dijiste que necesitabas unas botas de montaña.

Cara sonrió, se recogió el pelo en una coleta y se echó hacia atrás en el asiento.

—Y así es.

Puso los pies en el salpicadero, algo que Gael aborrecía, pero no dijo nada. Lo que hizo fue subir el volumen de la radio cuando sonó su canción preferida.

Instantes después, Cara cambió de emisora sin preguntar siquiera.

Pero sí preguntó si podían parar en Starbucks porque le apetecía mucho un café de calabaza especiado.

(A ver, no estaba utilizando control mental, lo prometo. Libre albedrío, blablablá. Pero Cara se había censurado a sí misma en anteriores relaciones, y era del todo justo por mi parte recordarle ese hecho, alentarla, como el que no quiere la cosa, a no reprimirse, a escuchar la música que quisiera, a aceptar su pasión por Starbucks, a repantingarse en el asiento. Aunque, claro, también sabía que ese comportamiento irritaría a Gael una barbaridad.)

Segunda defensa: la incompatibilidad

El aparcamiento del centro comercial estaba cerrado por alguna extraña razón, así que Gael y Cara tuvieron que aparcar junto al cine (es increíble lo que la gente llega a pensar cuando pones unos cuantos conos de aspecto oficial). Una vez fuera del coche, Gael se fijó en el atuendo completo de Cara. Calzado Birkenstock, vaqueros rotos y una camiseta de Willie Nelson. A Anika ni muerta se la habría pillado con un aire tan despreocupado e informal. Y, sin embargo, pensó, Cara estaba sensacional.

—¿Listo para gastar más dinero del que deberíamos en material de montaña? —preguntó Cara entusiasmada—. ¿Para usarlo durante un año y aprovechar la increíble política de devoluciones de la tienda?

Guiñó un ojo y se apretó la coleta, y Gael se rio.

Cuando cruzaban el aparcamiento, un destello de sol otoñal incidió sobre el póster que anunciaba un próximo estreno de manera que fue imposible no verlo. Gael apenas pudo contener la emoción.

—¿Tienes ganas de ver la nueva película de Wes Anderson? —Cara se encogió de hombros—. ¿Qué? ¿Crees que le dan mucho bombo?

Ella saltó del bordillo a la calzada y volvió a subir, luego se agarró al poste de una señal de «prohibido aparcar» y, sosteniéndose con una mano, giró a su alrededor. A lo lejos, fluía con alegría el agua de una fuente.

—No sé —respondió Cara—. Si te digo la verdad, no tengo opinión al respecto. No soy muy aficionada a las películas. Salvo a las de James Cameron. Es el mejor director de todos los tiempos.

Tercera defensa: los celos

Ya en la tienda, Gael y Cara pasaron por la sección de las mochilas de hidratación y los kayaks y se dirigieron a la zona de calzado para mujer, donde Cara cogió unos cuantos pares de botas para probárselos. Enseguida un tipo musculoso que parecía un cruce entre Mason y Bradley Cooper acudió a ayudarles.

El dependiente sacó una pila de cajas y Cara se sentó. Se probó el primer par.

—¿Demasiado prietas? —preguntó el tipo mientras le apretaba odiosamente el dedo gordo de los pies con sus manazas.

Ella negó con la cabeza.

—Perfectas —respondió con una sonrisita. ¿Estaba flirteando con él?, se preguntó Gael. Cara se levantó de un salto, dio unos pasos y volvió a sentarse—. Voy a probarme otro par.

Los dos estuvieron así un rato y Gael no pudo evitar fijarse en que cada vez que Cara caminaba de un lado a otro, el empleado la seguía con la mirada; y no precisamente porque esperase que ella fuera a hacerse la tarjeta de la tienda, que costaba una pasta.

Finalmente Cara volvió a probarse el primer par.

Después de morderse un labio y dar otra vuelta, se sentó y dijo sin más rodeos:

—Me las llevo.

Unos resultados no muy afortunados

Cara se giró hacia Gael y le sonrió mostrando los dientes. Movía los pies a un lado y a otro, y se la veía tan desenvuelta y encantadora que su pasión por *Titanic* y su afición a los mejunjes especiales de Starbucks no bastaron para hacerle perder el interés.

—Gracias por aguantarme.

—No hay de qué —respondió Gael, pero lo que pensaba era: «Aguantaría mucho más por estar contigo».

¡Uf! Había que espabilar y pasar a la Fase Dos.

hoy todo el mundo es consultor sentimental

AL DÍA SIGUIENTE, A LA HORA DE LA COMIDA, GAEL SE dirigió a su rincón habitual en el patio exterior. Era ya mediados de octubre, habían caído las hojas y la temperatura era más fresca. Nadie aparte de él seguía sentándose fuera, pero manejar la dinámica de la mesa de la cafetería no era algo que atrajese a Gael precisamente.

No os aburriré con los pormenores de la cafetería del instituto. Ya sea por experiencia propia o de verlo en las películas, seguro que estáis al tanto de las divisiones sociales existentes, y el centro de Gael no era una excepción. Antes de La Mayor de las Traiciones (LMT), Gael siempre se sentaba con su pequeña cohorte de cerebritos no muy empollones: Anika, Jenna, Danny, Mason y, de vez en cuando, una o dos chicas de la clase de biología de Jenna.

Sin embargo, desde LMT Gael comía fuera él solo. Así que se sorprendió mucho cuando, tras sentarse en el hormigón, apoyarse contra los ladrillos y sacar la comida habitual de los lunes, un triste sándwich de jamón y queso que su madre había hecho a la carrera (la comida era mucho mejor cuando la preparaba su padre), vio que Danny y Jenna se acercaban a él.

—Tío, ya vale de comer aquí fuera —dijo Danny, con el pelo perfectamente peinado y engominado y una mano en la tira de su mochila—. Entra y siéntate con nosotros.

Gael dio un mordisco a su sándwich y negó con la cabeza.

—Vamos —terció Jenna. Su pelo era lo opuesto al de Danny, castaño rojizo, alborotado y crespo, como si acabara de meter un dedo en un enchufe. Formaban una extraña pero encantadora pareja—. Te echamos de menos. Y aquí fuera hace un frío que pela.

Eso había sido idea de Danny, seguro, pensó Gael. Pero, aun así, era un detalle.

Gael tragó y tomó un sorbo de su bebida.

—No tengo ningún interés en sentarme con Anika y Mason —dijo.

—Ya no se sientan con nosotros —le informó Jenna.

Gael detectó un deje de fastidio en su voz. Jenna cruzó los brazos y esbozó una sonrisa forzada.

La sonrisa de Danny, sin embargo, era más genuina cuando comentó:

—No nos pareció justo que te hicieran una faena y que encima pringaras tú.

Jenna se rio. Semanas atrás, durante la comida, había dicho eso de pringar por casualidad y se les había quedado grabado.

Gael se rio también. Era gracioso, por muchas veces que lo dijeras.

Y es que realmente el que había pringado era él. Tenían razón. ¿Por qué permitía que el egoísmo de Mason y Anika estropeara el resto de sus amistades?

Sin pronunciar palabra, Gael cogió su sándwich y su mochila y les siguió hasta la mesa a la que se sentaban habitualmente. Como le habían asegurado, Anika y Mason estaban al otro extremo de la cafetería, riendo y comiendo con dos chicas del grupo de danza india de Anika. Procuró no prestarles atención.

Danny y Jenna se pasaron los siguientes treinta minutos debatiendo coquetamente qué temporada de *Doctor Who* era la mejor y discutiendo sobre si de verdad tenían que hacer la lectura de biología o si intentaban buscar las respuestas en Google.

Gael apenas hablaba, hasta que Danny, como si de repente se le hubiera encendido una lucecita, dejó de hablar de biología y le miró con entusiasmo en los ojos.

—Quizá deberías enrollarte con otra chica. Sobre todo si está más buena que Anika.

Jenna le dio un manotazo en su flaquísimo brazo.

—¿No puedes ser más machista, por favor? Gael necesita espacio, no meter a nadie más en este drama. —Le observó toda seria, y a Gael le pareció que hasta sus pecas habían adquirido el mismo aire de seriedad—.

Como dicen en Reddit, consíguete un abogado, bórrate de Facebook y apúntate a un gimnasio. Todo menos la parte del abogado, claro está. Ah, y deja de avergonzar a Anika en los restaurantes.

¡Vaya!, pensó Gael, qué directa. ¿En serio había hecho él eso?

Trató de pensar en una forma respetuosa de defenderse, pero Danny se encogió de hombros y añadió:

—Lo único que digo es que un clavo saca otro.

Jenna alzó los ojos al cielo y replicó:

—Eso lo has oído en algún programa malo y buscabas la oportunidad de decirlo.

—Puede —respondió Danny, y le dio un beso sensiblero.

Entre sus dichosas muestras de afecto y sus consejos contradictorios, Gael se sentía cada vez peor. De hecho, ninguno de los consejos que había recibido en los últimos días le había servido de gran ayuda.

La noche anterior su padre le había pasado uno de los embarazosos libros de autoayuda que había leído cuando su madre y él se separaron, y luego le preguntó por enésima vez desde la ruptura si estaba seguro de que no quería probar la terapia.

Esa misma mañana su madre le había rogado que el miércoles la acompañara a una clase de yoga centrada en la meditación.

Luego, durante el desayuno, Piper le había leído su horóscopo del amor, que sugería que se abriera a «aquellos que le ofrezcan conversaciones profundas y aventuras intelectuales». (Vale, lo admito, fui yo quien dio con esa joya.)

Y antes de la comida, en química, Mason le había recordado que ahora era cuando Gael más necesitaba a un amigo. Mason no parecía captar la ironía de la situación.

El problema de los consejos que Gael estaba recibiendo era el mismo que tienen casi todos los consejos relacionados conmigo. La gente sugiere lo que querría o necesitaría. Pero el acto de amar es una experiencia tan única que es casi imposible que nadie excepto yo sepa lo que alguien necesita en un momento dado, y hasta yo me equivoco a veces.

Danny se separó del beso de Jenna y clavó los ojos en Gael.

—Venga —dijo—. Tiene que haber alguna chica que al menos te parezca guapa.

Desde luego, Gael no estaba dispuesto a gafar nada hablándoles de Cara. Un beso impulsivo y una excursión para comprar botas de montaña no constituían una relación.

Así que negó con la cabeza y confió en que ni Danny ni Jenna vieran cómo se le enrojecían las mejillas.

bienvenidos a la zona de amistad: temporalmente, al menos

EL MARTES GAEL LE PREGUNTÓ A CARA SI QUERÍA PRObar su reciente adquisición haciendo la ruta de Bolin Creek, que estaba cerca de su casa.

Le sorprendió la rapidez con que dijo que sí.

(Conociendo a Cara, a mí no.)

—¿Qué tal las botas nuevas? —le preguntó Gael mientras caminaban por el sendero de tierra, rodeados de altísimos árboles.

—Fenomenal —contestó Cara, enérgica, aunque por la forma en que renqueaba nadie lo habría dicho.

—¿Estás segura? —insistió Gael—. Podemos volver en coche a tu residencia y coger otras. O podríamos tomarnos un descanso. O, si no quieres caminar, podríamos hacer algo totalmente distinto.

Inspiró hondo, recordándose que no debía parecer tan impaciente. Lo único que Gael quería era una vía de escape de su antigua vida, y aquella chica, que no sabía absolutamente nada de sus amigos, parecía la persona adecuada para proporcionársela. Siempre que no empezaran a sangrarle los pies, claro.

—En serio, no tenemos que hacer esto si no quieres.

—Estoy bien —dijo ella, observando cómo revoloteaban las hojas en el camino—. Solo tienen que ablandarse, como dijo el chico de la tienda.

Gael se obligó a desterrar de su cerebro las imágenes de aquel guaperas del almacén y su belleza universal. Que Anika pusiera la belleza convencional por encima de todo lo demás no significaba que todas las chicas hicieran lo mismo.

Mientras el viento silbaba entre los árboles, el riachuelo sonaba a lo lejos y la luz del sol proyectaba graciosas sombras en la piel de Cara, Gael no podía sino pensar en el beso de marras. Había sido maravilloso. Inesperado. Le había recordado a su primer beso con Anika. No en plan oh-por-favor-quiero-morirme-nunca-olvidaré-a-Anika. Más bien en plan quizá-sea-cierto-que-la-vida-continúa.

Y ella le había devuelto el beso, aunque solo fuera durante una décima de segundo. Él sabía que lo había hecho.

Se obligó a dejar de pellizcarse la piel de un lado del pulgar. Desde luego, los tipos como el guaperas de la tienda no hacían eso cuando estaban nerviosos. De hecho, los Mason y los tíos como el del almacén no parecían ponerse nerviosos nunca. Cerdos.

En ese momento Gael señaló hacia un claro del bosque y propuso:

—Ese camino de ahí lleva a un banco que está cerca del riachuelo. Podríamos sentarnos un rato y descansar.

—Qué encanto —dijo Cara, que aceleró el paso por delante de él, claramente deseosa de descansar los pies.

Cuando Gael la alcanzó, el rumor del arroyo se intensificó, armonizando con el sonido de la circulación y el bombeo de la sangre en sus oídos. Puede que Cara no fuera perfecta, pensó Gael, pero ¿quién lo era? ¿Y qué si tenía mal gusto para las películas y la música? ¿Y qué si llegaba siempre tarde (esta vez solo había tenido que esperar ocho minutos a la puerta de su residencia)? ¿Y qué si no era una sibarita del café como él? ¿Y qué si en ocasiones era un poco avasalladora?...

Cara se sentó en el destartalado banco y enseguida se aflojó los cordones de las botas. Gael se fijó en la pequeña placa de metal que no había visto antes:

Para Mary, que me hizo feliz todos los días
Te llevaré siempre en el corazón

Le entraron ganas de seguir caminando para buscar un banco un poco menos sentimental, pero era demasiado tarde. Cara le agarró de una mano e hizo que se sentara junto a ella.

Por otro lado, pensó, a lo mejor el banco era una señal. (No, Gael. No era una señal.)

Una vez sentados como es debido en el banco del amor eterno, Gael abrió su mochila y sacó las botellas de agua. Le pasó una a Cara y luego se bebió la suya de unos cuantos tragos.

—¡Eh, hasta la de los floreros te vas a beber!—exclamó ella.

Gael rio nervioso.

—Es que tenía un poco de sed.

Volvió a poner el tapón y guardó la botella en la mochila. Después se volvió hacia Cara.

Tenía la cara colorada, la frente brillante, los ojos relucientes, el pelo recogido en una desordenada coleta que jamás habría pasado los estándares de Anika... La ropa tampoco habría aprobado: llevaba un culote corto y una camiseta de manga larga de Bandido's, un restaurante mexicano de la calle Frankin que era muy cutre, pero también toda una institución. La vez que Anika y él habían hecho senderismo juntos, ella llevaba unos pantalones de licra, un top a juego y un sujetador deportivo de lunares.

Sin embargo, había algo refrescante en que a Cara no pareciera importarle la ropa. Algo auténtico, sincero. Puede que no tuviera mucho sentido, pero no parecía el uniforme de una traidora, eso seguro.

A Cara se le soltó un mechón de pelo que le bailó con la leve brisa procedente del arroyo.

El beso había sido estupendo, pero la efervescencia, la ausencia de aturdimiento que había provocado en él había desaparecido muy deprisa. Y de repente lo que más quería en el mundo era que volviera.

Sin pensárselo dos veces, Gael alargó un brazo y le colocó a Cara el mechón descarriado detrás de la oreja, le pasó el pulgar por la ligeramente sudorosa línea de la mandíbula y se inclinó hacia delante con los ojos cerrados...

—¡Espera!

Gael abrió los ojos de golpe para ver que Cara negaba enérgicamente con la cabeza.

Por un instante se mostró casi aterrorizada, pero enseguida se serenó.

—Gael —dijo con voz suave y casi monocorde, lentamente.

«Allá vamos», pensó Gael con tristeza, y se quedó mirando, por encima de la cabeza de ella, a los árboles, pellizcándose inconscientemente el pulgar otra vez.

Las palabras le salieron precipitadas, como si fuera uno de esos jóvenes reporteros charlatanes de ojos brillantes de una película en blanco y negro.

—No es por ti. Eres increíble. Es que..., ya sé que la gente siempre dice esto, pero de veras que no es por ti.

—No pretendía... —Gael vaciló, intentando buscar las palabras adecuadas y fracasando completamente—. Es que quería besarte.

Cara se puso colorada, y él habría jurado haber visto un pequeñísimo centelleo en sus ojos, pero levantó la mano.

—Lo sé. Quiero decir que yo también, pero...

—Pero ¿qué? —preguntó Gael.

Cara inspiró hondo y se tiró del dobladillo del culote. No le miró.

—La cuestión es que he terminado una relación hace unas semanas.

—Yo también —manifestó él, omitiendo la información de que «unas semanas» eran exactamente dos.

Ella suspiró.

—Bueno, la cuestión es que me había propuesto no salir con nadie durante todo el mes de octubre. Y entonces tú me besaste y, no sé, pensé que quizá no importaba, pero mis compañeras de residencia opinan que es importante que lo cumpla para probarme a mí misma que puedo, ya sabes, estar sin pareja.

(He aquí una clásica monógama en serie[3]. Puede que conozcáis a este tipo de personas. Si no, leed la nota.)

Gael hizo un gesto de asentimiento, pero su cerebro ya estaba en marcha. Le gustaba lo bastante como para haber hablado de él con sus compañeras de habitación... Le gustaba lo bastante como para pensar en romper la promesa que se había hecho a sí misma...

Cara no esperó a que le respondiera.

—¿Te parece que seamos amigos de momento, al menos hasta que termine octubre?

—Por supuesto —respondió. Y lo decía en serio.

Porque a octubre le quedaban poco más de dos semanas. Seguro que podía aguantar dos semanas.

---

[3] Monógamo en serie: aquel que cree de manera inflexible en no estar solo. Los sentimientos de amor y romance que esta especie alimenta no son ni con mucho tan fuertes como los de los románticos; en cambio, los monógamos en serie albergan un intenso deseo de tener pareja en todas las etapas de la vida. Lo que puede conducir a pasar de una relación a otra sin solución de continuidad, enamorándose de una nueva persona antes de soltar a la anterior, sin tomarse el tiempo necesario para averiguar quiénes son por sí mismos. Sin embargo, los monógamos en serie suelen tener un peculiar don para el compromiso que puede ayudar a que los fóbicos a las relaciones finalmente le den una oportunidad al amor.

donde se explica la fase dos

DE ACUERDO, NO ERA QUE GAEL ESTUVIERA LO QUE SE dice horrorizado con la conducta nada compatible de Cara (gracias a ese pizpireto, infantil, alocado y encantador arquetipo de la Chica de tus Sueños que han fijado ciertas películas románticas, los chicos como Gael pueden llegar a convencerse de que alguien que literalmente les saca de quicio de alguna manera también puede salvarles). Pues vale.

El caso es que yo no estaba preocupado. Simplemente me había adentrado en la Fase Dos.

Cara había hecho la promesa de no salir con nadie durante el mes de octubre. Cara hacía muchas promesas de esa naturaleza. Y siempre las rompía en cuanto alguien nuevo aparecía en escena. Y sus amistades nunca le decían nada.

Pero gracias a la serie de medidas cruciales que adopté (un artículo sobre cómo ser un buen amigo significa decir lo que se piensa, una oportuna conferencia de psicología sobre cómo a menudo mentimos a quienes más queremos), había logrado convencer a sus amigos de que por una vez expresaran su opinión.

Y cuando de un estante de La Tienda del Estudiante cayó un ejemplar de *Antes yo que nosotros* justo a los pies de Cara, ella se lo tomó (con razón) como una señal. Y puso atención.

Por fin había ganado algo de tiempo, poco más de dos semanas, pero me las estaba viendo con un romántico de categoría A y una monógama en serie de manual.

Desde luego, no iba a ser fácil.

tête à mason

—¡VAMOS, TÍO! —LE GRITÓ MASON DESDE SU FURGONETA a Gael, que volvía a casa andando desde el instituto—. ¡Deja que te lleve!

Los jueves Gael iba al instituto y volvía a casa a pie. Los Jueves sin Gasolina, una de las campañas más serias de su padre para disminuir la huella de carbono, era una antigua tradición de la familia Brennan, y él la seguía manteniendo aunque ya no fueran una familia.

Por supuesto, antes de LMT, Gael se alegraba de que esporádicamente Anika o Mason le llevaran en coche, sobre todo cuando cargaba con el saxofón. Pero ahora Mason era la última persona con la que quería estar.

Habían pasado dos días desde el paseo con Cara, y se debatía entre:

a) contar los días que quedaban hasta noviembre

b) preguntarse si toda esa historia suya no sería sino un mal pretexto para rechazarle

Cara y él habían hecho planes para ir juntos a ver un partido de baloncesto de exhibición de la universidad, pero no era hasta el viernes, así que no le quedaba otra que tratar de concentrarse en las clases, hablar de cosas intranscendentes con Danny y Jenna a la hora de la comida y escuchar a su madre recordándole todos los días que estar sin pareja puede ser una experiencia gratificante y liberadora, ¡un tiempo perfecto para encontrarse a uno mismo!, lo cual resultaba difícil de creer dado lo hinchados que tenía los ojos desde hacía unos meses. Sinceramente, Gael estaba exhausto.

Mental y físicamente.

Porque esa mañana había tomado la desquiciada decisión de ir a correr con su padre. Gael se había quedado sin resuello tras recorrer una distancia de diez manzanas, y después de otras diez, su padre terminó por comprender que repetir la cantinela «¡Venga, tú puedes!» era tan eficaz como decirle a un oso perezoso que se diera prisa. Poco después Gael gritó:

—¡Esta ha sido la peor idea de mi vida! —y se volvió en dirección a casa antes de ver la inevitable decepción en la cara de su padre.

Mason, exmejor amigo y rey de los traidores, apretó la mano contra el claxon.

—¿Qué narices quieres, tío? —rompió su silencio finalmente Gael, acompañando la pregunta con un gesto grosero. Gael aceleró el paso, pero Mason se colocó a su altura, conduciendo la furgoneta despacio—. ¿Me vas a seguir? —añadió Gael, dándose la vuelta.

—Debemos hablar —contestó Mason—. Ya sabes, tener un *petapet* de esos...

Poco a poco se fue formando una hilera de coches detrás de Mason. Sonaban los cláxones, pero Mason se negaba a ir más deprisa.

—Vale —replicó Gael. Rodeó la furgoneta, abrió la puerta del copiloto y lanzó la mochila dentro con más fuerza de la necesaria—. Y, por cierto, se dice *tête à tête* —le corrigió Gael, cortante, cuando cerró la puerta y Mason pisó el acelerador.

Mason se encogió de hombros y, pese a su declaración, no dijo nada durante el trayecto hasta la casa de Gael, que afortunadamente duró unos cinco minutos.

En cuanto Mason accedió al camino de entrada, Gael se bajó del coche y cerró la puerta de golpe sin una palabra de agradecimiento. Como era costumbre en él, Mason no captó la indirecta. Por tanto, apagó el motor, se bajó y entró en la casa detrás de Gael.

Sammy estaba sentada con Piper en su sitio habitual del comedor. Al ver a Mason, se ajustó las gafas, esperando ponerse al día de los últimos acontecimientos del drama Gael-Mason que tan épicamente había presenciado en la cena de cumpleaños. Gael pasó sin decir ni hola y fue derecho a su habitación. Mason le siguió.

Mason encendió la Xbox de Gael y cargó el archivo Skyrim como si tal cosa. Le lanzó una sonrisa bobalicona cuando en la pantalla apareció un paisaje escarpado. Les encantaba. Skyrim era el videojuego preferido de Gael (le recordaba a *El señor de los anillos*), y los dos pasaban horas mejorando armaduras, dando muerte a dragones y defendiéndose de bandidos ladrones.

Gael sintió una breve —aunque intensa— punzada en el pecho. Echaba de menos a Mason. Era como si ellos también hubieran roto. En cuanto notó ese sentimiento, se rebeló contra él. Mason se esforzaba por actuar como si no pasara nada. Pero sí pasaba. Y Gael no creía que las cosas pudieran volver a ser como antes. Lo que Mason había hecho era completamente imperdonable. Iba contra todas las reglas de la amistad. Contra todas las reglas de la decencia humana básica.

Gael se rio con amargura para sus adentros: tan imperdonable como irrumpir en casa ajena a jugar con videojuegos sin haber sido invitado.

El personaje de Skyrim de Mason corría por el bosque, con su atractiva sirvienta a la zaga. De pronto disparó una flecha a un errante, matándolo de inmediato.

—Sabes que no deberías hacer eso —dijo Gael.

Mason se encogió de hombros.

—Tengo que practicar el tiro con arco. Alguien debe morir en la búsqueda de la grandeza.

Gael se sentó en la cama.

—No puedes ir por ahí matando a gente que no te ha hecho nada.

Mason le miró de reojo.

—Eso nunca te había importado.

—Bueno, pues ahora sí. —Gael hablaba en voz baja, agitada—. Ese tipo podría haberte ayudado. Acabas de apuñalarle por la espalda, literalmente.

Mason se volvió hacia Gael y, por un momento, pareció que iba a decir algo más que un vago «Lo siento, tío», pero no lo hizo. En cambio, mató a dos lobos y a un bandido antes de volver a hablar.

—La cuestión es que necesito tu ayuda.

Gael soltó un bufido de burla.

—No estoy de humor para ayudarte.

—Solo quiero que me escuches. —El personaje de Mason se dirigió hacia una cueva, sirviéndose de un hechizo para iluminar el camino—. Las cosas con Anika están raras.

Gael cogió una almohada y le dio un puñetazo.

—¿Me tomas el pelo? ¿Me fastidias la tarde e invades mi espacio para pedirme consejo sobre la chica que me has robado?

(Los actos de Mason eran un poco absurdos, desde luego. Pero lo que seguía sin entrarle en la cabeza a Gael era que todo el mundo toma decisiones absurdas en lo que a mí respecta. Ese no era *El show de Gael*. Él no era el único que se había enamorado alguna vez.)

Mason paró el juego, cogió la silla del ordenador de Gael, la giró y se sentó al revés. Apoyó el pecho contra el respaldo y dejó los brazos, extralargos, colgando a los lados.

—Tío, no es una posesión —dijo Mason, de una manera profunda e impropia en él. Casi hizo que Gael se sintiera como un imbécil—. Es una persona.

—Lo que sea. Lo llames como lo llames, fue una puñalada trapera.

Mason se puso a toquetear una pegatina que había en el respaldo de la silla.

—Lo sé. Y quizá cuanto más tiempo pasa sin que me hables, más me doy cuenta del daño que te hice. Pero eres la única persona con la que me siento cómodo hablando de estas cosas... —Gael cruzó los brazos y mantuvo la boca cerrada. Mason inspiró profundamente e hizo girar la silla una y otra vez—. Pero para que lo sepas, ella me besó a mí, ¿vale?

—Ya te lo he dicho, no quiero oír cómo os enrollasteis Anika y tú —repuso Gael, alzando las manos.

Mason se quedó unos instantes mirándose los pies y luego volvió a clavar la vista en Gael.

—Mira, debería haberle dicho que rompiera contigo antes de que pensara siquiera en hacer nada conmigo, pero no se me ocurrió, ¿vale? Y ahora..., no sé, supongo que me preocupa que esté jugando con los dos. ¿Y si no le importo en absoluto y simplemente me utilizó para romper contigo?

Gael hizo un gesto de fastidio.

—¿Acaso te importaría? ¿No es ese el objetivo Mason? ¿Que no te ate nadie?

Mason cruzó los brazos y se echó hacia delante.

—La cosa es que a veces no se pone el puñetero cinturón de seguridad cuando va conmigo en la furgoneta, y entonces pienso en qué pasaría si hay más ocasiones en las que no se pone el cinturón de seguridad, qué pasaría si hay algún accidente y luego qué pasaría si se muere, y... Bueno...

—¿Qué tienen que ver aquí los cinturones de seguridad? —preguntó Gael.

Mason encogió los hombros y farfulló:

—Nunca me habían preocupado esas pequeñas cosas. La mayoría de las veces ni siquiera yo me pongo el cinturón de seguridad.

—Eso es porque eres un idiota —dijo Gael.

Pero detrás de esa frase había algo de lo más raro, y era que se alegraba por su amigo. Mason se preocupaba, se preocupaba sinceramente, por una chica. No porque estuviera buena o porque quisiera salir con ella, sino porque era ella. Mason, de quien Gael muchas veces había pensado que con los años se convertiría en un auténtico mujeriego, renunciando así a cualquier atisbo de verdadera felicidad por una buena delantera, de alguna manera había descubierto el amor.

Durante una fracción de segundo, Gael se sintió orgulloso de su amigo.

(Y yo también lo estaba. Mason era un errante[4] nato, pero por una vez en su vida, no tuvo deseos de echar a correr.)

Gael desechó ese sentimiento de simpatía. El proceso por el que Mason había llegado a ese punto seguía siendo del todo imperdonable.

—Entonces ¿qué es exactamente lo que quieres que haga? —le preguntó.

---

[4] Errante: aquel que busca la soledad y verse libre de «ataduras románticas». La actitud del errante le puede llevar a coleccionar oportunidades perdidas y hacerse el fantasma, lo cual acaba en idiotez generalizada y perpetua soltería. Aunque también puede desarrollar un alto nivel de conciencia y seguridad en sí mismo en relaciones de las que no huye inmediatamente.

—¿Preocuparse de esta manera es normal?

(¡¡Uf, chicos!! ¡Sí, es normal! Vuestra madre no os miente cuando os dice que se preocupa porque os quiere.)

A Gael se le había agotado la paciencia.

—No tengo ni idea de qué es normal para gente como tú —respondió con desdén—. Y ahora lárgate de mi habitación, por favor.

Mason se quedó parado durante un angustioso momento, pero después cogió su mochila de mala gana y salió. Gael esperó a que se cerrara la puerta tras él para poner de nuevo en marcha Skyrim, deambular por el bosque y disparar por la espalda al primer extraño que vio.

No le resultó tan placentero como había imaginado.

salto al primer «te quiero»: el montaje de mason

VALE, VALE, EN REALIDAD GAEL Y MASON NUNCA SE HAbían dicho «Te quiero» el uno al otro (a menos que contemos aquella vez en la que Mason se pasó un poco tomando cerveza y Gael tuvo que echar su enmarañado pelo hacia atrás), pero aunque no mediaran las palabras oficiales, su amor había quedado sellado cuando tenían unos once años.

Ese fue el año en que Gael, que había heredado la piel grasa del tonto de su padre, sufrió la primera erupción de verdad. Y no estamos hablando de uno o dos poros obstruidos como los de modelos de los anuncios de Clearasil, no. Estamos hablando de auténticas espinillas, gigantescas, de esas que no pasan desapercibidas. Eran tan grandes que ni siquiera podían llamarse granos.

Las mentes más creativas de la clase de Gael no tardaron mucho en encontrar motes para él, como «carapizza», «caracráter» o el único que era un poco inteligente pero absolutamente cruel: «Orión».

La cosa alcanzó un punto crítico (lo siento) el día en el que Brad Litcherson se volvió hacia Gael en clase de lengua y le preguntó:

—Tío, ¿te has echado pote?

A Gael la cara se le puso roja como un tomate (al menos las partes que no había cubierto con la base de maquillaje que le había prestado su madre) y salió furioso del aula antes de que pudiera oír a Mason decirle a Brad «¡Cierra la boca!» y a su profesora, la señora Jackson, tratar de calmarlos a todos.

A la mañana siguiente Gael entró en clase de lengua sintiéndose particularmente vulnerable, sin nada de maquillaje y con las espinillas expuestas a la vista de todos. Sin embargo, sus compañeros estaban apiñados alrededor del pupitre de Mason.

Gael se abrió paso entre ellos para llegar a su sitio y vio que Mason estaba cómodamente sentado en su silla, como si tal cosa, completamente maquillado. Llevaba base de maquillaje. Corrector. Polvos. Colorete. Lápiz de ojos. Sombra nacarada de color azul intenso. Rímel. (Mason tenía una hermana mayor que le había ayudado a pintarse a conciencia.)

Todos los estudiantes se reían y tomaban fotos con sus teléfonos. Ninguno miró a Gael. Casi nadie se acordaba ya de que Gael había aparecido en clase el día anterior embadurnado de maquillaje. El puñetero Brad Litcherson estaba tirado en su pupitre, completamente derrotado.

La señora Jackson les pidió que se sentaran, se callaran y no hicieran caso de «la evidente maniobra de Mason para llamar la atención» (después la dirección del instituto la reprendió por coartar la creatividad de los estudiantes), pero Gael le susurró a Mason:

—Qué zumbado estás.

—Y tú y este zumbado sois los mejores amigos —dijo Mason.

—Gracias, tío —repuso Gael.

—De nada —replicó Mason con ojitos tiernos.

Sus compañeros estuvieron llamando a Mason «chica de portada» durante el resto del año, pero a raíz de eso nadie volvió a mencionar el acné de Gael.

de todos los dormitorios de todas la ciudades del mundo ella tuvo que entrar en el mío

EL MENSAJE DE MASON LLEGÓ PRÁCTICAMENTE EN cuanto salió de casa de Gael:

p.d. sammy está más buena que la última vez que la vi, deberías salir con ella

No había pasado ni un instante cuando Sammy abrió la puerta de la habitación de Gael.

Este, muy cortado, escondió el teléfono debajo de las mantas y volvió a concentrarse en el juego, donde su personaje observaba al hombre al que acababa de matar.

Sammy entró en la habitación sin preguntar si no le importaba y se puso una mano en la cadera, su postura neutra.

—Bueno, ¿de qué ha ido eso? —Por un momento Gael creyó que se refería al mensaje. Era muy propio de Mason presentarse en casa de su amigo, prácticamente declarar su amor por Anika y a continuación babear por otra chica de camino a la puerta de la calle—. ¿Mason y tú volvéis a ser amigos? —preguntó de nuevo Sammy, relajándose y dejando caer la mano a un lado.

No es que Sammy y Mason se conocieran, pero, hasta hacía poco, Mason se pasaba por casa de Gael con tanta frecuencia que ambos eran conscientes del estatus del otro. Sammy: niñera. Mason: mejor amigo. Actualizado últimamente a exmejor amigo.

—No —farfulló Gael—. Se ha colado en casa.

Sammy ladeó la cabeza muy ligeramente y el pelo le enmarcó la cara en un arco negro perfecto. Se parecía un poco al personaje de Uma Thurman en *Pulp Fiction*, con flequillo y todo. Llevaba una camiseta de *Casablanca* en la que Gael no pudo evitar fijarse, vaqueros ajustados y un largo collar geométrico que hacía que los ojos se te fueran a los sitios adecuados. Gael apartó la mirada.

Sin duda era guapa, pensó Gael. Mason tenía razón. Pero era tan evidente que intentaba dárselas de estar en la onda... Además, una camiseta de *Casablanca* sentaba bien la llevara quien la llevara.

—Ese es el tío que te robó la chica, ¿no? —inquirió Sammy. Él no respondió y ella dirigió la mirada hacia la tele—. ¿Descargando la agresividad con videojuegos? —Hizo un gesto de desaprobación y añadió—: Muy bonito.

Gael dejó el mando.

—No me digas que eres antivideojuegos. ¡Qué original!

—¿Así que es un cliché que no me gusten las cosas que fomentan la violencia y van en contra de las mujeres? —replicó ella.

Gael se sabía de arriba abajo el sermón sobre los videojuegos porque su madre se lo había repetido hasta la saciedad. No necesitaba oírlo otra vez.

—Ya sé, ya sé —dijo—. Pero este tiene ética. He matado a un tipo, pero lo pagaré más adelante. Quizá no debería haberlo hecho.

Sammy le miró con las cejas enarcadas y ladeó la cabeza.

—¿De veras?

—De veras —respondió él.

—¿Entonces, qué, irás a la cárcel?

Gael negó con la cabeza.

—Probablemente no, pero pagaré por ello. No te preocupes.

Ella descruzó los brazos, los dejó caer a ambos lados del cuerpo y le dedicó una pequeña sonrisa.

—¿Vas a contarme de qué va la presencia de tu examigo o vas a debatir conmigo el valor de los videojuegos violentos? Si es lo segundo, que sepas que te voy a dar cien vueltas.

Gael vaciló. Las conversaciones entre Sammy y él habían sido siempre bastante superficiales. La idea de revelar su historia amorosa a alguien que tenía una relación estable desde hacía tiempo —alguien a quien no habían plantado públicamente y que no se había metido en una pseudorrelación con una persona que tenía tantos problemas sobre el hecho de no estar sola que había tenido que imponerse unas reglas para no salir con nadie durante un mes—, bueno, le parecía un poco patética.

Pero, por otro lado, sería agradable poder hablar con alguien. Sobre todo con alguien que no había sido la causa de todo el follón.

Apagó la tele y empezó:

—Llevo una semana hecho un lío.

—Humm, no es para menos, ¿no? —preguntó ella, volviendo el cuerpo hacia él de una manera que le hizo sentir, de repente, como si pudiera hablar de cualquier cosa—. Porque si en mi cena de cumpleaños se presentara un ex, me daría tal ataque de ansiedad que entraría en barrena.

Gael se rio y continuó:

—Y por si eso no fuera bastante, Mason me ha seguido hasta casa para decirme que está enamorado de Anika y que quiere que le aconseje.

Sammy dio un grito ahogado.

—¿Te ha dicho que está enamorado?

Gael negó con un gesto de la cabeza.

—No, pero podría estarlo. Es evidente que se preocupa por ella.

—¿Y tú aún la quieres? —le preguntó Sammy, optando por sentarse en el suelo con la espalda apoyada en la pared.

(En ese momento yo vi lo que Gael no podía ver: que Sammy tenía la esperanza de que respondiera que no. Se dijo que esperaba esa respuesta porque Anika era una narcisista y Gael se merecía algo mejor, pero yo tuve la corazonada de que eso no era todo. Y mis corazonadas suelen ser muy certeras.)

—En realidad, cada día estoy más convencido de que no. —Gael inspiró hondo—. Supongo que era más fácil ver la traición de ambos como algo superchungo; pero, si de verdad se quieren, me parece menos chungo. No sé.

Sammy le miró entrecerrando los ojos.

—¿Qué está pasando aquí? Esa actitud tan positiva es absolutamente impropia de Gael Brennan. ¿Qué me estás ocultando?

Gael se puso colorado.

—Creo que me gusta otra persona —afirmó.

Sammy hizo una pausa.

—¿En serio? —replicó con cautela—. ¿Tan pronto después de Anika?

Gael se miró las manos y luego a Sammy otra vez. Se sentía abochornado, era consciente de que debía de parecerle una tontería, pero después de todo lo que le había dicho bien podría contarle toda la historia…

—La conocí casualmente cuando iba de camino a casa después de la cena de cumpleaños y, sin venir a cuento, la besé. Fue una locura, y solo hemos quedado un par de veces desde entonces, pero el martes me dijo que acababa de salir de una relación y que no quiere liarse con nadie este mes.

Sammy se echó a reír. ¿O fue más bien una burla?, se preguntó él.

—¡Caray!, un mes entero sin salir con nadie. ¡Menudo sacrificio!

Gael se deslizó hacia atrás en la cama y cruzó los brazos.

—Para ti es muy fácil juzgar. Tú no has tenido que pasar mucho tiempo sin pareja.

Se produjo una breve pausa, pero entonces Sammy apretó los labios y se levantó.

—Lo único que digo es que quizá dos personas que están claramente colgadas de otras personas no deberían lanzarse a una nueva relación solo porque se hayan topado en la calle.

Sus palabras fueron duras y directas, como café amargo, quemado.

—Pero ¿y si nos hemos conocido por alguna razón? —repuso Gael con cierta vehemencia. Mientras se devanaba los sesos buscando argumentos para defender su caso, los ojos se le fueron, una vez más, a la camiseta de Sammy. ¡Bingo! La señaló con un gesto y añadió—: Como en *Casablanca*. Ilsa y Victor vuelven a reunirse al cabo del tiempo...

Sammy se rio, haciendo un gesto negativo con la cabeza.

—Y si recuerdas el final, no funcionó.

—Pero eso fue porque sucedió en un Marruecos fracturado por la guerra —dijo Gael con una voz que cobraba fuerza. Puede que estuviera despechado, aunque al menos podía expresar su teoría con películas—. En cualquier otro sitio habría funcionado.

Sammy hizo un gesto de impaciencia.

—La vida no es una comedia romántica. Aunque me gustan mucho, no son reales.

Gael se olvidó momentáneamente de su argumento.

—¿Te gustan las comedias románticas?

—Sí —respondió ella, relajando un poco los hombros—. ¿Pasa algo?

Gael se rio.

—No, pero pensaba que alguien obsesionado con la literatura francesa tendría un gusto cinematográfico un poco más sofisticado.

—¡Oye, que no soy tan esnob! —exclamó Sammy. A Gael eso le pareció discutible, pero lo dejó pasar. Luego ella se encogió de hombros y continuó hablando—. Yo solo digo que el momento es importante. Y que quizá dos personas con un bagaje emocional reciente no deberían precipitarse.

(Tenía razón, claro. De ahí la necesidad de mi trabajo.)

—¿Me vas a decir que tú no te precipitaste cuando conociste a John? —le preguntó Gael, indignado.

—¿De qué estáis hablando, chicos?

Gael y Sammy se volvieron a la vez y vieron a Piper en la puerta.

Sammy se pasó discretamente los dedos por debajo de los ojos y ladeó la cadera.

—De *Casablanca* —dijo—. Y de la chica de la que Gael anda ahora enamoriscado.

—¡Estás enamorado de alguien! —exclamó Piper con voz chillona.

—No es asunto tuyo —dijo Gael, poniéndose colorado otra vez y sintiéndose del todo superado—. Y aunque lo estuviera, Sammy cree que no es buena idea.

Piper miró a Sammy y a Gael alternativamente y a continuación esbozó su sonrisa de qué-maravilloso-mundo-el-de-la-Wikipedia, la sonrisa de haber aprendido algo nuevo y útil.

—Bueno, yo lo único que sé es que si a Sammy le parece que no deberías estar con esa chica, sus razones tendrá. Vamos, Sammy, ¡aún nos quedan cuatro traducciones por hacer! —añadió, y después salió de la habitación dando zapatazos y arrastrando a Sammy de la mano.

—¡A mandar! —le dijo Sammy a Piper, dejando a Gael solo con sus pensamientos.

búsquedas efectuadas por gael esa tarde, en orden cronológico

17:03 cómo saber si estás actuando por el efecto rebote
17:06 test para descubrir si estás rebotado
17:15 definición de monógamo en serie
17:17 salir con otra persona después de que te hayan engañado
17:28 qué significa que una chica pregunte si podemos ser solo amigos de momento
18:12 a la chica que me gusta no le gusta el cine
18:29 la chica dice que le gusto pero no quiere que salgamos durante dos semanas ¿está pasando de mí?
18:40 ¿ir a un partido de baloncesto es una cita romántica?
18.43 ¿y si no vuelvo a salir con nadie nunca más?

una casa dividida

AL DÍA SIGUIENTE POR LA TARDE, CUANDO GAEL SE DIS-
ponía a salir de casa para su pseudocita del viernes con Cara, su madre le detuvo en el recibidor.

—¿Adónde vas? —le preguntó.

Gael agarró el picaporte con una mano y se tiró del logotipo de la camiseta con la otra.

—Esta noche hay un partido de baloncesto. Tengo entradas.

Su madre suspiró ruidosamente y cruzó los brazos contra su pequeño cuerpo. Luego cogió un adorno de la mesa del recibidor, le quitó el polvo con el faldón de la camisa y volvió a ponerlo en su sitio.

—¿Cuándo pensabas decírmelo? Se supone que ibas a cenar con tu padre esta noche.

—Ya le he avisado. Me dijo que de todos modos tenía trabajo en el despacho, y que, cuando terminara, recogería a Piper.

—Pero a mí no me lo habías dicho —repuso su madre.

Gael soltó el picaporte y cruzó los brazos.

—Te lo estoy diciendo ahora. Además, el hecho de que papá y tú os comuniquéis de pena no es mi problema.

Por un momento su madre pareció impactada por esa franqueza, pero reaccionó enseguida.

—Sabes que tienes que estar con tu padre los viernes por la noche. Se lo debes.

Gael suspiró.

—¿Entonces no puedo hacer nada los viernes solo porque vosotros os hayáis separado? ¿Es eso justo?

En ese instante Piper entró como si tal cosa, con un tutú verde eléctrico y una espada láser en la mano. Hizo un mohín y comentó:

—Antes nunca te marchabas cuando teníamos noche de película en familia.

Tenía razón. La noche en la que se veía una película en familia era una experiencia semirreligiosa en la casa de los Brennan. Todos los viernes pedían una pizza y se turnaban para elegir la peli. Por lo general, Piper les hacía ver un documental de naturaleza o alguna historia de amistad entre adolescentes; su padre tendía a los dramas psicológicos modernos y las películas de boxeo con protagonista desvalido; su madre casi siempre elegía algo en blanco y negro y descaradamente optimista; y a Gael le parecía que era su deber moral, como el enterado en cine de la casa, aportar variedad. Siempre y cuando se mantuviera dentro de los límites de lo que era apropiado para Piper, claro está.

Gael resopló.

—Bueno, no es culpa mía que la noche de cine familiar se haya acabado. No soy yo el que ha decidido divorciarse.

Su madre se quedó boquiabierta y a Piper empezó a temblarle la barbilla.

—No están divorciados —dijo su hermana pequeña, a punto de llorar—. Solo viven separados.

—Lo siento —replicó Gael, mirando a Piper y luego a su madre—, pero no sé qué decir.

Su madre se puso de rodillas para abrazar a Piper.

—Vete. Yo la llevaré a casa de papá.

Gael asintió con un gesto y se dirigió hacia la puerta, aunque la perspectiva de ver a Cara ya no hacía que se sintiera mejor. Su familia estaba rota. Era la pura y sencilla verdad.

Ninguna chica iba a arreglar eso.

después del trabajo

COMO DE COSTUMBRE, CARA NO ESTABA A LA PUERTA de su residencia a la hora convenida, así que Gael se detuvo delante del edificio sin apagar el motor.

Dejó vagar la mirada hacia los estudiantes que estaban en el campus.

Hacia la pareja que, agarrada de la mano, entraba en una residencia cercana.

Hacia el chaval de aspecto *emo* que le gorroneaba un cigarrillo a un chico con un polo de niño bien.

Hacia la chica con pantalones deportivos color naranja fluorescente que corría más deprisa de lo que él correría jamás.

Hacia su padre, que seguía a una atractiva joven en dirección a Carmichael Hall...

Gael volvió la cabeza y aguzó la vista. Era su padre, seguro, con su gorro de lana, su chaqueta de pana típica de profesor y una estúpida sonrisa en la cara.

Y la chica que iba a su lado no parecía tener más de veintitrés años. Quizá fuera una estudiante graduada, pero incluso puede que no lo estuviera aún...

A Gael comenzó a latirle el corazón a toda pastilla. Cuando empezaron las llamadas telefónicas secretas, se le había pasado por la cabeza la idea de que su padre estuviera siendo infiel, pero hasta ese momento nunca se lo había creído de verdad.

Pero ¿por qué otra razón habría mentido respecto a que tenía trabajo en el despacho? ¿Por qué narices iba a entrar en una de las residencias? Estas quedaban a unos buenos diez minutos andando desde el despacho de su padre. No había una razón lógica para que estuviera allí.

A menos que...

—¡Dios santo!

Un golpe repentino en la ventanilla del coche le hizo dar un respingo. Cara estaba allí, mirándole fijamente.

Gael abrió la puerta como un autómata.

—¿Va todo bien? —preguntó ella al subirse al coche—. No pretendía asustarte.

Gael hizo un gesto con la cabeza y luego volvió a mirar rápidamente hacia Carmichael, temeroso tanto de ver algo más como de no ver nada más.

Su padre y la chica habían desaparecido.

—¿Estás seguro? —insistió Cara.

De repente notó que se le encendía la cara y pensó que iba a echarse a llorar, pero se obligó a sonreír. Se obligó a no concentrarse en lo que acababa de ver. No podía desmoronarse. Y menos delante de la única persona que no le había visto en sus peores momentos.

—Solo estoy un poco cansado, eso es todo —balbuceó, y puso el coche en marcha antes de que Cara pudiera preguntarle nada más.

defensa de la zona de amistad

UNA VEZ EN EL INTERIOR DEL RECINTO DEPORTIVO DEAN Dome, ya sentados en sus diminutos y apretados asientos, la principal preocupación de Gael fue asegurarse de que Cara no viera que aún tenía los ojos vidriosos, que estaba a un pelo de venirse abajo.

Por más que intentaba distraerse con el espectáculo que tenía delante, no podía quitarse de la cabeza la imagen de su padre dirigiéndose a la residencia.

El jugador más alto de su equipo hizo una canasta de tres puntos, los espectadores rugieron, y la mascota de la Universidad de Carolina del Norte —un carnero— empezó a pegar saltos en una carreta mientras una animadora daba una voltereta hacia atrás. El grito de Cara fue alto, agudo y largo. Aunque su entusiasmo debería haberle resultado simpático, Gael lo encontró chirriante. Cara se levantó del asiento, pero él fue incapaz de imitarla.

El equipo contrario cogió la pelota y se puso en el otro extremo de la cancha en cuestión de segundos.

—¿Estás bien? —le preguntó Cara, sentándose de nuevo.

—Sí —mintió Gael.

Entonces volvió la cabeza inmediatamente e intentó enjugarse los ojos con discreción.

Cara o no se dio cuenta o decidió dejarle en paz, porque siguió con la mirada fija en los jugadores. Gael se lo agradeció.

Hubo una tanda de chirridos contra el reluciente suelo de madera y luego el base se giró, eludiendo al tipo que le bloqueaba, e hizo un tiro de dos puntos para Carolina.

Gael se quedó contemplando la bandera del campeonato nacional de 2009 que colgaba de las vigas del techo del recinto. Su familia tuvo abono de temporada ese año. Piper era prácticamente una recién nacida, pero aun así se las arreglaron para asistir a casi todos los partidos, Gael con su camiseta deportiva de niño, agitando matracas como si llevara haciéndolo toda la vida. Incluso habían estado en el Dean Dome para ver el partido del campeonato en la pantalla gigante cuando Carolina aplastó a Michigan State muy lejos, en la fría Detroit. Luego siguieron a la multitud de estudiantes hasta la calle Franklin, y Gael llegó a ver a algunos compañeros de colegio brincando y prendiendo fuego a cosas antes de que su madre dijera que tenían que irse. Al día siguiente su padre señaló que hasta el presidente de Estados Unidos era fan de Carolina. Compraron cinco ejemplares del *Daily Tar Heel* y enmarcaron uno para ponerlo en el sótano.

Eso ya no lo viviría Piper, pensó, porque su familia había dejado de ser su familia.

Porque su padre había convertido a su familia en algo horrible.

De pronto, Gael ya no estaba al borde de las lágrimas, sino que hervía de rabia.

—¿No te parece completamente ridículo que lleven la palabra «Carolina» impresa en el trasero? —preguntó Cara, interrumpiendo el curso de su pensamiento.

Gael inspiró profundamente y procuró concentrarse en comportarse como un ser humano normal.

—No es que me interese mucho mirar el trasero de los tíos, la verdad —dijo con una risa forzada.

Cara se rio de manera ruidosa y se echó aún más hacia atrás en la silla. Luego levantó los pies, acercando peligrosamente los dedos gordos, al aire, a la cabeza del tipo que estaba delante.

—Tener ojos no te convierte en gay —dijo.

Gael suspiró cuando Cara quitó los pies de la silla y volvió a sentarse bien.

—Vale, vale. Ya lo he visto, y es un poco ridículo, sí.

Cara enarcó las cejas repetidas veces.

—¡Mírale, fijándose en el trasero de otros tíos!

Ella rio y Gael la imitó, apaciguándose un poco.

(Yo estaba indeciso, sinceramente. Por un lado, ansiaba proporcionarle a Gael un poco de consuelo por lo que había visto. Pero por el otro, me preocupaba que eso le empujara con más fuerza aún hacia Cara, hacia la evasión. Ella no era adecuada para él, y a pesar de todo lo que le estaba ocurriendo, yo tenía que ayudarle a comprenderlo.)

—Gracias —dijo Gael, y en ese instante sonó la campana del final del descanso y el público estalló en aplausos. La Universidad de Carolina del Norte sacaba veintidós puntos de ventaja.

—¿Por qué? —le preguntó Cara.

Él se encogió de hombros.

—Por las entradas. Por atropellarme con la bici cuando necesitaba un amigo.

Cara se quedó mirándole un poco durante demasiado tiempo, pero entonces un tipo carraspeó y Gael y ella levantaron la mirada. El hombre estaba esperando a que le dejaran pasar, y ella metió los pies debajo del asiento, permitiéndole así seguir su camino.

(Una pequeñez, pero era importante romper el momento, creedme.)

Cuando el hombre se hubo ido, Cara volvió la vista a la cancha, jugueteó con su coleta, movió el dedo gordo de los pies en sus sandalias y sugirió:

—¿Comemos algo?

Gael afirmó con la cabeza.

—Si vigilas mis cosas, iré a ver qué hay. —No estaba muy seguro de poder comer en aquella situación, pero podía intentarlo al menos—. Yo siempre me pido el sándwich de carne desmigada. ¿Quieres uno?

—Me parece perfecto —respondió Cara—. Eres el mejor.

Ver a Gael esbozar la primera sonrisa auténtica de la noche me produjo un dolor agridulce.

un vistazo al futuro de gael

CREÉIS QUE SOY CRUEL, ¿VERDAD? SÉ QUE LO CREÉIS.

Estáis pensando que Gael acaba de ver algo que sumiría en una crisis a cualquiera, así que ¿qué más da que la chica que le está ayudando a superarlo no sea la chica perfecta para él?

Os estáis preguntando si actuar por el efecto rebote es realmente lo peor del mundo, en especial durante una época de la vida cargada de dolor y desengaños. Al fin y al cabo, es un crío. ¿Y qué si este no es el amor definitivo? Tendrá muchas más oportunidades en el futuro...

Y tenéis razón... en parte, al menos. Muchas personas persiguen a quien no les conviene. Muchas personas tienen una segunda o tercera, o cuarta o decimoquinta oportunidad de dar con el amor verdadero.

Pero no era tan sencillo como que Gael afrontara su siguiente oportunidad.

¿Recordáis cuando, al principio, os hablaba de las reglas? Cuando decía, y cito textualmente: «El amor verdadero os hace mejores de lo que jamás imaginasteis». No estaba marcándome un farol. Ahí está la cosa: esas palabras no podrían aplicársele a Gael más apropiadamente. Porque podía asomarme al futuro, y esto es lo que vi:

Vi el amor al cine de Gael armonizando maravillosamente con su amor... al amor.

Le vi, en el plazo de unos años, inspirándose en su propia experiencia del auténtico amor de juventud para hacer una preciosa y conmovedora película que causaría sensación en los festivales y le daría a conocer como joven promesa en el mundo de la dirección cinematográfica.

Vi a una chica que le animaría, siempre, a dar lo mejor de sí mismo, a ir a por todo lo que deseara, cuya propia pasión le inspiraría día tras día.

Le vi labrarse una trayectoria haciendo esa clase de películas, que inspirarían a la gente del mundo entero a creer en el amor.

Puede que algunas personas las llamen comedias románticas, aunque él siempre se quejaría de la asociación con el género que menos le gustaba.

Puede que hasta haya visto una brillante estatuilla en su futuro.

No estoy diciendo que el amor que le reservaba al Gael de dieciocho años fuera a durar para siempre. Pero lo que sí digo es que, independientemente de lo que durara, cambiaría su vida, y la vida de otros, durante muchos años.

Pero ¿y si mis maquinaciones no cristalizaban?

Bueno, vi ese futuro también. Vi el dolor de otro amargo desengaño cuando finalmente Cara se cansara de la novedad.

Vi un trabajo de oficina. Quizá un blog de reseñas cinematográficas como complemento. Algunas relaciones buenas aquí y algunas malas allá, y tal vez, cuando fuera lo bastante mayor, se casaría con una chica agradable y se asentaría.

No sería menos que los demás, abrillantaría su coche los fines de semana y se diría a sí mismo que iría más al cine si tuviera tiempo.

No era necesariamente una mala vida.

Pero no era lo que la vida de Gael debía ser.

Y yo era el único que podía arreglarlo.

defensa de la zona de amistad, continuación

COMENZÓ LA SEGUNDA PARTE DEL ENCUENTRO, Y CON el grasiento sándwich delante, a Gael le volvió el apetito. Cara y él devoraron los sándwiches mientras la Universidad de Carolina mantenía la ventaja. Cuando él terminó, se chupó la salsa barbacoa de los dedos en lugar de usar una servilleta, algo que a Anika siempre le había desagradado.

Sintiéndose un poco menos angustiado, secundó a Cara en los gritos a los árbitros, otra cosa que Anika detestaba. Claro que hasta hacía unos cinco minutos Gael también lo detestaba. Pero ahora era otro Gael. Un Gael desinhibido. Un Gael que se había dado cuenta de que nadie se atenía a las reglas, su padre incluido, y él tampoco tenía por qué hacerlo. Puede que Cara no fuera perfecta, puede que no lo hiciera todo como él, pero al menos estaba allí.

(Gael había ido tan lejos para entonces que ni siquiera se dio cuenta de lo triste que era aquella lógica.)

A medida que los gigantescos jugadores metían canasta tras canasta, Gael dejó de pensar en su padre y su familia.

Se sentía bien. Se sentía vivo.

Sentía que el mundo podía continuar girando, aunque no fuera como él había planeado.

Y fue entonces cuando miró a Cara y vio que ella le estaba observando; y se fijó en sus ojos seductores, en su cara colorada de tanto gritar, en que algunos mechones de pelo se le habían soltado de la coleta y le enmarcaban el rostro delicadamente. Y fue entonces cuando pensó para sus adentros: «A la mierda noviembre. ¿Por qué demonios esperar a noviembre?».

Y fue entonces cuando comprendió que ella estaba pensando lo mismo.

(Y fue entonces cuando yo vi mi momento.)

Sonó el silbato, señalando un tiempo muerto, y Gael y Cara emergieron sobresaltados de su pequeño mundo secreto justo cuando el exnovio de Cara, Branson, subía los escalones en busca de un sándwich de carne.

Sus miradas se cruzaron y casi noté el malestar instantáneo que Cara sintió en el estómago, el dolor que la invadió de la cabeza a los pies.

Sabía que la situación podría haberse desarrollado de varias formas, como ocurre siempre con estas cosas. Ella podría haber sonreído, agitado la mano, entablado una conversación con él y procurado comportarse como si todo fuera normal mientras se desentendía de Gael y restaba importancia a su relación, fuera la que fuera.

O podría haber bajado la mirada a los pies, esperado a que Branson pasara de largo, pensando en lo mucho que aún le quería, en lo poco que claramente le importaba Gael.

O podría haber hecho lo que hizo. Que era justo lo que yo había esperado que no hiciera y para lo que había rezado.

La banda de música empezó a interpretar *Carolina on My Mind* y Cara se puso de pie de un salto, agarró a Gael de la mano y tiró de él, pasándole una mano por la espalda a tiempo para que Branson lo viera.

Yo había subestimado el resentimiento de Cara, el deseo que tenía de poner celoso a Branson a costa de Gael.

Cara no era una mala persona —por favor, no la juzguéis—, lo que ocurre es que la gente hace locuras cuando se trata de mí.

Ni qué decir tiene que Gael no vio nada. Para Gael, la chica que le gustaba le había rodeado con el brazo y estaba balanceándose a un lado y a otro mientras su canción preferida inundaba el estadio.

Un lugar que para Gael estaba lleno de dolorosos recuerdos familiares tendría ahora uno nuevo: el recuerdo de ella.

—Eres lo más de lo más por haber conseguido estas entradas —dijo él. Y lo decía en serio. Con todo su corazón.

cuando cara conoció a sammy

A LA MAÑANA SIGUIENTE ABANDONÉ MI PUESTO DE SEguimiento a Gael y sus siempre vacilantes emociones para poner en marcha una misión especial, parte de la cual había bautizado como Operación Volver a Encarrilar la Vida Amorosa de Gael.

Poco después de las nueve me dirigí al comedor del campus donde sabía que estaría Sammy Sutton.

Lo que la mayoría de la gente ignoraba de Sammy era que tenía obsesión por el chocolate. Incluso le resultaba entrañable la costumbre que tenía Gael de comer Snickers, aunque se burlara de él por ello. Era la clase de cosas que ella haría. Tachad eso: en realidad era la clase de cosas que hacía. El hábito de tomar gofres con pepitas de chocolate empezó el cuatro de septiembre, para ser exactos, el día en que John la dejó, durante la segunda semana de clases. (Dato curioso: las dos primeras semanas de universidad son temporada alta de rupturas, estés donde estés.)

Sin embargo, como su madre solía decirle que eso la haría engordar, ella, por desgracia, asociaba el chocolate con algo vergonzoso y por lo tanto se encargaba de ocultar muy bien esa pasión. Pero los sábados por la mañana, minutos después de que se abriera el comedor, mientras sus compañeros seguían durmiendo la mona, ella se preparaba religiosamente un enorme gofre belga cargado de pepitas de chocolate y disfrutaba de su inconfesable placer a solas.

Cara también era amante de los gofres, pero normalmente llegaba al comedor bastante más tarde. Claro que, normalmente, los sábados, la alarma de su despertador no sonaba como por arte de magia a las ocho cuarenta y cinco. Y así, cuando lo normal era que estuviera durmiendo, hoy se encontraba en la cama, maldiciéndose por haberse olvidado de quitar la alarma para el fin de semana y tratando de volver a dormirse.

Finalmente, hacia las 9:15 se puso de mala gana sus sandalias y se dirigió al comedor en un intento de empezar el día, dado que claramente ya no podría conciliar el sueño de nuevo.

Las dos desconocidas llegaron a la zona de los gofres al mismo tiempo. (Os aseguro que a veces soy como un galardonado director de orquesta.)

Cara vertió un cucharón de masa en una de las máquinas mientras Sammy vertía el suyo y cogía el recipiente de las pepitas de chocolate.

Esperemos un momento...

Esperemos un momento...

—¡Mierda! —exclamó Sammy, que se quedó mirando el montón de chocolate que había caído sobre la masa.

La tapa del recipiente había saltado y había rodado por el suelo hasta los pies de Cara.

—¡Ahí va!, espera, que te ayudo.

Cara se puso en acción, como yo sabía que haría, echando mano de una escoba y un recogedor que había allí cerca, y barrió los trocitos de chocolate.

—Oh, no, no te preocupes —balbuceó Sammy—. Lo siento, no sé cómo ha sucedido.

Cara reunió las pepitas en el recogedor e inspeccionó el gofre a medio hacer de Sammy, que estaba completamente cubierto de pegajoso y revuelto chocolate.

—Me gusta el chocolate tanto como al que más, pero esto es demasiado, incluso para mí.

—Creo que algún idiota ha desatornillado la tapa para que se caiga todo —dijo Sammy entre risas, refiriéndose al recipiente que tenía en la mano. Alzó los ojos al cielo y exclamó—: ¡Ja, ja, qué graciosos, los universitarios! (O entidades metafísicas, una de dos.)

—Pues menudo imbécil —dijo Cara—. La gente es idiota, de verdad.

Las chicas tiraron a la basura los gofres estropeados y luego Cara vertió masa para hacer gofres para las dos y coronó el de Sammy con la cantidad apropiada de pepitas de chocolate. Bajó las placas superiores de la máquina y el olor a chocolate derretido inundó el aire.

—Me llamo Cara, por cierto —dijo.

—Yo Sammy. Y muchas gracias por tu ayuda.

—No hay de qué. ¿Estás con alguien? —le preguntó Cara—. Me parece que después de sobrevivir a este desastre chocolatero lo menos que podríamos hacer es comernos juntas los gofres. Hoy me he despertado supertemprano y no ha llegado ninguno de mis amigos.

Sammy sonrió.

—Me parece estupendo.

Se sentaron a una mesa para dos y empezaron a hablar de todo, desde los gofres hasta la pequeñez de los dormitorios pasando por la imbecilidad del profesor ayudante de la clase de filosofía francesa de Sammy. Las dos se cayeron de maravilla, como yo había previsto.

Cuando Sammy desmenuzaba el último trozo de gofre, de repente tuvo una idea. (Aunque, sí, puede que vuestro humilde servidor le diera un empujoncito.)

—Esto se me ha ocurrido ahora y puede que no te cuadre... —dijo—. Tengo dos entradas con descuento para el zoo de Asheboro mañana, y mi compañera de habitación se ha rajado. ¿Te apetece venir?

—¿Al zoo? —replicó Cara, riéndose bien alto.

Sammy coronó su último bocado de gofre con más sirope.

—Sí, ya sé que es un plan un poco friqui, pero los animales son divertidos, ¿verdad?

Cara sonrió.

—Totalmente. Me apunto.

Y así fue como se encarriló mi plan.

mientras tanto, al otro lado de la ciudad

—¿ES QUE EN ESTA CASA NO HAY COBERTURA? —PREguntó Gael cuando salió furioso del triste dormitorio del piso de su padre y de un golpe cerró la puerta a su espalda.

En la diminuta cocina, el padre de Gael preparaba unos huevos revueltos con beicon mientras Piper cortaba los rabitos de unas fresas. Todos llevaban los delantales a juego que la madre de Gael les había regalado hacía un par de navidades. En el de Piper ponía «Buena cocinera» y en el de su padre, «Mal cocinero».

—Funciona bien en el cuarto de estar —dijo el padre de Gael mientras le daba la vuelta a un trozo de beicon con unas pinzas.

—Me gustaría tener un poco de intimidad —comentó él con amargura.

—También funciona en mi habitación —apuntó su padre.

La idea de llamar por teléfono donde seguro que su padre pasaba tiempo hablando con aquella chica le puso a Gael un nudo en el estómago.

—Quiero hablar en mi propia habitación —dijo enfadado.

Piper dejó de cortar fresas y, momentos después, cruzó los brazos y frunció los labios.

—Quizá no deberías ser, cómo diría, ¿adicto al teléfono? Mamá dice que pasas demasiado tiempo con tus artilugios.

—Bueno, mamá no está aquí, ¿verdad? —saltó Gael.

Su padre dejó las pinzas y se quedó mirándole.

—No tienes por qué decirlo así. Todos estamos intentando hacerlo lo mejor posible.

Gael se limitó a hacer un gesto de desgana.

—El beicon se está quemando —dijo cuando el olor a humo impregnó el aire.

Luego se dirigió al sofá mientras su padre encendía el extractor y Piper corría por la cocina agitando un paño en un intento de disipar el humo.

Desde que Gael tuvo edad suficiente para cuidar de Piper, la tradición familiar de los sábados por la mañana era que su padre saliera a correr un buen rato y su madre fuera a clase de yoga. A eso de las once volvían a casa para tomar un *brunch*, lo cual había funcionado de maravilla hasta que se separaron.

Ahora los intentos de su padre de hacer que las cosas siguieran como siempre resultaban patéticos, y parecía evidente que trataba de compensar algo. Incluso el olor a beicon, que antes era la comida preferida de Gael, había llegado a molestarle.

Gael se sentó y pulsó el contacto de Cara en el teléfono. Mientras sonaba la llamada se quedó observando la pintura desconchada de la pared, cerca del techo. Las paredes de aquel lugar, todas blancas, no eran ni remotamente parecidas a las de su casa: allí los colores los había elegido su madre, había cálidos muebles de madera y el detergente ecológico para la ropa lo perfumaba todo a lavanda y a hogar al mismo tiempo.

En comparación, el piso de su padre era lúgubre, y la terraza que salía del cuarto de estar malamente podía llamarse jardín. Por no hablar de que en dicha terraza tampoco había cobertura.

—Hola —contestó Cara a la vez que saltó el detector de humo.

—Hola. Perdona un momento —dijo Gael—. ¿Podrías parar eso? —le gritó a su padre.

—Quemando la casa, ¿eh? —replicó Cara—. Sé que la de anoche fue una gran victoria, pero no hay necesidad de causar disturbios, en serio.

Él rio nervioso mientras su padre y Piper consiguieron detener la alarma.

—Me preguntaba si querrías salir esta tarde —le soltó con el corazón desbocado.

Ella se quedó callada e inspiró profundamente.

—No puedo. —Gael concluyó en ese mismísimo momento que ella le odiaba, que noviembre no era más que un estúpido pretexto y que aquella relación no iba a ninguna parte y...—. Pero si quieres que salgamos mañana... He quedado para ir al zoo de Asheboro con una amiga, pero me ha dicho que puedo llevar a más gente si quiero.

—¿Al zoo? ¿En serio?

Piper salió corriendo de la cocina y se plantó delante de él en cuestión de segundos.

—¿Al zoo? ¿Al zoo? Yo quiero ir al zoo. Llévame contigo, por favor, por favor, por favor.

—Tranqui —dijo Gael.

—¿Qué pasa? —inquirió Cara.

—Mi hermana pequeña está suplicando que la lleve —contestó Gael, haciendo un gesto de contrariedad. En su verdadera casa, Piper no habría estado lo bastante cerca para oír su conversación.

—¡Oh! —exclamó Cara, y Piper siguió insistiendo.

—Anda, porfa.

Gael carraspeó.

—Va a ser que no.

—Vamos, será superdivertido —dijo Piper—. Anda, porfi, porfi, porfi.

—Humm, supongo que no pasa nada —terció Cara—. La verdad es que me molaría conocerla.

Gael miró a su hermana y luego a su padre, quien afirmaba moviendo enérgicamente la cabeza.

—Vaaale —le dijo Gael a Piper, resignado—. Parece que mañana nos vamos al zoo.

Piper se puso a dar brincos de alegría.

(Y yo también.)

equipo samgael

AL DÍA SIGUIENTE, DURANTE LOS OCHENTA Y CINCO kilómetros que duró el viaje hasta el zoo, Piper estuvo muy callada, lo que no era habitual en ella. Se dedicó a sacar papeles de la mochila y a examinarlos. Gael no preguntó qué hacía. Normalmente era más fácil no preguntar cuando se trataba de Piper.

En cambio, se pasó todo el tiempo dando vueltas en la cabeza a lo que Cara debía de estar pensando. Había dicho no a salir un sábado por la noche y había sugerido una actividad superinformal con su hermana pequeña, nada menos. Puede que realmente solo quisiera que fueran amigos...

(Cabe señalar aquí una pequeña trampa mental muy corriente en la que vosotros, seres humanos, caéis con mucha frecuencia: pensáis mucho más en si vosotros les gustáis a otras personas que en si a vosotros os gustan ellas.)

Huelga decir que Gael se había entregado tanto a sus pensamientos que no estaba en absoluto preparado para lo que vio cuando llegaron a la entrada del zoo. Allí, al lado de Cara, apoyada contra la puerta de la sección africana, con el puñetero *Cándido* en ristre...

... estaba Sammy.

Se quedó tan sorprendido que ni siquiera se le ocurrió saludar con la mano. Giró a la derecha por la fila de coches, buscando un lugar donde aparcar.

—¡No sabía que Sammy fuera a venir! —gritó Piper.

Gael movía la cabeza en un gesto de incredulidad mientras aparcaba en una plaza libre. ¿Podría ser Sammy la amiga de la que Cara le había hablado? Sería una coincidencia increíble. Y, sin embargo, debía de ser.

—Créeme, yo tampoco —le dijo a Piper, maldiciendo su suerte.

* * * *

Después de todos los «Oh, Dios mío, no sabía que fueras a venir», después de que Cara explicase que Sammy era una amiga de la universidad, después de que Piper increpara a Gael por llamar a Sammy la niñera y no la profesora de francés, después de que todos se maravillaran de lo pequeño que era el mundo, compraron las entradas y entraron por la gran explanada de «Bienvenidos a África».

Piper enseguida se adelantó corriendo hacia el Crocodile Café. Era una fanática de los granizados y quería uno.

—¡Piper, espera! —le gritó Gael.

Sammy echó a correr, la agarró y la llevó a rastras hasta Gael, quien, inmediatamente, se sintió mal por ella: Sammy no tenía por qué encargarse de cuidar de Piper en su día libre. Mientras tanto, Cara, que en esencia era la responsable de todo aquel lío, miraba el plano como si nada fuera con ella. Le produjo un cierto fastidio, y le sorprendió. Estaba claro que Cara no podría haber sabido que su amiga era la niñera de su hermana pequeña. Era una de esas cosas que pasan. Una de esas... coincidencias superextrañas. Pero a pesar de eso...

Gael se volvió hacia Sammy y le dijo:

—No tienes que ocuparte de ella. Me refiero a que hoy soy yo el responsable de mi hermana.

—Yo soy la única responsable de mí misma —terció Piper, cruzando los brazos—. Lo ha dicho mamá.

Gael maldijo a su madre por alentar siempre la visión del mundo de su hermana pequeña, y en los ojos de Sammy pudo ver un destello de frustración. De todos modos, a Sammy se le daba muy bien poner siempre en primer lugar a Piper sin que esta se diera cuenta.

—Claro que sí —le dijo Sammy con una sonrisa—. Pero aun así tienes que permanecer con el grupo.

—Vale —respondió Piper, no muy convencida—. Pero tengo algo divertido que enseñarte, así que ¿podemos darnos prisa, por favor?

Piper agarró de la mano a Gael y a Sammy, arrastrándoles hacia el café, mientras Gael se volvía hacia Sammy y le decía moviendo los labios sin emitir sonido: «Gracias».

Una vez que a Piper le compraron su granizado rojo brillante y pidieron un recipiente de patatas dulces fritas para compartir entre ellos, se dirigieron a una mesa.

Inmediatamente Piper sacó dos hojas de papel de su mochila y las extendió con orgullo ante ellos.

Gael les echó un vistazo.

—¿Qué es esto, Piper? —le preguntó.

Ella esbozó una sonrisa radiante.

—Es una búsqueda del tesoro en vídeo. Tenemos que dividirnos en equipos. Lo he encontrado en internet. ¿Podemos hacerlo, por favor, por favor, por favor? —contestó del tirón.

—Ahh, realmente no creo... —empezó a decir Cara.

Pero Sammy no iba a permitirlo.

—¿Has preparado todo esto para nosotros?

Piper afirmó con la cabeza.

—Lo único que he hecho ha sido imprimirlo, pero he buscado en todos los sitios web hasta dar con uno bueno. (Gracias a un pequeño empujón por mi parte, claro.)

Sammy leyó la hoja punto por punto.

—Caminar como un pato durante sesenta segundos. Qué bueno. ¿Lo hacemos? —dijo Sammy, mirando a Gael y a Cara de una forma que revelaba que en realidad aquello no era una pregunta.

—Claro —respondió Gael.

Cara asintió de mala gana.

Gael coincidía con Cara —una búsqueda del tesoro les parecía patético no, lo siguiente— y, sin embargo, no podía sino agradecer que Sammy tomara a Piper tan en serio. Él sabía que a Piper le encantaba.

Piper entrelazó las manos con seriedad oficial y anunció:

—Vale, entonces nos dividimos en equipos, hacemos los desafíos y lo grabamos todo en vídeo. Y yo voy a estar con Cara. Seremos el Equipo Para, o sea, Piper más Cara, o como en paracaidistas. ¿Veis? —Levantó una de las hojas—. Ya he puesto nuestro nombre.

(Si os estáis preguntando por qué Piper no quería estar con Sammy, dejad que os lo explique. Por supuesto que Piper adoraba a Sammy. Pero el viernes su profe les había dado una charla sobre la importancia de hacer nuevos amigos —gracias, en gran parte, a mi insistencia—, y a Piper le gustaba destacar en todo lo que su profe propusiera.)

—¿Estás segura? —se extrañó Cara.

Piper ladeó la cabeza.

—¿No quieres ir conmigo?

Fue como si el mundo se detuviese. Como si los críos del fondo dejasen temporalmente de comer sus perritos, como si el estudiante de secundaria que se encargaba de la máquina de granizados estuviera paralizado. Gael incluso imaginó a las jirafas que se veían a lo lejos cesando de mascar hojas. Como si todo se parase cuando vio la profunda expresión de pena en la cara de Piper.

Piper era una niña de ocho años que estaba afrontando el divorcio de sus padres y tenía un hermano mayor que no la había ayudado mucho precisamente. No se merecía que le hicieran más daño.

Antes de que Gael pudiera siquiera intentar suavizar las cosas, Sammy intervino.

—¿No quieres venir conmigo, Piper?

En ese momento un hombre robusto con un sombrero de Indiana Jones pasó junto a Sammy y Gael quiso saltar de su asiento, apartar de un empujón al tipo aquel y darle un abrazo a Sammy. Estaba allí de excursión con una amiga, pero parecía dispuesta a sacrificar toda la tarde para que Piper fuera feliz.

—Sí, ¿por qué no vas con ella? —terció Cara.

Se encontraban en la terraza de un café, y la brisa le alborotó la coleta. Ella volvió a colocarse el pelo enérgicamente y Gael tuvo que contenerse para no fulminarla con la mirada.

Piper hizo pucheros.

—¿De verdad no quieres estar en mi equipo? —le preguntó a Cara—. Sé mucho de animales, y se me da muy bien utilizar la cámara de mi iPhone.

Cara se encogió de hombros y entonces Gael no pudo resistirlo más.

—Claro que quiere.

Una cosa era que él le dijera a su hermana pequeña que le dejara en paz, pero que lo hiciera alguien ajeno, francamente, le molestaba bastante. Por mucho que él hubiera deseado pasar el día con Cara, no le parecía bien hacerlo a costa de los sentimientos de su hermana.

—Vale —dijo Cara enérgicamente—. Sí. Claro que quiero.

—¿Y cómo se llamará nuestro equipo? —preguntó Sammy, procurando cambiar de tema.

—¿Gammy? —sugirió Cara con dureza.

—Sí, bueno... —dijo Sammy, que parecía desconcertada con la evidente irritación de Cara—. ¿Qué opinas, Gael?

—Estupendo —contestó él.

A esas alturas, lo que quería era marcharse ya de allí y empezar el dichoso juego. Y rezó para que Cara cambiara de actitud una vez que estuviera con su hermana.

Fue entonces cuando a Piper se le iluminaron los ojos.

—¿Y qué tal Samgael?

Sammy soltó una risilla nerviosa.

—Samgael Gamgee: el primo malo de Samwise Gamgee, ese que está hasta las orejas de *hobbit* de deudas de juego y empina el codo como un descosido. —Gael no pudo evitarlo. Se rio a carcajadas. Cara, sin embargo, no pareció entender el chiste. Lo cual no era ninguna sorpresa, supuso, dado que no le gustaba el cine—. Bueno, a mí me parece muy chulo —comentó Sammy a continuación.

—Sí, creo que lo es —coincidió Gael—. Mola.

un viaje por el mundo en tres paradas de tranvía

LOS EQUIPOS SE SEPARARON PARA LLEVAR A CABO LA búsqueda del tesoro, y Gael y Sammy subieron al tranvía en el punto de inicio convenido, la Ciénaga de Cipreses de América del Norte.

Sammy revisó la hoja que les había entregado Piper justo cuando adelantaban a los elefantes, que avanzaban despacio resoplando a lo lejos.

—Finge que eres un zoólogo que realiza un importante estudio. Haz callar a cualquiera que intente hablar. Aaah, y consigue que la multitud interprete la famosa canción de la morsa de los Beatles, *I am the Walrus*, bajo tu dirección. Tío, tu hermana no se ha cortado un pelo en este caso.

Gael se rio.

—Piper no se corta un pelo en casi nada.

Sammy se rio también.

—Desde luego que no, amigo mío. Desde luego que no.

—Gracias por dar la cara por ella —dijo entonces Gael, metiendo y sacando las manos de los bolsillos del vaquero nerviosamente. Sammy sonrió, y por un momento ambos se quedaron callados: solo se oían risas de niños y el runrún del enérgico motor—. Y por si acaso te lo estás preguntando, no tenía ni idea de que la amiga de Cara eras tú —añadió—. Te prometo que no se me habría ocurrido liarte para que hicieras de niñera hoy.

—Te creo —replicó Sammy—. No te preocupes. En realidad, apenas somos amigas siquiera, la conocí ayer... Ohh, mira —gritó, interrumpiéndose—. ¡Una cría de elefante!

—Nunca me habría imaginado que te volvieran loca las crías de animales —comentó Gael entre risas.

Sammy enarcó una ceja.

—Dime de alguien con alma a quien no le vuelvan loco las crías de animales. Son como animales en miniatura. Pero ¿tú quién eres? ¿El demonio?

Gael negó con la cabeza.

—A mí también me gustan. Obviamente. Pero es que, en ese momento, el volumen de tu voz se ha elevado un millón de niveles por encima de lo normal.

Sammy cruzó los brazos.

—Tal vez deberías revisar esa capacidad tuya para mantener un tono uniforme de voz en presencia de... —esbozó una de esas extrañas sonrisas que hacen los niños pequeños cuando están entusiasmados y luego soltó—: ¡CRÍAS DE ELEFANTE!

El tranvía dobló una esquina y los elefantes dieron paso a niños que comían helados.

—Por cierto —dijo Sammy, entrelazando las manos sobre el regazo—, ayer por la mañana estaba preparándome un gofre en el comedor, y resulta que algún imbécil había soltado la tapa de las virutas de chocolate, y se derramaron por todas partes. Cara me ayudó a recogerlas y desayunamos juntas. Es maja, supongo, aunque me han entrado ganas de estrangularla cuando no lo ha sido tanto con Piper.

—Ya lo sé; la verdad es que me ha sorprendido —afirmó Gael, que entonces añadió—: Yo también la conocí de una manera extraña. Me atropelló de repente con su bici, y después se ofreció a compartir sus nachos conmigo. Y luego me dijo que iba a ir al zoo con una amiga, y aquí estamos. Es todo un poco raro.

(*¡sí!, giro de pulgares con aire inocente*)

Sammy asintió con la cabeza.

—Bueno, lo del zoo fue idea mía. Me paso la mayoría de los domingos con mis abuelos, y buscaba una disculpa para no tragarme otra reposición de *El precio justo*.

—¿Tus abuelos viven en Chapel Hill?

—No, un poco más abajo. Vengo a la encantadora ciudad de Asheboro con bastante frecuencia. Hay que echarle imaginación si quieres encontrar cosas que hacer.

—¡Vaya! —exclamó Gael, verdaderamente sorprendido—. Yo llamo a mis abuelos una vez cada dos semanas, eso si soy bueno.

En realidad, desde la separación Gael apenas había llamado a sus abuelos. En todas las conversaciones telefónicas hablaban de las notas y de la banda de música o le preguntaban, con cierta incomodidad, una y otra vez, si estaba bien y qué tal llevaba lo de sus padres.

Sammy se encogió de hombros.

—Supongo que siempre hemos estado muy unidos.

Gael se quedó mirándola. Aunque los padres de Sammy se separasen, seguramente ella seguiría siendo una buena nieta. Era de esa clase de personas.

—¿Qué? —preguntó.

Él se removió en su asiento y contestó:

—Nada. Que es bonito.

—Esa soy yo, ¡la reina de lo bonito! —exclamó, riéndose y recogiéndose el pelo en un pequeño moño—. En fin, pero esta Cara no será la chica que conociste el día de tu cumpleaños, ¿verdad?

Gael se mordió el labio, avergonzado de repente.

—Sí.

Sammy se echó de nuevo a reír, aunque sonó un poco forzada.

—Me sorprende que estuvieras dispuesto a formar parte de mi equipo.

Gael la miró, contempló sus gafas de profesora, su pelo corto y aquella boca que se le hacía el doble de grande cuando sonreía al hablar de crías de elefante, y de repente no le importó en absoluto cómo se había desarrollado el día.

—¡Ya ves! Me alegro de que estemos en el mismo equipo —dijo Gael sinceramente—. Aunque Samgael sea un borracho y un jugador empedernido.

escenas de un zoo de carolina del norte

Fragmento #1. Duración: 0:56

—Silencio, por favor —le dice Sammy a una sencilla pareja que pasea de la mano junto a la exposición de las marismas, donde las libélulas y otros insectos vuelan de un nenúfar a otro. Se coloca las gafas dándose aires y explica—: Estoy haciendo un estudio sobre el lenguaje secreto de los nenúfares. El más mínimo sonido los alterará completamente. En el agua se está desarrollando toda una sinfonía.

La pareja sorprendentemente la cree, e incluso el chico le dice a su novia que hable más bajo cuando esta le pregunta a Sammy si es una investigadora de la Duke. Gael, en un segundo plano, se ríe cuando Sammy comenta con total naturalidad:

—Dicen que Mozart sacó muchas de sus ideas de las vibraciones de los nenúfares.

Fragmento #2. Duración: 0:33

—*I am the egg man! They are the egg men! I AM THE WALRUS! COO-COO-CA-CHOO!* —canta Gael, rodeado de no menos de cinco mamás, papás y abuelos absolutamente cautivados por la canción.

Sammy canta también, y la cámara del iPhone que sostiene se mueve al ritmo de la música. La morsa que está al fondo parece totalmente perpleja.

Fragmento #3. Duración: 0:13

Sammy se acerca a una empleada del zoo y le pregunta con absoluta seriedad:

—Disculpe, señora, ¿podría indicarme dónde queda la exposición del memo de las siete jorobas?

Fragmento #4. Duración: 0:19

Gael hace su mejor imitación de un gorila delante del extenso hábitat del simio, adoptando poses a cuatro patas como si hubiera nacido para caminar de esa manera.

—Estoy ridículo, ¿verdad? —pregunta Gael mirando a la cámara.

—No —responde Sammy—. En serio. Estás sencillamente increíble.

Fragmento #5. Duración: 0:28

La cámara sigue a Sammy mientras pasa por delante de osos pardos y lobos rojos.

—Se supone que en estos momentos deberías estar andando como un pato —se oye decir a Gael.

—Creo que deberías hacerlo tú —dice ella—. Es que llevo falda.

—Oh, vamos —replica Gael sin dejar de enfocarla con la cámara.

Sammy se pone las manos debajo del mentón y pestañea de manera teatral.

—Muy bien, señor Brennan, estoy lista para mi primer plano. —Gael enfoca de cerca y el rostro de ella ocupa todo el marco—. ¡Oye! —exclama—. ¡Demasiado cerca!

Tapa la lente con una mano y el vídeo se funde a negro.

cena familiar para tres

DESPUÉS DE VER TODOS LOS VÍDEOS JUNTOS, GAEL Y Piper se despidieron de Sammy y Cara y se encaminaron a casa de su padre para cenar por última vez antes de volver a su verdadera casa y pasar allí la semana.

En cuanto entraron por la puerta, el padre de Gael empezó a hacerles preguntas tontas sobre el zoo. Primero le pidió a Piper una detallada descripción de todo lo que hubiera visto. Luego, cuando se enteró de que Piper había preparado la búsqueda del tesoro, les colmó de elogios y se empeñó en ver los vídeos.

Y ahora, mientras estaban sentados a la mesa, mientras Gael intentaba con todas sus fuerzas no pensar en lo soporíferamente extraño que seguía siendo cenar un domingo en una casa cutre con la cuarta silla de la fea mesa llamativamente vacía, mientras todo eso se le agolpaba en la cabeza, su padre seguía preguntando por el zoo.

—Aún no has respondido, Gael. ¿Qué es lo que más te ha gustado?

Su padre esbozó su estúpida y falsa sonrisa, se pasó una mano por su estúpido pelo castaño claro y luego ladeó la cabeza, esperando.

Por supuesto que su padre había engañado a su madre, pensó Gael. Hasta él reconocía que era atractivo para ser un tipo mayor, con aquel físico de corredor, con todo el pelo en la cabeza y demás... Una vez Gael había leído comentarios de estudiantes en uno de esos sitios web de valoración de profesores, y al menos tres personas habían elogiado al señor Brennan por algo más que sus destrezas docentes.

Por eso su madre estaba en casa y su padre en aquella pocilga.

Por eso lo que parecía ir tan bien entre sus padres de repente había... implosionado.

—No tengo ocho años —saltó Gael.

—¡Eh, que los ocho años son una buena edad! —exclamó Piper mientras se le escurría un poco de chili de pavo por la barbilla.

—Claro que sí, Piper —replicó su padre, limpiándola con una mano. Luego miró a Gael y añadió—: Y nunca se es demasiado mayor para disfrutar de algo como el zoo.

—Bueno, entonces quizá deberías llevarla tú la próxima vez. Quizá deberíamos ir todos juntos, como hacíamos antes. Ah, espera, que no podemos...

Su padre hizo un gesto con la cabeza y bajó la mirada a su plato, pero Piper apretó el entrecejo.

—¿Por qué no podemos? —preguntó sinceramente.

—Porque papá y mamá ya no están juntos —respondió Gael—. ¿Cuándo te va a entrar en la cabeza?

Piper puso cara de echarse a llorar y se le humedecieron los ojos.

—Gael, basta ya —le dijo su padre bruscamente, y él se escurrió de la silla y se levantó.

—¿Qué? Lo único que habéis hecho mamá y tú es engañarla. Cree que todo volverá a ser como antes cuando os reconciliéis. No vais a arreglaros, eso es obvio, y ella tiene derecho a saberlo.

—¡Sí que van a arreglarse! —dijo Piper a voz en grito—. ¡Tú no sabes nada! —Le miró, hirviendo de furia, y después soltó—: ¡Te odio!

Esas palabras le llegaron muy hondo a Gael. Su padre se apresuró a consolar a Piper, pero Gael no tenía intención de dejar que se fuera de rositas.

—Yo no he provocado esta situación. Has sido tú —afirmó, y, hecho un basilisco, salió del comedor y entró en el baño, dando un portazo a sus espaldas.

Gael, rabioso perdido, buscaba desesperadamente alguna confirmación, alguna prueba. Se puso a rebuscar en los dos armarios del baño, debajo del lavabo y en la ducha. Quería algo que demostrase su teoría. A lo mejor encontraba el cepillo de la chica o la maquinilla, como en las películas. O una barra de labios o..., o algo.

Finalmente, después de un segundo registro del botiquín, le llamó la atención un destello rosa detrás del ibuprofeno.

Gael apartó los frascos y descubrió un cepillo de dientes rosa brillante. De chica, seguro. Tenía un capuchón pequeño y reluciente en la parte superior. Lo cogió y lo abrió. No estaba seco y duro como un hueso. Lo habían usado, y recientemente.

El cepillo de dientes de su padre era eléctrico y estaba en la encimera del lavabo, junto al de Gael y el de Piper.

Entre las llamadas telefónicas, la chorrada de las horas en el despacho y aquello, no había duda para Gael. Su padre había engañado a su madre. Su padre estaba teniendo una aventura.

Aun así, por mucho que lo deseara, Gael no fue capaz de volver corriendo al comedor y enfrentarse a su padre, no delante de Piper. Ella no merecía más sufrimiento, aunque su padre sí.

Así que Gael volvió a su maldita habitación, dio un portazo a la maldita puerta y trató de no oír el sonido del llanto de Piper a través de aquellas malditas paredes finústicas.

sin pistas

EN UNA ESCALA DE «TODO ESTÁ FATAL» A «NADA MAL en absoluto», Gael sin duda se inclinaba hacia lo primero cuando la jornada escolar del lunes se acercaba a su fin. Entre la pelea con su padre y Piper y el descubrimiento del cepillo de dientes, cualquier sentimiento remotamente feliz que le hubiera producido el fin de semana había desaparecido por completo. El domingo por la noche le había pedido perdón a Piper (pero no a su padre; no le parecía que este mereciera gran cosa en los últimos tiempos), y a eso de las nueve habían vuelto a casa.

Cara y él habían quedado en tomar un café el lunes, después de la última clase de ella. Era lo único que le había ayudado a superar el día; hasta había cedido y convenido en ir al Starbucks para complacerla. No le importaba que hubiera estado un poco quisquillosa en el zoo. Ahora la necesitaba más que nunca.

Pero después de clase, cuando aparcaba delante de casa, recibió un mensaje de Cara:

proyecto de grupo en el último momento, ¿podemos quedar otro día?

Gael miró el reloj del salpicadero. Eran las tres y veinte. Habían quedado para tomar café a las tres y media. Se lo decía en el último momento, desde luego.

Él contestó:

claro, ¿mañana?

Miró mientras ella escribía su respuesta. Se detuvo. Vuelta a teclear.

(Lo gracioso fue que yo había planeado inventar una razón para evitar que Cara acudiese a la cita, pero ella se me adelantó. Francamente, seguía un poco mosqueada con él. La idea había sido invitarle a ir al zoo con su nueva amiga para que las cosas fueran más despacio y así ella pudiera mantener su promesa de octubre, no hacer de niñera de la hermana pequeña de Gael mientras él se divertía con otra chica. A Cara ni siquiera le gustaban los niños. Había invitado a la hermana de Gael solo porque se sentía mal.)

Finalmente:

mañana tampoco me viene bien, mucho trabajo hasta el fin de semana

Gael vaciló. ¿Le estaba plantando? ¿Era eso? La parte lógica de su cerebro le decía que sí.

Pero la otra parte (la parte romántica) pensaba en aquel beso y en la forma en que se habían mirado el uno al otro en el partido de baloncesto, y decidió tomárselo con calma. Tecleó rápidamente, no fuera a ser que se rajara:

sé que no te van mucho las pelis pero ¿qué tal una excepción para ver la nueva de Wes Anderson el viernes?

Después de todo, si iba a intentar que la cosa funcionara con esa chica, tendría que ayudarla a ampliar sus conocimientos cinematográficos más allá de James Cameron.

La parte de Cara que no estaba mosqueada (la parte de la monógama en serie) contestó finalmente:

vale

Gael se guardó el teléfono en el bolsillo trasero y salió del coche. Se dirigió hacia la puerta de su casa y se detuvo. Estaba agotado por la discusión con su padre y estresado por las penalidades de la comida, y la idea de sentarse solo en su habitación le parecía una tortura. Ni siquiera le apetecía ver una película.

Gael dio media vuelta y se encaminó hacia el coche. Tenía que hacer algo en lugar de amustiarse en el sillón. Abrió el coche y accionó el mando del garaje.

Este estaba aún lleno de las cosas de su padre. Un estante con vasijas de cerámica de cuando a su padre le dio por asistir a clases de cerámica; herramientas que usaba su madre más que su padre; una vieja chaqueta de la universidad, que se ponía solo para cortar el césped; una pelota de tenis colgada de manera que el Subaru de su padre no se arañara al entrar, un problema que ya no existía gracias al pequeño coche inteligente de su madre. Era como si esa parte de la casa sencillamente no se hubiera enterado de la noticia.

Gael fue hasta el fondo y cogió el rastrillo, luego se dirigió al jardín delantero y la emprendió con las hojas.

Recoger las hojas siempre había sido labor de su padre. Gael recordó la vez que su madre decidió que la división de tareas era demasiado sexista y ella tomó el relevo. No habían pasado ni tres días cuando su madre entró en la casa, le entregó el rastrillo a su padre y dijo: «Si los papeles tradicionales de género significan que no tendré que volver a rastrillar hojas, los acepto». Su padre se echó a reír y le dio un beso en la mejilla; luego cogió el rastrillo y salió a terminar la limpieza del patio trasero.

Probablemente tendría que haber hecho eso antes, pensó Gael, mientras amontonaba las hojas y los brazos empezaban a dolerle de una manera que le hacía sentir bien. Quizá no debería haberse obsesionado tanto con su propio drama y haber ayudado más a su madre.

Ya había medio terminado cuando salió Sammy.

Se puso una mano en la cadera y Gael se paró, plantando el rastrillo en el suelo como el tipo calvo del famoso cuadro de Grant Wood.

Sammy sonrió, inspeccionando el trabajo.

—Un buen rastrillado, sí, señor.

Gael se encogió de hombros.

—He pensado que podía hacer algo con mis tardes libres, además de volveros locas a ti y a Piper.

Sammy se rio.

—Bueno, hablando de ella, Piper me ha pedido que venga a informarte, en términos claros e inequívocos, de que sigue muy enfadada contigo.

Gael suspiró. Aunque se había disculpado, era consciente de que había hecho daño a Piper. Pero no sabía cómo rectificar. Era una clase de daño que no podía arreglar. Porque puede que Piper estuviera enfadada con él en aquellos momentos, pero en realidad estaba furiosa por las palabras que había dicho, y esas palabras eran la verdad. Ninguna disculpa cambiaría eso.

—¿Qué pasó? —le preguntó Sammy—. Piper no se suele enfadar con nadie.

—Le grité un poco —admitió él avergonzado—. Bueno, no a ella realmente, pero grité de todos modos. Se le ha metido en la cabeza que mis padres van a volver a estar juntos, y ninguno de los dos la saca del error.

Sammy dejó los brazos a ambos lados del cuerpo.

—Qué faena —comentó—. Mis padres se separaron cuando yo tenía más o menos la edad de Piper. Es difícil de entender, eso está claro.

Gael sintió un deseo abrumador de rodearla con los brazos, de abrazarla, pero desechó ese pensamiento.

—Lo siento —dijo—. No lo sabía.

Sammy devolvió con un pie una hoja que se había volado del montón.

—Hace ya tiempo. Lo he superado, pero sé lo duro que es, sobre todo cuando eres pequeño.

Gael dejó el rastrillo en el suelo y se sentó en el perfecto trozo de hierba que acababa de limpiar.

—Siéntate un momento —la invitó con naturalidad, pensando en lo fácil que era ser él mismo cuando estaba con ella—. Manda a la porra tus obligaciones de niñera.

—Me tomo el trabajo de niñera muy en serio, como muy bien sabrás —replicó Sammy, pero sonrió y se sentó enfrente de él.

—¿Por qué se separaron tus padres? —inquirió Gael—. Si no te importa que te lo pregunte, claro.

Ella encogió los hombros, agarró un puñado de hojas y las lanzó hacia arriba. Revolotearon al volver a caer al suelo. Sammy se metió el pelo por detrás de las orejas y estiró los dedos en la hierba.

—Ni siquiera lo sé —respondió—. Sencillamente se separaron.

Gael levantó la mirada al cielo y recordó el lema de su padre, algo que solía decir en los días soleados: «Si Dios no es de los Tar Heels, ¿por qué el cielo de Carolina es azul?»*. Se quitó de la cabeza la alegre voz de su padre y luego volvió a mirar a Sammy. Llevaba un jersey negro, una camisa a rayas debajo y el pelo recogido en un pequeño nudo. Parecía una elegante bailarina francesa, y se la imaginó dando vueltas alrededor de las hojas rastrilladas, dándoles con los pies y desparramándolas otra vez. En aquel momento decidió que podía confiarle lo siguiente:

—Creo que mi padre engañaba a mi madre.

—¿En serio?

—¿Te sorprende?

—¿Por qué lo crees? Tu padre no parece en absoluto de esa clase de tipos.

---

* Tar Heels ('Talones de alquitrán') es el nombre que reciben los equipos deportivos de la Universidad de Carolina del Norte, y su color es el azul. *(N. de la T.)*

Gael se encogió de hombros, pero la reacción de ella menoscabó su determinación. Tampoco tenía por qué mostrarse tan asombrada. No era una idea tan alocada. Claro, él siempre había pensado que, en general, su padre era un tío majo, pero la gente maja hacía cosas detestables constantemente. Solo había que fijarse en Anika y Mason.

—Debe haber alguna razón. Es lo único que tiene sentido.

—No siempre tiene que haber una gran razón fundamental —dijo Sammy, bajando la vista a sus manos—. A veces es un cúmulo de pequeñas razones.

Gael la miró, incrédulo, y levantó los ojos al cielo, deseando creerla. Pero parecía que en su vida siempre había una gran razón. Finalmente, volvió a mirarla a ella.

—¿Sabes?, eres como una inspiración —comentó, ansioso por dejar de hablar de sus padres.

Sammy se rio y ladeó ligeramente la cabeza.

—¿A qué te refieres?

Él se encogió de hombros.

—John y tú. Ya lleváis tres años, ¿no? Y los dos estáis en la universidad y seguís empeñados en que vuestra relación funcione.

(Palma de la mano a la cara.)

Sammy esbozó una sonrisa forzada.

—Supongo —dijo, y se levantó—. Tengo que volver con Piper. Buena suerte con el resto de las hojas.

Gael observó cómo entraba en la casa sin saber muy bien qué acababa de pasar.

intervención

AL DÍA SIGUIENTE, EN EL INSTITUTO, GAEL SE QUEDÓ pasmado al ver a Anika y a Mason sentados de nuevo a su antigua mesa del comedor.

Se paró en seco. No tenía ganas de tratar con ellos en aquel momento. Bastante tenía ya con digerir el enfado de Piper, los descubrimientos que había hecho sobre su padre y la sospecha de que Cara hubiera empezado a cansarse de él.

Y, desde luego, nadie como aquellos dos para saber exactamente cómo darle la patada cuando estaba deprimido.

Me siento un poco mal reconociéndolo, pero esta vez no intenté detener a Anika y a Mason. La noche anterior había observado cómo Gael miraba el teléfono deseando desesperadamente llamar a la única persona en la que había confiado más que en ninguna otra cuando sus padres se estaban separando, la única persona que había estado dispuesta a escuchar sus quejas, sus preguntas y sus intentos por entenderlo todo. Gael había deseado llamar a Anika.

Varios empujoncitos míos, combinados con su propia decisión, habían bastado para que se convenciese de que no valía la pena hacerlo. Pero, con todo, había deseado hacerlo.

Un pequeño recordatorio de que Anika ya no estaba de su lado no le haría ningún daño…

Vale, en realidad sí se lo haría. Y mucho. Pero a veces el dolor es necesario. No es más que una desgraciada certeza de mi trabajo.

Anika sonrió a Gael como si no pasara nada.

Danny y Jenna, por su parte, lucían sus propias, falsas y forzadas sonrisas.

Mason era el único que le evitaba la mirada.

—Humm… —dijo Gael—. ¿Qué hacéis?

—Hemos pensado que podíamos unirnos a vosotros para comer. No pasa nada, ¿no? —preguntó Anika.

A Anika siempre se le había dado muy bien hacer preguntas que no lo eran en realidad.

Gael cruzó los brazos. Miró a Mason, que tenía los ojos clavados en la mesa.

—Bueno, pues sí, obviamente sí que pasa.

Anika sonrió.

—Estábamos hablando y…

—¿Quiénes? —preguntó Gael.

Jenna se aclaró la garganta y agarró a Danny de la mano.

—Mira, Gael, sabemos que estás muy dolido, y tienes todo el derecho del mundo. Pero no es justo para el grupo, ¿sabes? Es decir, todos somos amigos, y Danny y yo no hemos hecho nada. Y llevamos ya más de una semana sentándonos por separado. Así que pensábamos que podíamos empezar a sentarnos todos juntos otra vez.

Gael bufó.

—Chicos, ¿me estáis tomando el pelo? ¿Qué pasa? ¿Habéis tenido una especie de reunión de grupo sobre este asunto sin mí?

Danny le apretó la mano a Jenna.

—Creemos que también deberías volver a la banda de música —dijo—. Te echamos de menos en la sección de saxos.

Gael hizo un gesto de indiferencia.

—Demasiado tarde. El señor Potter me dijo el viernes que he perdido demasiados ensayos para volver este semestre. Qué pena, me apetecía tanto pasar más tiempo con vosotros, chicos, todos juntos otra vez...

Hasta Gael se sorprendió del grado de amargura que había en su voz.

Se produjo un momento de silencio y luego Anika repuso tímidamente:

—Estamos preocupados por ti, Gael. Creemos que sería mejor que todos volviéramos a ser amigos.

Gael se echó a reír, pero por dentro le parecía que iba a derrumbarse. Una cosa era aguantar las incómodas tentativas de reconciliación de Mason, y otra sentarse allí día tras día y hacer como que todo seguía igual.

—Si eso es lo que queréis, comeré solo —dijo finalmente, y se dio la vuelta con intención de dirigirse a su viejo patio de confianza.

Hacía bastante frío fuera, pero no importaba. Sin duda, era mejor que aquello.

Y eso fue lo que al final hizo salir a Mason de su estoica actitud.

—No, eso no es lo que yo quiero en absoluto —soltó, lanzándole a Anika una mirada desafiante—. Te dije que no era buena idea. Vámonos, volvamos a nuestra mesa.

Anika emitió una exclamación de fastidio.

—Mason, accedí a cambiar de sitio solo porque pensé que sería temporal.

—Da igual. No quiero hacerlo —saltó Mason, y echó la silla hacia atrás, con un espantoso chirrido, y se marchó.

Anika suspiró ruidosamente y después le siguió hasta su mesa del rincón.

—Muchas gracias, chicos —terció Gael, sentándose en su sitio habitual y sacando el sándwich con furia.

—Fue idea de Anika —se disculpó Danny. Jenna le dio un manotazo en el brazo y él se encogió de hombros—. Bueno, es la verdad.

Gael le pegó un mordisco a su sándwich, pero los ojos se le fueron hacia Anika y Mason, hacia donde se habían sentado dándole la espalda.

Puede que Mason fuera el peor mejor amigo en la historia de los mejores amigos, pensó Gael, aunque le agradaba saber que al menos no se había convertido en un idiota integral.

comedias románticas:
una educación sentimental

ESA TARDE GAEL LLEGABA A CASA TEMPRANO, COMO era ya habitual desde que no asistía a los ensayos de la banda de música.

Lo que Gael había dicho durante la cuasi-intervención de esa mañana era verdad. El señor Potter no iba a dejarle volver hasta el siguiente semestre. Además, no estaba seguro de que quisiera volver. Bueno, al menos todavía no.

Cuando entró en su casa, vio a Sammy sentada a la mesa del comedor, brazos cruzados, ceño fruncido. Estaba rodeada de trozos de tul y raso del complicado disfraz de María Antonieta que su madre estaba haciéndole a Piper para Halloween, y trazaba círculos con un dedo en el mantel de color marfil.

—¿Sabes dónde está Piper? —le preguntó Sammy—. Debería haber llegado hace quince minutos. Estoy empezando a preocuparme.

Gael tardó un minuto en atar cabos.

—¡Mierda! —exclamó—. Creo que está en una excursión. —Recordó que Piper había dicho algo sobre el planetario de la universidad durante el desayuno. Era la primera vez que volvía a comportarse normalmente, como si ya no estuviera enfadada con él—. ¿No te ha llamado mi madre?

Sammy miró su teléfono.

—No, no tengo llamadas perdidas. Me da la impresión de que se le ha olvidado decírmelo.

Gael se encogió de hombros. Habría sido inconcebible que a su madre se le pasara un detalle así meses atrás, pero ahora ya no tanto.

—Siento que hayas tenido que venir para nada.

Sammy suspiró.

—No importa. —Cogió el bolso, se lo colgó al hombro y se levantó—. Hasta mañana entonces.

Cuando se dirigía a la puerta, Gael fue tras ella.

—Espera —dijo.

Sammy se volvió, exasperada.

—¿Sí?

Gael quería preguntarle por qué se había ido tan bruscamente el día anterior. Quería preguntarle si pasaba algo. Pero de repente le pareció ridículo, absurdo, avasallador.

—¿Te apetece que demos una vuelta o algo? Ya que estás aquí...

Sammy se encogió de hombros y se colocó las gafas.

—¿Qué sugieres?

Gael paseó la mirada por la habitación en busca de alguna idea, hasta que vio la revista *Entertainment Weekly* de su madre.

—Estooo, podríamos ir a ver una película. No sé muy bien qué ponen, la nueva de Wes Anderson no la estrenan hasta el viernes, que a lo mejor no te apetecería de todas formas, pero podríamos caminar hasta el Varsity y ver qué hay en cartelera.

Justo en ese momento la revista cayó de la mesa del comedor y fue a parar a los pies de Sammy. Gael miró hacia la ventana abierta. «Qué extraño —pensó—. Habría jurado que estaba cerrada hasta hace un minuto».

(A ver, tampoco yo tengo ni remota idea de cómo se abrió esa ventana. *guiños*)

Sammy la cogió.

—Había olvidado por completo que *Goodbye Yesterday* está en cartel. La están poniendo en el Varsity.

Gael enarcó una ceja, acercándose a ver el anuncio: la típica chica guapa miraba a un chico alto y desgarbado.

—Una comedia romántica —rio él—. Claro.

Sammy puso cara de mosqueo.

—Bueno, seguro que la otra opción del Varsity es alguna deprimente película extranjera. Siempre ponen alguna de esas.

Gael se echó a reír de nuevo.

—¿Lo dices en serio?

Sammy cruzó los brazos y se apoyó contra la puerta.

—Ver películas extranjeras que no son para algún trabajo de clase me parece muy duro. Además, la directora de *Goodbye Yesterday* es una tía francamente divertida que tiene una estupenda serie en YouTube. No va a ser tan sentimental como crees. Y si lo es, una película sentimental no te hará daño. —Sacó el teléfono y pulsó varias veces—. Empieza dentro de media hora. Si nos vamos ahora, llegaremos justo a tiempo.

—Vale, vale —cedió Gael, levantando las manos—. Pero me reservo el derecho de hacer una crítica despiadada después.

Sammy sonrió.

—Puede que ni te apetezca.

—Puede —replicó él, y cogió dinero del bote de las emergencias de su madre que estaba en la encimera de la cocina (pensó que era lo justo, dado que se había olvidado de llamar a Sammy para que no acudiera), se puso la chaqueta y salió detrás de ella.

Hacía fresco cuando bajaban por la calle Henderson en dirección a Franklin. Sammy se enrolló una bufanda de intrincado estampado alrededor del cuello y hundió las manos en los bolsillos.

—¿Entonces dices que sobre todo ves comedias románticas? —le preguntó Gael.

Sammy se encogió de hombros.

—Sí que veo muchas, pero sobre todo veo películas de terror, si quieres que te sea sincera.

—¿En serio?

—Sí. ¿Tienes algún problema con eso también?

Gael negó con la cabeza.

—Es que no te pega nada.

Cruzaron a la calle Rosemary cuando pasaba un coche en el que sonaba una canción antigua de Sublime a todo volumen.

—También veo todas las películas serias, pero si eres un esnob que desprecia las películas de género, te perderás muchas cosas buenas. Y, de todos modos, ¿qué tienes contra las comedias románticas?

—¿Que qué tengo en contra? —repuso Gael mientras pasaban ya por los deslumbrantes colegios mayores—. Que son convencionales. Los guiones siempre son malos y tan... predecibles...

Sammy esbozó una sonrisita.

—Ah, ¿y las películas que te gustan a ti son mucho mejores? He visto los estantes de tu habitación. Películas policíacas de los setenta. *¡Olvídate de mí!* Wes Anderson. No me digas que Wes Anderson no es predecible. ¡Un chico se esfuerza por encontrar su lugar en el mundo, y las chicas son todas raritas, y los colores son mucho más chillones que en la vida real!

Gael se echó a reír.

—Sus películas son muy entretenidas.

Sammy cruzó los brazos en un gesto desafiante.

—También las comedias románticas. No hay nada de malo en las películas de género.

Gael alzó la mirada al cielo.

—Vale, confieso públicamente que algunas de las películas que me gustan son un poco predecibles. Pero no me discutirás que películas como *Serpico* y *Taxi Driver* son básicas. Son épicas.

—Bueno, *Serpico* me gusta —dijo Sammy mientras esperaban para cruzar la calle—. Pero deja que lo intente de todos modos: tipo joven intenta derrotar a los malos, se obsesiona, se derrumba con la presión y echa a perder su vida amorosa, pero ¡al final lo consigue!

Un coche paró para dejarles cruzar y Gael no prestó atención al muy sólido argumento de Sammy.

—Ninguno de mis amigos ha oído hablar de *Serpico* siquiera, y mucho menos la ha visto.

Sammy se encogió de hombros.

—Mi padre es de Brooklyn y es un fanático de las películas que se rodaron en Nueva York en aquel tiempo; siempre dice que los setenta fueron los últimos años en los que Nueva York era realmente Nueva York, a pesar de que él tenía unos ocho años por entonces y mi abuela cuenta que no podía llevarle al parque por culpa de las jeringuillas que los drogadictos dejaban por todas partes.

—¡Vaya! —exclamó Gael—. No me imagino creciendo en Brooklyn. Debe de molar cantidad.

Acortaron por el callejón que había entre las calles Rosemary y Franklin, el mismo en el que la florista le había dicho a Gael, no hacía ni dos semanas, que Anika no merecía la pena. A Gael le entraron ganas de reírse a carcajadas solo de pensarlo. ¿Quién iba a imaginar que las floristas eran tan sabias?

—Vale, ¿y qué opinas de *¡Olvídate de mí!*? No irás a decirme que es predecible también, ¿no? —Sammy se mordió el labio y él insistió—: ¿Qué?

—La verdad es que no la he visto.

Gael se paró en seco en mitad del callejón.

—¿Me tomas el pelo?

Sammy se puso una mano en la cadera.

—Al parecer, todos los que se creen cinéfilos adoran esa película. No puede ser tan buena. He leído una sinopsis. Suena horrible.

—Tienes que verla —dijo Gael.

—Ya, ya.

—En serio. No pienso moverme de este frío y húmedo callejón hasta que me prometas que vas a verla.

Ella echó a andar hacia delante, pero él no se movió.

Sammy avanzó unos tres metros antes de darse cuenta de que él no la seguía. Se giró y le preguntó, poniendo los brazos en jarras:

—¿De verdad?

—Ya te he dicho que no pienso moverme —replicó él, imitándola en plan simpático—. Si quieres ir al cine tú sola, adelante.

Sammy dio un paso hacia él.

—¿En serio vas a retenerme con la excusa de una sobrevalorada película hípster?

Él asintió con la cabeza.

—Te aseguro que sí.

Ella se quedó callada, sin quitarle ojo. Entonces esbozó una sonrisa y replicó, alzando una mano:

—Vale, lo prometo.

—No ha sido tan difícil, ¿no? —le preguntó Gael, echando a correr para alcanzarla.

Salieron a la calle Franklin.

—Si yo veo ¡*Olvídate de mí!*, tú tienes que ver otra que elija yo —argumentó Sammy cuando se pusieron a la cola detrás de otras cuatro personas.

—¿No has elegido tú la que vamos a ver?

Sammy alzó la mirada al cielo. Se le daba bien hacer eso.

—He elegido esta porque es la que ponen a la hora que nos viene bien..., y realmente creo que va a ser buena. Pero no es como la película que quiero que veas. Agénciate *Cuando Harry encontró a Sally*. Hazme caso.

Los que estaban delante de ellos terminaron de pagar y se marcharon.

—Hola, buenas —les saludó el vendedor de entradas.

Tenía dos *piercings* en una ceja y un tatuaje de la sota de espadas que asomaba por debajo de su camiseta negra. Resultaba un tanto macabro detrás de la taquilla decorada con telarañas.

—Dos para *Goodbye Yesterday* —pidió Gael. Miró a Sammy cuando el chico le daba las entradas y comentó—: He oído que es buena.

un breve vistazo al mundo de mason

MIENTRAS SAMMY Y GAEL VEÍAN AL ENAMORADO DE *Goodbye Yesterday* hacer el inevitable gesto grandilocuente para recuperar a la chica, Mason estaba ocupado trabajando en su propio gesto grandilocuente.

Había cancelado los planes que tenía con Anika y se había ido a la tienda de manualidades a comprar cartulina y otros materiales.

Estaba sentado a la mesa del comedor, con un tenedor colmado de las sobras de unos *fettuccine Alfredo* preparados por su madre en una mano y un tubo de pegamento en la otra.

Estudió meticulosamente cada elemento. Se curró un montón de artículos de la Wikipedia sin que llegara a asimilar ninguno de ellos. Él solito, por una vez en todo el año, hizo la lectura obligatoria de química.

Sujetó, pegó y escribió con rotulador de punta fina.

Le daba igual lo que tardara. Le daba igual si tenía que quedarse despierto toda la noche.

Estaba decidido a hacer algo, lo que fuera, para que las cosas mejorasen.

por fin la verdad sale a la luz

ERA DE NOCHE CUANDO GAEL Y SAMMY SALIERON DEL cine. Las farolas, ya encendidas, proyectaban un resplandor sobre los críos que hacían cola para comprar un helado en Coldstone y los estudiantes que salían de la tienda de camisetas con el uniforme para ver el gran partido de fútbol del fin de semana. Caminaban lentamente, deambulando por delante de tiendas con fachada de ladrillo, del Krispy Kreme y del Sutton's, la antigua farmacia que vendía batidos de leche malteada y que apenas había cambiado desde los años cincuenta.

—¿Ha sido tan atroz como imaginabas? —le preguntó Sammy.

Gael aflojó el paso cuando se aproximaban a la oficina de Correos, donde solía pasar el rato en lo que parecía otro mundo completamente distinto.

—He de decir que me ha parecido bastante buena.

Sammy le dio en el hombro.

—¿Ves? ¡Te lo dije! ¿A que los diálogos eran estupendos? —Retiró la mano enseguida—. ¿Y qué me dices del uso de la cámara? Estoy segura de que no te lo esperabas.

Gael hizo un gesto de negación con la cabeza.

—Te garantizo que en absoluto.

Un grupo de seudopunks llenos de *piercings,* con vasos de Frappuccino en la mano, pasó cerca de ellos y Sammy giró en dirección al campus norte de la universidad. Gael le siguió la mirada hacia los altos árboles, la mayoría sin hojas, las aceras diagonales de ladrillo, el planetario donde Anika y él se habían besado y el Linda's, un bar al que los padres de Gael iban a veces. Aquella ciudad albergaba mucha historia. Le recordaba lo deprisa que podía cambiar todo.

Ella se quedó observándole.

—Supongo que debería volver a la residencia —dijo.

Gael se detuvo y entonces le di una pequeñísima idea.

—Deberías volver, claro. No vaya a pensar John que esto era un cita o algo parecido... —repuso, y sonrió. Sammy, sin embargo, no le devolvió la sonrisa. Se le ensombreció la expresión en el acto y Gael añadió rápidamente—: Lo siento. No ha tenido ninguna gracia. Te pido disculpas.

Pero Sammy negaba con la cabeza. Bajó la mirada a sus rozadas botas negras y luego volvió a levantarla hacia él.

—No es culpa tuya. Es que no he sido del todo sincera contigo.

Gael notó que se le ponía un peso en el estómago. Quizá había mentido el día anterior al decir que no creía que su padre engañara a su madre. Quizá incluso supiera algo que él no...

Los ojos se le fueron de nuevo hacia Linda's y se preguntó si su padre habría conocido allí a esa chica, también.

—Cuéntamelo —dijo finalmente.

Ella le miró entrecerrando los ojos.

—No es nada malo. Bueno, sí, pero no para ti. Es que..., bueno...

—¿Qué? —preguntó Gael.

Ella se mordió el labio.

—Me siento tan tonta al contarlo, aunque, sinceramente, no sé por qué me cuesta tanto. Vale. —Inspiró profundamente—. Es que John y yo rompimos hace mes y medio.

—¡¿En serio?! —exclamó él—. ¡Eso sí que no me lo esperaba!

Ella se encogió de hombros.

—Lo sé. Debería haber dicho algo antes.

Un grupo de estudiantes les adelantó y Gael se echó a un lado. Ella le siguió.

—¿Y por qué no lo has hecho?

Sammy miró a su alrededor antes de responder, como buscando una escapatoria.

—¿Qué sé yo? Tu madre y tú parecíais estar aún muy afectados por lo sucedido entre tus padres, y no parecía muy importante en comparación. Quería decirlo, incluso intenté mencionarlo la noche de tu cumpleaños, pero daba la impresión de que tenías demasiadas cosas en la cabeza. —Hizo una pausa para tomar aliento—. Y luego ha pasado tanto tiempo, y, claro, todos dabais por hecho que seguíamos juntos y, no sé, me parecía cada vez más raro contarlo así, de repente.

—¡Vaya! —exclamó Gael—. ¿Y qué es lo que pasó?

Sammy desvió la mirada.

—Para resumir, me dijo que tenía que «encontrarse» a sí mismo en su facultad. —Sammy hizo las pertinentes comillas con los dedos—. Estoy segura de que lo que eso significa es que quiere salir con otras. Tendría que haberlo visto venir. Tendría que haberme dado cuenta de que seríamos como todos los demás, de que no había manera de que lo nuestro funcionara estando cada uno en una ciudad.

Gael frunció el ceño.

(Y yo también. Puede que a Sammy le gustaran las comedias románticas, que le parecían tan creíbles como las de su otro género preferido, las películas de terror, pero cuando se trataba de la vida real, era un cínica[5] de los pies a la cabeza. No dejó de esperar que algo saliera mal durante todo el tiempo que estuvo saliendo con John, y me dio rabia que al final ocurriera. No iba a ser

---

[5] Cínico: aquel que no se traga nada de lo que las películas, los amigos o ni siquiera sus enternecedores abuelos le han dicho sobre el amor. Cree que la mayoría de las relaciones están destinadas a fracasar y por eso se protege a sí mismo cuando encuentra una. Eso le puede llevar a reprimirse de expresar sus verdaderos sentimientos, pues espera que las cosas salgan mal, y a esperar a que suceda lo inevitable. También puede ser extraordinariamente leal una vez que se entrega a alguien, dado que lo hace con poca frecuencia.

siempre así, claro, le esperaban muchas cosas buenas, pero los cínicos son difíciles de convencer.)

—Te prometo que no soy como esos extraños acosadores que no aceptan una ruptura —dijo Sammy muy nerviosa.

Gael se echó a reír ruidosamente.

—Jamás se me ocurriría tal cosa —repuso—. Me siento como un imbécil. Yo dale que te dale con que no podías entenderme, y ayer, cuando te dije que eras una inspiración para mí, resulta que sabías exactamente por lo que estaba pasando.

Era cierto, Gael se sentía como un idiota. Tendría que haber visto la verdad. Aunque Sammy no lo hubiera dicho claramente, de alguna manera él debería haberlo sabido.

Sammy negó con la cabeza.

—No te preocupes. Fue culpa mía. Pero respondiendo a tu pregunta, no, John no se pondrá celoso. Y ahora, en serio, tengo que irme.

Y antes de que Gael pudiera pronunciar otra palabra, ella se giró sobre sus talones y cruzó despacio el paso de peatones, terminando justo antes de que la luz verde se pusiera roja. Gael observó cómo recorría el sendero de entrada al campus hasta que la perdió de vista.

Y entonces él subió por Henderson, encaminándose hacia su casa; por alguna razón, sus pasos eran un poquitín más ligeros.

los chicos también tienen sentimientos

AL DÍA SIGUIENTE, POR PRIMERA VEZ EN MUCHO TIEMPO, Gael estaba de buen humor en el instituto.

A Piper se le había pasado el enfado, la comida volvía a discurrir sin Anika y se sentía ilusionado porque iba a ver a Sammy por la tarde. La noche anterior se las había arreglado para colar la película que ella le había recomendado después de que su madre hubiera pedido pizza y se hubieran atiborrado mientras veían en la tele algo apropiado para Piper. Había perdido unas cuantas horas de sueño para poder ver *Cuando Harry encontró a Sally*, y estaba deseando comentarla con ella.

Pero cuando Gael llegó a clase de química, Mason no solo había llegado pronto (algo absolutamente impropio de él), sino que además exhibía una enorme sonrisa. Daba toda la impresión de que quería hablar. Adiós buen humor.

Gael arrojó la mochila encima de la mesa del laboratorio y procuró pasar de él. Significara lo que significase la mueca de Mason, estaba seguro de que sería un fastidio. Quizá, en lugar de suplicarle consejos sobre Anika, quisiera compartir algunas emocionantes novedades de su relación. «Humm, no, gracias», pensó.

Mason se giró para ponerse frente a él, con la sonrisita aún intacta.

Gael sacó de la mochila el enorme tocho de química, pero no dio cancha a Mason. Sí, le había defendido el día anterior, pero eso no significaba que de repente fueran los mejores colegas otra vez, aun cuando Gael estuviera de particular buen humor.

—¡Ejem! —exclamó Mason, aclarándose la garganta. Gael no volvió la cabeza—. ¡Ejem!

—No vas a dejar de hacer eso hasta que te hable, ¿verdad? —le preguntó Gael. A manera de respuesta, Mason le puso delante una vistosa cartulina. Gael le echó un vistazo—. ¿Qué es esto?

Mason esbozó una sonrisa radiante.

—Es el trabajo para subir nota. Tres puntos más en nuestras notas de final de semestre, suficientes para mantenerme a mí lejos del aprobado raspado y a ti firme en tu sobresaliente —afirmó Mason, señalando los nombres de la esquina superior derecha: «Gael Brennan y Mason Dewart».

—No tenías por qué —dijo Gael, confundido—. Tacha mi nombre. Yo no he hecho nada.

Mason se encogió de hombros.

—Venga, acéptalo, tío. Además, ya he escrito tu nombre con rotulador de punta fina. Quedaría un poco sospechoso si lo tacho ahora. —Gael echó un vistazo al trabajo. Sorprendentemente, tenía buena pinta—. Debíamos elegir diez elementos diferentes o compuestos elementales e ilustrar sus usos en la vida real —dijo Mason con toda naturalidad, como si una semana antes ya hubiera sabido lo que eran esas cosas.

—No recuerdo que la señora Ellison hablara de esto —apuntó Gael.

Mason se rio y pasó un dedo por el borde de la cartulina.

—No es que hayas prestado mucha atención últimamente... —Gael enarcó una ceja, pero Mason levantó las manos y añadió—: Ya lo sé, ya lo sé. Tenías una buena razón.

Gael hizo un gesto de contrariedad al examinar detenidamente la cartulina.

—Kr es kriptón, tío, no kriptonita.

—¡Mierda, lo siento! —exclamó Mason.

—Anda, déjame el bolígrafo —dijo Gael con una carcajada, y tachó las letras que sobraban lo mejor que pudo.

—¿Le das el visto bueno? —le preguntó Mason—. ¿Puedo entregarlo?

—Sí —respondió Gael tras unos instantes—. Le doy el visto bueno.

Mason salió disparado de su sitio y se fue al frente de la clase, donde dejó la cartulina encima de otros cuantos trabajos para subir nota que había en la mesa de la señora Ellison.

Gael esperó hasta que Mason volvió a su sitio.

—Ah, y gracias, por cierto —dijo rápidamente. Luego abrió su libro de química e hizo como que lo leía todo lo deprisa posible.

Pero no pudo evitar pasárselo a su amigo. Corrección: *examigo*. Puede que fuera un cerdo mentiroso y sinvergüenza, pero había hecho algo muy bonito.

¿Qué puedo decir? A veces los mayores gestos de amor no tienen nada que ver con lo romántico.

conexión wes, perdida

PIPER ESTABA DE BUEN ÁNIMO ESA TARDE, EN ESPERA de Halloween y de su elaboradísimo disfraz (tenía que felicitar a su madre: podía pasar por un divorcio y hacer un vestido del siglo XVIII verdaderamente espléndido, y eso mientras desempeñaba su trabajo y conseguía que en general todo siguiera funcionando). Piper exigió que Sammy le diera una clase especial sobre María Antonieta, con frases como «*Qu'ils mangent de la brioche*» incluidas. Aparte de las frecuentes idas para ver si habían terminado, Gael las dejó a su aire casi todo el tiempo porque Piper le había pedido que no interrumpiera su «importante trabajo». Gael aún estaba intentando hacer méritos para ganarse a Piper, después del desafortunado arrebato que había tenido durante la cena del domingo.

De hecho eran casi las cinco cuando Gael finalmente vio a Piper trabajando en silencio mientras Sammy leía *Cándido*.

—Anoche vi *Cuando Harry encontró a Sally* —le soltó Gael.

Sammy se sobresaltó, luego levantó la vista y se rio.

Quizá Gael tendría que haber probado una entrada mejor...

—Lo siento, estaba entusiasmado —dijo.

Piper cruzó los brazos.

—Estoy intentando aprender cosas. ¿Es necesario que habléis?

Sammy reprendió a Piper con la mirada.

—Si quieres un lugar más tranquilo, sabes que siempre puedes ir al cuarto de estar —le sugirió.

Piper soltó un gruñido y se quedó donde estaba.

—¿Y? —preguntó Sammy.

Gael hizo una mueca, avergonzado.

—He de decir que me ha parecido un poco artificiosa.

Ella se rio ruidosamente.

—¿Así que estabas deseando decirme que tengo un gusto horrible para las películas?

Sammy se echó hacia atrás en la silla y juntó las manos en el regazo. Gael sacó una silla para él y se sentó junto a ella.

—Yo no he dicho que sea mala —replicó Gael—. Pero ¿por qué no podrían haber estado juntos todos esos años? No tiene sentido. Claramente solo es una forma de estirar la película.

—Pero ¿qué me dices de los diálogos? ¡El guion de Nora Ephron es muy agudo!

—A mí todo ese «tardemos una eternidad en estar juntos» sencillamente me enerva —dijo él.

Sammy puso cara de incredulidad.

—Pero ¡de eso se trata! A veces hay personas compatibles entre sí que no se encuentran en el momento oportuno.

Piper levantó la mirada.

—Es verdad, a veces hay personas que ni siquiera se dan cuenta de que se gustan.

(¡Ahí, ahí, Piper!)

Gael no le hizo caso.

—Creía que habías dicho que el momento lo era todo, que a veces, sencillamente, no sale bien —le recriminó a Sammy.

Ella cruzó los brazos.

—Bueno, supongo que a veces sí que sale. En fin... Puede que yo haya pasado de hacer la lectura de francés que me tocaba y haya trasnochado para ver ¡*Olvídate de mí!*

—¿Y te ha gustado? —inquirió Gael.

Sammy respiró profundamente. Apretó los labios, seria de repente.

—Siento haber dudado de ti, Gael Brennan.

Gael esbozó una sonrisa.

—¿A que es extraordinaria?

—La escena de la lluvia en el cuarto de estar... Y cuando entran en la casa. Y cuando él vuelve a ser niño. Y las cosas tan ingeniosas que dice Clementine... —comentó Sammy, deteniéndose para tomar aliento—. Nunca debería haberla subestimado.

Gael se encogió de hombros.

—¿Qué puedo decir? Tengo buen gusto.

Sammy se pasó los dedos por el pelo y replicó:

—Totalmente. ¿Y la siguiente que tengo que ver es *Cómo ser John Malkovich?*

Gael afirmó con la cabeza.

—Tienes que verla. Y hacer un informe.

Fue entonces cuando su madre entró por la puerta.

—¡Mamá! —exclamó Piper, corriendo hacia ella sin darle tiempo a dejar el bolso siquiera—. ¡Tengo que contarte todo lo que he aprendido sobre María Antonieta!

Su madre se inclinó y le dio a Piper un beso en la mejilla. Luego se enderezó, mirando a Gael y a Sammy con una curiosa expresión en los ojos.

Sammy se deslizó de la silla y se levantó.

—Creo que debería irme. Gael, ¿no ibas a enseñarme esa cosa fuera?

—¿Eh? —repuso Gael. Sammy arqueó las cejas—. Ah —dijo él, levantándose rápidamente—. Sí. Esa cosa.

Tanto su madre como Piper exhibieron idénticas sonrisitas, pero Gael pasó de ambas.

Él siguió a Sammy hasta la puerta, fijándose en su camisa (que le quedaba grande), los pantalones cortos (que parecían una mochila de la época universitaria de su padre) que llevaba encima de los leotardos y sus botas rojas de cordones. A Anika le habría horrorizado lo poco que conjuntaban esas prendas. Cara probablemente se habría sorprendido de que alguien pudiera llevar algo menos cómodo que las Birks. Y, sin embargo, de alguna manera, a Sammy todo aquello le quedaba bien.

Gael cerró la puerta detrás de él y Sammy se giró.

Estaba oscureciendo; el sol se ponía, otorgando al cielo un color morado que combinaba con la sombra de ojos de Sammy.

Se tiró del borde inferior de los pantalones con una mano y luego levantó la vista hacia él.

—Perdóname por ser tan torpe. —Se rio—. Quería hablar contigo sin que estuviera delante la brigada Brennan al completo. —Gael vaciló, preguntándose qué iría a decirle—. Todavía me siento un poco rara por haberte mentido acerca de John. No me gustaría que pensaras que soy un bicho raro que no acepta la realidad o algo así.

Gael negó con la cabeza rápidamente.

—No lo pienso en absoluto. Y si hay alguien que no sabe afrontar la realidad, soy yo. Ya me viste la semana después de que Anika me dejara...

—Bueno, yo llevo un poco más —replicó en tono de broma. Luego desvió la mirada unos doce centímetros a la izquierda de la cabeza de Gael—. Pero, en fin, siempre y cuando no pienses que estoy zumbada, me preguntaba si quizá querrías ver la nueva película de Wes Anderson este fin de semana. Ya sé que te he tomado el pelo con él, pero a), como habrás adivinado, me gusta ir un poco a contracorriente de lo que se lleva, y b), bueno, te debo una peli, una de un género que elijas tú...

(Como Sammy tenía los ojos puestos a unos doce centímetros a la izquierda de la cabeza de Gael, en un pequeño desconchado de la pintura, para ser exactos, no pudo ver la progresión de las emociones de Gael como las vi yo. No vio cómo se le iluminaron los ojos cuando ella empezó a hablarle de salir juntos, ni cómo se le nublaron enseguida cuando mencionó a Wes Anderson. Para cuando Sammy se atrevió a mirarle, lo único que vio fue la adusta expresión de alguien que está sufriendo un conflicto.)

—Bueno, no tienes ninguna obligación, claro. Lo más probable es que no me guste nada la película —dijo enseguida por una cuestión de amor propio.

—No. No es que no quiera..., es que ya le he preguntado a Cara si quería ir conmigo a verla este viernes.

Sammy apretó los labios durante unos segundos y luego esbozó una sonrisa.

—Sí, claro. Supongo que olvidé que erais...

—En realidad, no...

—... Y olvidé que las noches de los viernes son para salidas románticas. Hace tiempo que estoy fuera de juego, supongo.

—No es exactamente...

Pero Sammy no le dejó terminar.

—He de irme. Todavía tengo que ponerme al día con la lectura de francés —dijo, y se alejó con paso ligero.

Gael se sintió como un imbécil, pero no tuvo tiempo de entender bien lo que acababa de pasar, porque en cuanto entró en casa, su madre y Piper estaban esperándole con impaciencia.

—¿De qué iba eso?

—¿El qué?

Piper meneó los hombros y pestañeó varias veces.

—Oooh, Gael, ¿puedes enseñarme algo fuera?

Ella y su madre se echaron a reír como tontas y Gael suspiró.

—No sé de qué estáis hablando —dijo.

Su madre frunció los labios.

—¿Y qué le has enseñado, entonces?

—Nada —respondió, y pasó junto a ellas dándoles un empujón, perplejo.

No quería hablar de Sammy con ellas. No quería que todos sus movimientos quedaran expuestos. No había nada entre ellos y su madre ya estaba flipando. Como para que lo hubiera...

Y menudo lío se iba a organizar si luego no salía bien. Todo sería un auténtico desastre, a Gael no le cabía duda.

Que su madre hubiera hecho buenas migas con Anika era un fallo gordo. Si él hubiera compartimentado su vida adecuadamente, no habría habido apariciones inesperadas en cenas de cumpleaños.

Pensó en Cara, en lo segura que era. En que sus padres ni siquiera sabían cómo se llamaba.

Quizá no era tan mala idea que fuera a ver la película con Cara, después de todo.

sin pistas: segunda parte

—¿TIENES PLANES PARA ESTA NOCHE, TÍO? —LE PREguntó Danny el viernes a la hora de la comida.

Gael casi se atragantó con su sándwich de pavo. No había hecho planes con nadie del grupo desde que todo se había ido al garete de repente.

Jenna no esperó a que respondiera.

—Vamos a ir a una fiesta en casa de Amberleigh. Al parecer ahora está intentando congraciarse con el resto de la banda —comentó Jenna, alzando los ojos al cielo— o lo que sea, pero parece que la casa es de impresión y que sus padres son majos. —Levantó una mano para detener cualquier objeción que pudiera tener y aclaró—: No te preocupes, Anika y Mason no van.

Gael tragó saliva y tomó un sorbo de su bebida.

—No puedo. Tengo..., estoo..., planes. —La mirada de asombro tanto de Danny como de Jenna era insultante, cuando menos—. Tengo otras amistades, ¿sabéis?

—Los dos se rieron al oír eso—. Las tengo —aseguró Gael—. No es broma.

—Ya, ya, pero es que lo has dicho de una forma muy graciosa —comentó Danny—. ¿Y qué vas a hacer?

Jenna esbozó una sonrisita y se volvió hacia Danny, muy contenta.

—Va a salir con una chica.

Gael hizo un gesto con la cabeza.

—¿Cómo porras...?

Ella expuso los puntos contándolos con los dedos.

—Acabas de ponerte colorado. Actúas de forma rara respecto a tus mal llamados planes. Y siento decírtelo, pero conocemos a todas tus amistades. Al menos a las que son lo bastante interesantes como para hacer planes con ellas.

—Un momento —dijo Danny—. ¿Es la niñera de tu hermana?

Y entonces Gael sí se atragantó con el sándwich.

(Por favor, quiero que sepáis que yo no tuve nada que ver en eso.)

Danny le dio unas palmaditas en la espalda, pero Gael levantó una mano para que parase.

—Estoy bien. —Se bebió el resto del refresco y añadió—: Pero ¿de dónde te has sacado esa idea?

—Mason dice que está muy buena —contestó Danny, y Jenna le pegó inmediatamente un manotazo en el brazo.

—¿Qué pasa? —preguntó.

—¿Tú qué haces hablando de que otras chicas están buenas? —replicó, haciendo un mohín.

—¿Así que no puedo ni pensar que otras chicas están buenas nunca más?

—Chicos —dijo Gael, interrumpiéndoles—. No es ella. Es la chica que conocí el día de mi cumpleaños, y se llama Cara, y no estamos saliendo, ¿vale? Solo somos amigos.

Jenna le dedicó un guiño.

—Sí, claro, lo que tú digas.

Gael suspiró.

Eran solo amigos, aunque puede que no lo fueran por mucho más tiempo. Faltaba menos de una semana para noviembre, lo cual era estupendo porque realmente le gustaba Cara. Era interesante, guapa y universitaria, y pensaba que él era lo bastante interesante como para salir con él.

Era una chica perfecta.

Era justo lo que necesitaba.

—Bueno, nos alegramos por ti, Gael —dijo Jenna sinceramente.

Y él también estaba contento.

Feliz.

Feliz como se describía en la famosa canción de Pharrell.

Y su pseudocita para ir al cine iba a ser estupenda.

¿qué haría wes anderson?

LA PELÍCULA ERA BUENA. MUY BUENA. ESTABA A LA altura de *Academia Rushmore* y *El Gran Hotel Budapest*, así de buena.

Y la cita o no-cita o lo que fuese…, bueno, también estuvo bien.

Aunque Gael y Cara no se habían visto ni hablado mucho desde el domingo, de repente todo parecía haberse encarrilado otra vez, como si de verdad a Cara le hubiese surgido un trabajo de grupo en el último momento, como si de verdad sí quisiera intentarlo con él llegado noviembre…

Allí, en la sala de cine, mientras la alegre música y los brillantes colores llenaban la pantalla, le había parecido que las cosas entre ellos eran de todo menos amistosas. Llamadle loco, pero Gael habría jurado que Cara le había tirado los tejos.

Algunos indicios que apoyaban esta hipótesis:

Primero, cuando fue a buscarla a la residencia, ella se había inclinado desde su asiento y le había besado en la mejilla. Eso no era algo que se hiciese con cualquiera. Ella no era francesa. Ni siquiera una falsa francesa, como Sammy.

Segundo, a diferencia de lo que ocurría en el pequeño cine Varsity, los asientos del cine de Durham eran de los que tenían un reposabrazos que podías subir para darte el lote con más facilidad (lo que Anika y él habían hecho más de una vez). El reposabrazos estaba levantado cuando ellos se sentaron, pero Cara no hizo ademán de bajarlo. Y es más, cuando Gael fue a hacerlo, ella se lo impidió, diciendo que si lo bajaba estarían demasiado estrechos.

Tercero, siguiendo con las concesiones, ella había sugerido que compartieran una Coca-Cola Cherry grande. Claro, era razonable desde el punto de vista económico, pero también tenía un significado emocional, ¿no? Desde luego que sí. A Gael nunca se le ocurriría compartir una Coca-Cola con Mason. La única persona con quien lo había hecho era Anika, y Piper, por supuesto, pero era su hermano.

Finalmente, una vez que empezó la película, y con cada minuto que pasaba, Cara no había dejado de arrimarse cada vez más. Al principio estaba toda esquiva, piernas en dirección contraria a él, barbilla apoyada en la mano. Pero a medida que avanzaba la película, a medida que los marcos simétricos se convertían en interminables *travellings* y patrones icónicos, poco a poco Cara siguió acercándose más y más. Primero fue la dirección en la que apuntaban sus rodillas. Luego les siguieron las Birks, que terminaron a escasos centímetros de los Chucks de él. Después ni siquiera estaba seguro de cómo se había acercado, porque no es que se levantara ni se moviera ni nada similar, pero de repente tenía un muslo pegado al suyo. Ambos llevaban vaqueros, así que puede que ella no se hubiera dado cuenta.

Pero, claro, puede que sí.

Sus brazos aún no se tocaban, aunque también parecían acercarse, como si tuvieran voluntad propia.

Siguió una escena de persecución, y Gael se preguntó cómo se desarrollaría si aquella fuera una película sobre su vida. ¿Cómo empezaría? ¿Con el plantón de Anika? ¿O en el momento en que conocía a Cara?

Cara, su adorable y divertida coprotagonista...

Cara, con quien había experimentado un perfecto encuentro de película...

¡Dios santo!, estaba empezando a pensar en términos de comedia romántica por culpa de Sammy.

Intentó concentrarse. Si fuera una película de Wes Anderson, ¿cómo se desarrollaría?

Desde luego, Wes no permitiría que dejase escapar a una chica guapa y llena de energía que mangaba salsa picante, hacía senderismo y era en general estupenda, ¿verdad? ¿Por qué iba a dejarla escapar? ¿Solo porque no estaba seguro al cien por cien de que aquella chica era la ideal para él? Eso era una tontería.

¿Y quién había dicho que hubiese que estar seguro al cien por cien? Él se había sentido así con Anika, y las cosas habían acabado fatal. ¿Acaso el amor no suponía dar un pequeño salto?

(Claro que sí. Hay saltos de fe, grandes saltos a lo desconocido. Pero, desde luego, no debes dar ese «salto» cuando la persona por la que quieres saltar en realidad no te mola tanto.)

Gael se inclinó un poco más y dejó que sus codos se tocaran ligeramente.

Y, sin embargo, no paraba de pensar en lo que diría Sammy: Wes Anderson, tan predecible. No paraba de ver cómo alzaba los ojos al cielo, cómo ponía los brazos en jarras cuando quería dejar algo claro.

Y por esa razón se alegraba de estar allí con Cara, decidió.

Se volvió hacia ella, captó un asomo de sonrisa.

Puede que no fuera una cinéfila, pero, mirándolo por el lado positivo, seguro que no se ensañaría con la película.

¿QUÉ HARÍA WES?

luz roja, luz verde

GAEL NO DEJÓ DE HABLAR DE LA PELÍCULA DURANTE todo el trayecto hasta Chapel Hill.

—Fuera de broma, es fantástico —dijo entusiasmado—. ¿Qué opinas? ¿Te parece tan bueno como James Cameron?

—Ni hablar, ningún director es tan bueno como James Cameron —contestó Cara, y Gael se rio, pero se encogió un poco por dentro porque sabía que en parte le estaba diciendo la verdad.

—Venga, en serio, ¿qué te ha parecido la peli?

—¿Sinceramente?

Él afirmó con la cabeza.

—Sinceramente.

—Es un poco rara —afirmó.

—Bueno, sí —coincidió él—. Las pelis de Wes son un poco raras. Pero ¿te ha gustado? —insistió, pues habría jurado que parecía disfrutar un poquito en el cine.

Cara se encogió de hombros.

—Me ha gustado estar ahí contigo.

Gael inspiró rápidamente.

—¿No te ha gustado nada de la peli?

Cara se mordió el labio, como pensándolo.

—La ropa de la chica era muy bonita, supongo.

Gael giró a la izquierda en Franklin y decidió intentar una nueva táctica.

—¿Y qué es lo que no te ha gustado?

Cara desvió la mirada hacia la ventanilla y se puso a juguetear con las rejillas del aire, subiéndolas y bajándolas.

—Ya te he dicho que me ha parecido rara.

—¿Eso es todo?

Cara dejó de toquetear las rejillas y giró la cabeza de repente.

—Sí. ¿Y podemos hablar de otra cosa, por favor?

Gael hizo un gesto afirmativo, procurando no sentirse decepcionado. Sabía que ella no apreciaría la película como él, sabía que no la analizaría como lo haría Sammy, pero no podía evitar desear que tuviera algo más que decir.

(En este punto observé cómo Gael pasó a hacer lo que cualquier buen romántico haría: pasó por alto su decepción. Cara, a su vez, como la monógama en serie que era, restó importancia a su frustración.)

—¿Vamos a comer algo? —preguntó entonces Gael, cambiando de tema—. ¿Te gusta Spanky's?

—Me encanta Spanky's —respondió Cara.

Al menos tenían algo en común, pensó Gael. El alivio que sintió ante esa idea fue un poco demasiado grande.

*****

Aparcaron detrás del Cosmic.

Gael miró su reloj cuando iban por el callejón que lindaba con el sombrío antro mejicano. Spanky's no tardaría en cerrar.

—Oye, si no nos dan mesa a estas horas —dijo—, siempre habrá nachos.

—Sí. —Cara sonrió—. Siempre tendremos nachos.

Gael se rio.

—Me recuerdas a Rick, de *Casablanca*.

—¿Eh? —replicó ella.

—No importa.

Cruzaron en el semáforo, pero un estudiante en bicicleta se lo pasó en rojo tan tranquilo. Instintivamente, Gael alargó un brazo para impedir que Cara siguiera adelante.

(Me maldije por no ver venir al ciclista, por permitir que tuvieran ese dulce momento de película.)

—Ten cuidado —dijo Gael—. Hay mucho imbécil en bicicleta.

—Gracias —repuso Cara, y entonces ladeó la cabeza hacia la de él—. Nunca se sabe, alguna loca hasta podría atropellarte al intentar esquivar a algún animalillo.

Gael se rio.

—Tú no haces nunca nada de manera normal, ¿verdad?

—Ah, ¿no?

Cara aminoró el paso y le miró a la cara. Él dijo que no con la cabeza.

—No es una forma muy habitual de hacer amigos, atropellarlos en la carretera.

—No. Supongo que no —respondió ella sin bajar la mirada.

Él, sin embargo, sí la bajó, antes de que pudiera suceder cualquier cosa, porque, como recordaba una y otra vez, todavía estaban en octubre.

—Venga, vamos a ver si nos dejan entrar en Spansky's.

El restaurante estaba bastante vacío. Había unas pocas parejas terminando de cenar en las mesas, más algunas personas en la barra, chicas con sus tacones de viernes por la noche y universitarios con unos polos que apenas cubrían sus barrigas cerveceras.

—¿Aún dais de cenar? —le preguntó Gael a la encargada.

—Claro que sí —contestó la chica con una sonrisa un poco forzada—. Seguidme.

Les sentó en el rincón de la ventana, que daba a la calle Franklin.

Gael cerró la carta enseguida.

—No me hace falta mirar —dijo—. Este es mi restaurante preferido.

—Lo sé —replicó Cara despreocupadamente—. Me lo dijiste la noche que te conocí.

Gael sonrió. Quizá no todo lo había experimentado él, aquella primera noche. Quizá incluso antes de que la besara, ella había sentido algo también.

—Sabes cómo hacer que un chico se sienta especial, Cara Thompson.

Y aunque las palabras eran ridículas, y ella se rio y él hizo otro tanto, el sentimiento, al menos, era real.

* * * * *

La mesa del rincón de la parte de arriba del Spanky's era la preferida de Gael por algo. Había un enorme ventanal que daba a la calle de abajo, por donde pululaban, y a veces se tambaleaban, los estudiantes. La zona de arriba estaba perfectamente alineada con los semáforos colgantes del cruce de Franklin y Columbia, algo que a Gael le encantaba mirar.

—¿No es asombroso lo enormes que son los semáforos vistos de cerca? —comentó Gael.

(Muy discretamente, le recordé a Cara que en pasadas relaciones no se había sentido cómoda discrepando con su pareja, y que estaba intentando hacer las cosas de otra forma...)

Cara dejó de comer y se limpió los labios con una servilleta.

—Pues a mí no me parecen tan grandes.

Gael suspiró. Sí que eran grandes, y a él le encantaba cómo esa impresión le hacía sentirse pequeño. Entonces en su cabeza se abrió paso un diminuto pensamiento:

«¿Qué habría dicho Sammy?». Lo desechó inmediatamente y dijo, apuntando a la comisura de la boca de Cara:

—Tienes algo ahí. —Ella volvió a limpiarse con la servilleta—. Al otro lado. —Cara lo intentó de nuevo—. Más abajo.

Finalmente, Cara, un poco harta, le pasó la servilleta con brusquedad y replicó:

—Toma, hazlo tú.

Por el rabillo del ojo, Gael vio que la luz del semáforo se ponía en verde; se inclinó hacia delante y le limpió el poquito de salsa que tenía a la izquierda del labio inferior.

(Aquella cena estaba convirtiéndose rápidamente en una comedia romántica en toda regla. Tenía que detenerlo.)

El semáforo se puso en rojo; Gael le devolvió la servilleta a Cara y volvió a apoyar la espalda en la silla.

Gael había pedido un sándwich de carne, pero a pesar de su insistencia en que era lo mejor de la carta, Cara había elegido una pasta que picoteaba despacio.

—¿No te gusta?

Ella se encogió de hombros.

—Está un poco insulsa.

(Puede que hubiera distraído al cocinero para que se olvidara de salpimentar la comida. Qué sería la vida sin estas pequeñas victorias, ¿verdad?)

—Ya te dije que pidieras el sándwich de carne —murmuró Gael en voz baja.

—¿Qué? —preguntó Cara.

—No importa —respondió él.

Gael miró de nuevo al semáforo y trató de ordenar sus ideas. Si aquello fuera una película (no una de Wes Anderson, pensó, porque a Wes le parecería un asunto muy trillado, sino una de las películas que le gustaban a Sammy), el gigantesco semáforo que les contemplaba mientras cenaban sería una metáfora de su relación. Como ese juego al que se suele jugar cuando los niños son pequeños. Luz verde, avanzas. Luz roja, te paras.

Tenía que dejar de pensar en el mundo entero como si fuera una película.

El semáforo volvió a ponerse en verde y él miró a Cara, que estaba sorbiendo un té dulce como si le fuera la vida en ello, probablemente porque no le había gustado la pasta. En ciertos sentidos, era perfecta. ¿Y qué si no le gustaban las buenas películas? ¿Y qué si no entendía que solo había una cosa y solo una que deberías pedir en Spanky's? ¿Y qué si carecía de esa capacidad de asombro infantil en lo que a los semáforos se refería, lo cual resultaba particularmente extraño en alguien que solía llevar camisetas teñidas con nudos? ¿Acaso importaba?

Y, sin embargo, Gael no podía sino pensar en lo que Sammy había dicho sobre que ellos acababan de salir de una relación, sobre precipitarse a comenzar otra.

El semáforo se puso en ámbar y Gael oyó la conversación de las dos chicas que estaban en la mesa de al lado; una de ellas hablaba de una compañera de habitación que «no sabe estar sola» y que «se embarca en una relación con el primer chico con el que se topa», lo cual resultaba muy oportuno, porque Cara se había topado literalmente con él. Se maravilló ante la ironía de que en ese momento estuviera sonando la canción *Fools Rush In**.

A Gael le asustaba que le hicieran daño otra vez, entregarse de nuevo a esa gran desconocida que es una relación amorosa. Le asustaba equivocarse, así que se preguntó qué pasaría si empezaba a salir con Cara, cómo terminaría. Si saldría herido una vez más.

El semáforo se puso en rojo.

(Entonces le di un empujoncito a Gael, le puse al filo de una decisión.)

—¿Sigues hablando con tu ex? —inquirió.

A Cara la pregunta la pilló desprevenida. Se atragantó un poco, pero enseguida se aclaró la garganta y recobró la compostura.

—No —respondió—. ¿Por qué?

—Simplemente me lo preguntaba. No hace mucho tiempo que lo dejasteis, ¿verdad?

Cara hizo un gesto negativo con la cabeza.

—Fue un par de semanas antes de conocerte a ti.

—¿Aún sientes algo por él? ¿Cuánto tiempo estuvisteis juntos?

—Cuatro meses —contestó ella. Gael había desarrollado sentimientos muy intensos en menos tiempo. Cara

---

* «*Fools rush in where angels fear to tread*» es un verso del poeta inglés Alexander Pope (1688-1744). Literalmente significa: 'Los necios se aventuran donde los ángeles no osan pisar', o 'los necios se precipitan'. Aquí se refiere a la canción *Fools Rush In*, de 1940, que ha sido versionada muchas veces. (*N. de la T.*)

pareció notar la vacilación de él ante su esquivez, y entonces añadió—: Y respondiendo a tu pregunta, no, no siento nada por él. —Gael asintió, pero bajó la mirada a su sándwich casi terminado—. ¡Eh! —exclamó ella. Él se metió una patata frita en la boca y se la comió rápidamente—. ¡Eh! —repitió. Gael levantó la vista y Cara no bajó la mirada cuando volvió a hablar—: No debes preocuparte por él —dijo.

Y así, el semáforo se puso en verde.

la mano del azar

MIENTRAS COGÍAN LOS ABRIGOS, GAEL OYÓ UNA VOZ inconfundible.

—Pero pone que está abierto hasta las diez. Lo pone aquí, en la puerta.

Gael se giró y vio a Anika con Mason desde dentro del restaurante.

La encargada estaba de espaldas a ellos, y aun así Gael distinguió un tono de crispación en su voz.

—No se admite a nadie más después de las nueve y media, ¿vale?

Anika suspiró ruidosamente.

—¿Y si prometemos darnos prisa?

Gael siempre había pensado que el coraje de Anika era increíble, pero en aquel momento rozaba la grosería.

(Eso es lo que pasa cuando vosotros, mis queridos seres humanos, ponéis a vuestras parejas en un pedestal: luego la caída es mucho más dura.)

—Venga —dijo Mason—, vámonos a algún otro sitio donde acepten nuestro dinero.

Cara miró a Gael y alzó los ojos como diciendo: «Pero ¿esa chica quién se cree que es? Podría quitarse de en medio para que podamos salir, ¿no?».

Gael ni siquiera tuvo tiempo de llevarse a Cara a un lado y explicarle la situación, porque fue entonces cuando Anika miró más allá de la encargada y le vio.

—Oh —dijo, y Mason levantó la mirada también.

Por un momento, Mason y ella se quedaron allí, contemplándolos a él y a Cara.

Sin pensarlo siquiera, Gael cogió de la mano a Cara. Bueno, se la agarró.

Anika se puso tensa y Mason sonrió nervioso.

—Escuchadme, no pienso daros mesa —dijo la encargada, totalmente ajena a lo que estaba ocurriendo.

—Vale, entendido —repuso Anika rápidamente, y salió por la puerta.

Mason le hizo a Gael un guiño torpe antes de irse.

Gael notó que Cara se ponía tensa y le soltó la mano. Se quedó observando cómo la puerta se cerraba y a continuación ellos también se marcharon.

Por suerte, cuando salieron a la calle, Anika y Mason estaban ya bastante lejos, de espaldas a ellos.

Cara cruzó los brazos y le preguntó:

—¿De qué iba eso? —Gael se mordió un labio y lanzó otra mirada a Anika y Mason. Se encontraban casi al final de Franklin, prácticamente fuera de su vista. Anika caminaba muy deprisa—. Eh...

Entonces volvió a mirar a Cara y contestó:

—Lo siento. Esa era mi ex. No tengo justificación alguna. Supongo que quería demostrarle que no soy un tío patético que sigue suspirando por ella o algo parecido. Quería enseñarle que había conocido a alguien que mola de verdad.

(Esto es lo que le susurré a Cara al oído: «¿Cómo se atreve a utilizarte para ponerla celosa? Plántale. ¡No te merece!».)

Pero no funcionó, porque Cara sabía que ella había hecho lo mismo en el partido de baloncesto.

—No vuelvas a hacerlo —dijo con firmeza—. Hasta noviembre no pasa nada, y si pasa, no es para poner celoso a un ex, ¿vale?

Gael asintió enérgicamente.

—Vale.

Cara sonrió.

(Por dentro maldije la naturaleza indulgente de Cara, aunque era una de las cosas más maravillosas que había en ella.)

—Muy bien, tengo que volver a la residencia. Iré andando desde aquí. —Levantó una mano en señal de protesta—. No pongas objeciones.

—¿Estás segura?

—He dicho que no pongas objeciones —repitió.

—Vale.

—Pero si andas deprimido, ¿quieres que salgamos en Halloween? Nunca he estado en la gran celebración de la calle Franklin, y he oído que es alucinante.

Gael vaciló. Halloween era la noche anterior a noviembre. ¿Sería posible que fuera su primera cita romántica de verdad?

Sin embargo, inmediatamente se maldijo por dudar. ¿A qué narices estaba esperando?

Esbozó una sonrisa natural y respondió:

—Claro.

consejos familiares: el montaje de papá

ESA NOCHE GAEL VOLVIÓ A CASA DE SU PADRE POCO después de las diez.

—¿Qué tal la película? —le preguntó el hombre, abalanzándose casi sobre él cuando acababa de entrar.

Gael dejó las llaves en la encimera.

—Buena. ¿Está Piper levantada?

—Cenó mucho y estaba cansada —contestó su padre, negando con la cabeza—. He hecho carne asada.

Gael enarcó las cejas fingiendo admiración.

—Qué bien —dijo en tono displicente—. Una pena habérmelo perdido.

Pasó rozando a su padre en el diminuto pasillo y colgó la chaqueta en una de las cutres sillas de comedor que parecían de quinta mano.

Su padre le siguió, aunque tampoco es que hubiera manera de no seguirle en un piso tan pequeño. En la televisión, a bajo volumen, estaban emitiendo un documental de historia.

—Sabes que es la segunda vez que te saltas la cena del viernes, ¿no? —dijo.

Gael le miró de frente.

—¿Y qué problema hay? La semana pasada dijiste que no pasaba nada.

Su padre se encogió de hombros.

—No es que haya ningún problema exactamente, pero ¿va a convertirse en un hábito nuevo?

—No lo sé —soltó Gael—. No tengo organizados todos mis hábitos ahora que debo vivir en dos casas. Lo siento muchísimo.

Su padre se acercó hasta el sofá, cogió el mando a distancia y apagó la televisión.

—¿Es que de ahora en adelante todo va a ser siempre una pelea en torno a tu madre y a mí?

—Ni idea. ¿Tú qué opinas?

Gael sabía que no estaba facilitando las cosas, pero no es que le importara mucho.

De hecho, no le importaba nada.

(Antes de que perdáis la paciencia con Gael, os diré que, a menos que lo hayáis vivido en carne propia, no os hacéis idea de lo desgarrador que es un divorcio. El corazón siente lo que sentiría tras una muerte, pero la cabeza entiende que nadie ha muerto, que la vida sigue; es un duelo especial, y no debería tomarse a la ligera. Hasta yo tengo problemas con él a veces, y esta situación es uno de esos casos...)

—Muy bien —dijo su padre—. Pero si vas a escaquearte de la cena, ¿podrías decirme al menos con quién andas saliendo?

Gael se encogió de hombros.

—¿Qué te importa a ti?

—¿Una chica? —le tomó el pelo su padre. Gael notó que se ponía colorado—. Lo sabía —añadió su padre con una sonrisita mientras se sentaba en el sofá—. ¿No te preocupa estar yendo un poco deprisa? Pareces nervioso.

Gael maldijo mentalmente a su padre por ser tan sensiblero y perspicaz. ¿No podría obsesionarse con los deportes y las insignias como los demás padres, en lugar de hablar de sentimientos? El padre de Mason les había llevado a cenar a una hamburguesería con espectáculo cuando cumplió dieciséis años. El de Gael le había comprado El arte de la felicidad, del Dalai Dama, y ¿De qué color es tu paracaídas? Para adolescentes.

(A decir verdad, a Gael siempre le había gustado ese aspecto de su padre. En el cumpleaños de Mason se había sentido incómodo allí sentado, intentando concentrarse en las alitas de pollo mientras el padre de Mason se comía con los ojos a todas las camareras además de flirtear con ellas. Pero era comprensible que Gael no se acordara de todo aquello en este momento.)

—No necesito que me des consejos sobre relaciones sentimentales, y tú menos que nadie.

Eso pareció desconcertar a su padre, que le miró con la cabeza hacia atrás y el ceño fruncido, pero hizo una pausa, se recolocó en el sofá, respiró profundamente y no entró al trapo.

—Lo único que digo es que cuando sales con alguien, debes tener ganas de conocer a la chica, y no me refiero solo al aspecto que tendrá con tal o cual vestido. Cuando yo conocí a tu madre, en lo único que podía pensar era en lo atractiva que era, en cómo me tenía pillado, en el desafío que constituía para mí. Nuestro profesor de filosofía decía que éramos dos de sus estudiantes más apasionados…

—He oído esa historia un millón de veces —protestó Gael, con las mejillas aún más coloradas de rabia—. Mamá alzó la mano para hablar y tú la interrumpiste. Os enzarzasteis en un sesudo debate intelectual sobre vuestras diversas filosofías, y el profesor os provocaba. Desde aquel día empezasteis a sentaros juntos en clase. El resto es historia. Blablablá.

Gael había oído la historia un millón de veces, en efecto, pero solo le había producido el típico fastidio de hijo adolescente; hasta ese momento. Porque, desde hacía unos meses, ese blablablá ya no acababa en un final feliz.

Su padre frunció el entrecejo.

—Solo estoy aconsejándote.

Gael soltó un bufido. Ya no podía reprimir más la rabia.

—Bueno, ¿se te ha ocurrido alguna vez que quizá no quiero consejos ni de ti ni de mamá? ¡Ya sabemos qué buen resultado os han dado a vosotros! —exclamó, y se fue, con paso enérgico, a su habitación, que estaba a poco más de un metro del cuarto de estar.

Ni siquiera pudo permitirse el lujo de dar un portazo porque no quería despertar a Piper.

Aquel piso era una mierda, pensó Gael con amargura. Y la separación de sus padres era otra mierda.

¿Y su padre haciendo como que no pasaba nada? Pues esa era la mierda más grande de todas.

cómo se conocieron en realidad los padres de gael

BUENO, EN ESTE PUNTO ME GUSTARÍA INTERVENIR PARA aclarar algunas cosas...

No importa mucho a efectos de nuestra historia, pero creo que merece la pena apuntar aquí que aunque la idea del consejo de su padre fuera válida, no solo era un poco delicado sacar a colación esa anécdota tan pronto después de la separación, sino que la versión de la historia Arthur-conoce-a-Angela, bueno, no era del todo correcta.

Sustituid la imagen de una clase de filosofía por un antro de mala muerte donde se sirven bebidas baratas.

Angela estaba allí con una amiga a quien le gustaba el compañero de habitación de Arthur. Después de que dicho compañero de habitación pidiera chupitos de tequila para el grupo, Angela y Arthur se dieron cuenta, en efecto, de que estaban en la misma clase de filosofía, aunque nunca se habían sentado cerca y mucho menos intercambiado ideas.

Mientras sus respectivos amigos empezaron a besarse delante de la mesa de billar, Arthur pidió dos chupitos más, y, a partir de ahí, la noche como que degeneró...

En un momento dado, Angela se resbaló del taburete y Arthur la cogió. Ese caballeroso acto no impidió que ella gritara «¡Por supuesto que Nietzsche era un misógino!» unos tres segundos después. Y «¡Si crees que no, quizá tú también seas un misógino!» unos tres segundos más tarde.

Luego ella le retó a una partida de billar y le hizo morder el polvo, a pesar de que tenía que quitar de en medio a sus amartelados amigos cada vez que le tocaba jugar.

Inspirado por la victoria de Angela, Arthur pidió otra ronda de chupitos para celebrarlo; y como ella seguía dando la tabarra con Kierkegaard, él se subió a un taburete y gritó para todo el que quisiera escuchar: «¡Soren Kierkegaard fue el peor filósofo de todos los tiempos!».

Fue entonces cuando los otros clientes empezaron a quejarse de los «lunáticos que hablan a gritos de Kierkegaard».

Y a continuación el camarero, no el profesor, dijo: «Sí, sois los estudiantes de filosofía más apasionados que he conocido, pero ahora os vais a largar de aquí».

Y el resto es historia, como dijo Gael con exasperación.

En fin, solo quería dejar las cosas claras sobre este tema.

reina del grito

GAEL SE DESPERTÓ CON EL SONIDO QUE HACÍA ALGUIEN cascando huevos y el olor del beicon frito. «Vaya, otra ronda de estrechamiento de vínculos familiares», pensó con desgana.

No había dormido bien. Quería atribuirlo al duro colchón del piso de su padre, que no era ni la mitad de bueno que el de casa, pero sabía que al menos en parte también se debía a la pelea que había tenido con su padre. Pero ¿de quién era la culpa?

Gael se levantó de la cama y se puso unos vaqueros y una camiseta.

Había algo más que le preocupaba. Algo más pequeño, pero importante de todas formas. Le había mandado un mensaje a Sammy la noche anterior, preguntándole si al final había visto la película de Wes Anderson o no, deseoso de comentarla con ella si, por alguna razón, la había visto por su cuenta, pero no había recibido respuesta.

Se preguntó si la habría ofendido cuando le dijo que no a la película. Se preguntaba si habría estropeado su nueva amistad.

Se preguntó, muy brevemente, cómo sería si Sammy y él no fueran amigos. Si fueran algo más...

Oía el chisporroteo del beicon y el olor le asediaba. Se calzó sus Chucks y se guardó el teléfono en el bolsillo. Necesitaba salir de aquel viciado piso y tomar el aire.

—¡Eh, dormilón! —le llamó su padre cuando pasó por delante de la cocina.

—¿Adónde vas? —le preguntó Piper con un mohín—. El desayuno está casi listo.

—Necesito dar un paseo —farfulló Gael—. Luego vuelvo. No me esperéis.

Antes de que pudieran protestar, antes de que él pudiera captar plenamente la mirada de decepción en la cara de Piper y la de preocupación en la de su padre, Gael salió por la puerta y la cerró con firmeza a sus espaldas.

El complejo residencial donde vivía su padre estaba entre Chapel Hill y Durham. Cerca de una gran autopista, un Walmark y otros cuantos sitios absurdos que no le interesaban en absoluto. No era como su verdadera casa, donde podía pasear por los alrededores, ir a Franklin, e incluso explorar el campus si necesitaba salir de casa.

Realmente no había ningún sitio cercano al que le apeteciese ir.

Sin embargo, el aire fresco era agradable, y se dispuso a bajar los escalones de hormigón hasta el aparcamiento.

Se fijó en la pegatina que su padre llevaba en el parachoques del coche: en ella ponía «Coexiste» con distintos símbolos religiosos de todo tipo.

En una ocasión Anika había dicho en plan de broma que los que ponían esas pegatinas eran *hippies* trasnochados. Él se lo había discutido, defendiendo a su padre, pero ahora pensaba que quizá ella tenía razón.

Giró a la derecha, por la aburrida acera de hormigón, y vio el aparcamiento a un lado y hierba y piedras de aspecto artificial y un ajardinamiento ridículo al otro. Ante él se extendían edificios tras edificios de ladrillo. Parecían todos iguales. Aun así, pensó que dar varias vueltas al complejo era mejor que quedarse en el diminuto piso para terminar perdiendo los estribos.

No había dado aún una vuelta cuando vio una octavilla naranja chillón pegada con cinta adhesiva en una farola.

GRITOS DE CINE

Un análisis del género de terror —y de la profunda atracción que ejerce en los estadounidenses— desde 1920 hasta la actualidad.
Lunes, 29 de octubre, 19.00 h.
Murphey Hall

Terror, pensó. El género preferido de Sammy. Y en la universidad, nada menos...

Era lo que necesitaba para congraciarse con ella. Había sido una buena amiga para él en las últimas semanas y no quería perderla, pasara lo que pasara con Cara.

Y aquella octavilla, que hubiera ido a parar hasta allí, tan lejos del campus... Qué extraño, se dijo. Era como si por alguna razón él tuviera que verla.

(En efecto, Gael, extraño, muy extraño. *jajajaja, aquí vendrían una risa macabra y la imagen de un loco acariciándose una perilla imaginaria*)

Sin pensárselo dos veces, sacó el teléfono y llamó a Sammy Sutton.

quinta hora, tercer grado

EL LUNES MASON VOLVIÓ A LLEGAR PRONTO A LA CLASE de química, pero esta vez sin ningún trabajo para subir nota. Estaba sentado hacia atrás en la silla, apoyada solo sobre las patas traseras, con las manos en el pupitre y una sonrisa radiante.

Mason se echó hacia delante en cuanto Gael dejó la mochila y las patas hicieron un fuerte «plonk».

—¿Quién era esa? —le preguntó Mason, y Gael notó que se sonrojaba.

—¿A quién te refieres?

—Ya sabes a quién me refiero —contestó Mason.

Gael se encogió de hombros.

—Solo es una amiga.

—Ya. Una amiga con la que vas a cenar un viernes por la noche y a quien agarras de la mano.

Gael se mordió un labio y bajó la voz cuando empezó a entrar más gente en clase.

—En realidad la conocí el día de mi cumpleaños, después de marcharme del restaurante, pero ella también acaba de dejar una relación y pensó que era mejor que solo fuéramos amigos hasta noviembre.

—Noviembre está a la vuelta de la esquina —dijo Mason, subiendo y bajando las cejas de manera cómica.

Gael respiró profundamente.

—Ya lo sé.

—Pues me alegro por ti, tío. Y Anika también, aunque se sintió un poco incómoda. —Mason tenía una expresión dubitativa, pero Gael no preguntó por qué. Le parecía más seguro no hablar de Anika en aquel momento. O por lo menos, no demasiado—. He de decir que, aunque no sé por qué, pensaba que Sammy y tú ibais a terminar juntos —añadió Mason cuando entró la profesora, la señora Ellison.

Gael volvió a sonrojarse.

Y notó que el corazón le latía un pelín más deprisa ante la perspectiva de ver a Sammy esa tarde.

Pero la señora Ellison empezó la clase enseguida, así que no tuvo tiempo de preguntarle a Mason por qué lo decía. Lo único que podía hacer era fingir que prestaba atención e intentar no adelantar acontecimientos.

Eran amigos. Punto.

Era exactamente lo que quería de ella.

Y, bueno, aunque no fuera exactamente lo que él quería, estaba seguro de que en cualquier caso era lo que ella quería.

no sería una buena historia de amor si no hubiera al menos una escena de lluvia

ESA MISMA TARDE GAEL SE ENCONTRABA SENTADO EN una dura silla, en una polvorienta sala de conferencias polvorienta, viendo el consabido fragmento del vómito de *El exorcista* y procurando no obsesionarse con la espontánea declaración (¿o potencial bombazo?) de Mason mientras Sammy seguía la exposición muy erguida para no perderse nada.

El profesor divagaba sobre el terror del absurdo y el apogeo que fueron los años setenta y principios de los ochenta mientras ponía fragmentos de *Re-Animator*, de una psicodélica cinta japonesa llamada *House* y de, por supuesto, *Poltergeist* (que a Gael nunca le había parecido en absoluto de terror).

Todo habría sido muy esclarecedor y emocionante si no se hubiera pasado la mayor parte de la conferencia recordándose que, independientemente de lo que hubiera dicho Mason, él iba bien encaminado para salir con Cara. Faltaban dos días para Halloween. Tres para el uno de noviembre.

No era el momento de especular con un posible romance con la niñera de su hermana...

Por no hablar de alguien que se había convertido en una buena amiga.

Había perdido la amistad con Anika por salir con ella. No quería que eso le ocurriera con Sammy también.

El profesor terminó con un fragmento de *Phantasma*, luego se encendieron las luces y la gente salió.

Sammy cogió su mochila y se la colgó del hombro. Llevaba un vestido *vintage* de lunares, medias verdes y una chaqueta vaquera. Gael no pudo evitar pensar que estaba muy guapa.

—Impresionante, ¿verdad? —comentó—. Me refiero a la forma en que ha relacionado el terror de los setenta con el expresionismo alemán. Me ha parecido obvio cuando lo ha dicho, pero nunca se me había ocurrido verlo de esa manera. Me han entrado ganas de ver todas esas películas *gore* otra vez.

Francamente, a Gael no le parecía muy obvio, pero daba igual. Le gustaba cómo se entusiasmaba ella con esas cosas tan sesudas.

—Genial —respondió él según salían de la sala a la fresca tarde otoñal.

La luz de las farolas proyectaba un resplandor fantasmagórico sobre el campus de la universidad, y se subió la cremallera de la chaqueta hasta arriba para cortar el viento. Era uno de esos días de otoño que más parecían de invierno, que te recordaban lo que se avecinaba.

Gael se preguntaba qué sería de su vida para cuando llegara el invierno. ¿Estarían Cara y él inmersos en una relación para entonces? ¿Compartirían nachos y buscarían películas que no fueran «raras» para poder disfrutarlas juntos?

Un grupo universitario había montado una caseta y repartía chocolate caliente. Sammy se adelantó y cogió dos vasos sin preguntar siquiera si a Gael le apetecía. (Sí, bueno, puede que yo hubiera animado al organizador a plantar la mesa justo a la salida del Murphey Hall.) Cuando regresó, Sammy tenía las mejillas de color rojo fresa y los vasos, sin asa, humeaban.

—Para usted, mi buen señor —dijo, fingiendo una reverencia.

—Gracias. —Gael señaló el sendero con un gesto—. ¿Hacia dónde vas?

Sammy miró hacia atrás.

—Debería volver a la residencia, pero te acompaño hasta Franklin. Me encanta el campus por la noche.

Así que los dos siguieron el sendero de ladrillo, caminando despacio mientras esperaban a que se enfriara el chocolate.

—¿Y cuál es tu película de terror preferida? —le preguntó ella.

—Muy fácil —respondió Gael—. *Los pájaros*.

Ni siquiera que últimamente la asociara con Anika podía menguar su debilidad por esa obra maestra.

—*Los pájaros* no se considera una película de terror...

—¡Claro que sí! —Gael se aventuró a tomar un sorbo de chocolate, pero todavía estaba muy caliente—. ¿De qué estás hablando?

—No muere nadie —protestó Sammy—. No hay película de terror sin al menos una muerte.

—Muere el maestro —dijo Gael.

Sammy alzó la mirada al cielo.

—Vale, vale. Entonces tu película *gore* favorita. Ya sabes, en la que hay un asesino, y ese asesino no es precisamente una palomita.

Pensó en hacer un chiste sobre las aves que salían en *Los pájaros*, que eran principalmente cuervos y gaviotas, pero al final lo dejó pasar.

—*Psicosis*.

Sammy se echó a reír.

—Amigo mío, eres un disco rayado con Hitchcock. Tienes que ampliar el repertorio.

Cruzaron Cameron Avenue y siguieron hacia el campus superior. Esa parte estaba más tranquila; había menos gente y menos follón. Solo estaban ellos y la luna. Gael se encogió de hombros.

—Es el mejor.

—Vale, entonces solo deberíamos leer..., no sé, *Guerra y paz* una y otra vez en lugar de otros libros buenos solo porque no sean el mejor libro de todos los tiempos, ¿no?

—En eso llevaba razón, tenía que reconocerlo—. ¿Has visto *Viernes 13*?

—Esa es la de Freddy Krueger, ¿no?

Sammy se paró tan en seco que se le derramó un poco de chocolate.

—Desde luego, para ser un amante del cine no sabes nada del género de terror. El protagonista de *Viernes 13* es Jason. Freddy Krueger es el de...

—Halloween —supuso.

—¡No! —exclamó ella con desdén—. ¡*Pesadilla en Elm Street*! Y casualmente es la primera película de Johnny Depp, si necesitas una razón para verla aparte del hecho de que es fabulosa. Michael Myers es el personaje de *Halloween*. Te falta cultura.

«Y quién mejor que tú para proporcionármela», pensó él con una sonrisa.

Pero, no, eso no funcionaría realmente. En cuanto Cara y él estuvieran saliendo, no iba a andar por ahí con Sammy todo el tiempo. Sería, por tomar prestado un término que Cara utilizaba a menudo, raro.

Sammy echó a andar otra vez y tomó un sorbo de chocolate.

—De acuerdo —dijo Gael—. No soy un entendido en lo que tú llamarías verdadero terror, o sea, películas sin argumento pero con mucha sangre que no son ni la mitad de aterradoras que la escena de la ducha de *Psicosis*...

Llegaron al final del campus superior. Allí les esperaba la calle Franklin, con todas sus tiendas, restaurantes y promesas.

Sammy le miró y sonrió.

—Al menos tú te atienes a tus principios —comentó.

—¡Viva Hitchcock! —exclamó Gael, y alzó dos dedos de la mano que tenía libre.

Ambos rieron.

En Franklin, un grupo de policías y enfermeras iban dando traspiés, probablemente camino de una fiesta de universitarios preHalloween.

—¿Qué vas a hacer en Halloween? —le preguntó ella, y Gael se encogió de hombros.

—Nada de particular. Pasear por la calle Franklin con Cara.

Por unos instantes Sammy se quedó con la mirada perdida, pero enseguida sonrió.

—Vais en serio, ¿eh?

—No estoy muy seguro, pero supongo que nos estamos conociendo. —De pronto tuvo una idea y (De acuerdo, de acuerdo, puede que la idea se la diera yo.) entonces añadió—: ¿Quieres venir con nosotros, ya que también eres amiga suya?

(Sammy se quedó pensándolo. Le recordé que no tenía planes para Halloween, que su compañera de habitación había estado fastidiándola últimamente, y que de todas formas sería mucho más divertido ir con él. Incluso hice que la luz de las farolas incidiera en los ojos de Gael para que brillaran de una manera que yo sabía que Sammy encontraría irresistible. Pero, ¡ay!, fue inútil. Sammy era una cínica, como he mencionado anteriormente. Y tenía demasiado orgullo.)

—Ya he hecho planes —dijo, negando con la cabeza—. Y además no quiero estropearte la cita.

Gael iba a decirle que no era una cita —no oficialmente, al menos—, pero entonces empezó a llover. Con fuerza.

(Vale, la lluvia fue obra mía. Después de todo, esta es una historia de amor. Diréis que es un tópico: yo lo llamo clásico.)

—Mierda —dijo Sammy cuando ya corrían los dos a guarecerse bajo el árbol más cercano.

Empezó a llover con más fuerza.

Gael miró a Sammy, miró su cabello perlado de rocío y las gotas de lluvia que tenía en la nariz y las gafas, que estaban empañándose. Y quiso detener ese momento, congelarlo exactamente así.

Sus miradas se cruzaron, y él habría jurado que ella estaba pensando lo mismo.

Sammy separó los labios ligerísimamente y Gael se puso nervioso, como si pudiera suceder algo, algo que podría cambiarlo todo.

Pero entonces Sammy apretó los labios y cruzó los brazos.

—Tengo que irme —dijo.

—¿No quieres esperar a que escampe? —preguntó él—. Está diluviando.

Sammy se apresuró a negar con la cabeza, dejando bien claro que aunque él quisiera algo más que amistad, ella no.

Y sin pronunciar una palabra más, echó a correr por la acera de ladrillo.

Para sorpresa de Gael, dejó de llover instantes después de que ella se fuera. Así que cruzó Franklin y se dirigió hacia la calle Henderson, procurando no sentirse muy decepcionado por su repentina marcha.

Tomó otro sorbo de su chocolate caliente, pero ya se había quedado frío.

lista de gael de netflix
antes y después de sammy

Antes:
2001: Una odisea del espacio
Alfred Hitchcock presenta
Reservoir Dogs
Moonrise Kingdom
Breaking Bad: Temporadas 1-6

Después:
Cuando Harry encontró a Sally
Viernes 13
El lado bueno de las cosas
Pesadilla en Elm Street
*Flechazos: las razones evolutivas
por las que nos enamoramos*

escenas de una habitación de estudiantes de baltimore

MI TRABAJO ES UN POCO COMO HACER MALABARISMOS. En cualquier momento hay montones de personas que me necesitan. Y hago todo lo posible por ser ecuánime, pero algunas veces no lo consigo. Me concentro tanto en desviar a alguien de quien no le conviene y en llevarlo hacia quien sí, que pierdo de vista, bueno, el panorama completo.

Esta es una de esas veces.

Mientras Sammy huía tanto de la tormenta como de sus confusos sentimientos, su ex, John, estaba de rodillas en un polvoriento suelo de linóleo, hurgando en el caos que había debajo de su cama en el Wolman Hall de la Universidad John Hopkins.

Hubo un tiempo en el que John pensaba que el hecho de que sus padres pagaran un pastón para que él fuera a la universidad le garantizaría al menos una habitación medio buena, pero desde luego no era el caso; y no es que él y su compañero de cuarto, Juan (sí, John y Juan en la John Hopkins, nada menos), hubieran trabajado para mejorarlo.

Rozó con una mano el borde de un recipiente de plástico y lo sacó de debajo de la cama. Dentro, en un revoltijo de cables, había una amplia variedad de artilugios que su padre y su madre pensaron que le serían de utilidad.

Juan entró en la habitación arrastrando los pies.

—¿Qué estás buscando? —preguntó.

—La sandwichera —respondió John, dejando en un plato sobre la cama sus dos lonchas de queso Kraft para revolver mejor entre los cables.

—¡Mierda, tío! —exclamó Juan—. Me la he llevado a la habitación de Cayden esta mañana y se me ha olvidado traerla...

Pero John había dejado de escuchar. De pronto ya no le importaba la sandwichera.

Allí, en el cubo, asomando por debajo de una parrilla que aún tenía la etiqueta, estaba *Los elementos del estilo*.

John se quedó mirando el *basset hound* de expresión ausente de la acuarela de la portada. «¿Cómo porras ha llegado esto aquí?», se preguntó. Habría jurado que lo había dejado adrede en casa para que su decisión de romper con Sammy resultara un poco más fácil.

Levantó la vista hacia Juan, que seguía hablando de la sandwichera mientras abría una bolsa de Cheetos.

—No pasa nada, colega —dijo John—. Olvídalo.

Acarició el libro que tenía en las manos.

—¿Estás bien, tío? —le preguntó Juan—. Cualquiera diría que acabas de ver un fantasma.

John no contestó. Miraba el libro fijamente.

En el caos de empaquetar las cosas de su habitación, su madre o su hermano debían de haberlo metido en una caja en el último momento.

Durante todo ese verano, John había tenido la persistente sensación de querer romper con Sammy al ver a otras parejas de compañeros de instituto disolverse cuando se preparaban para las jornadas de orientación. Pero ella se había mantenido firme. Sammy le había preguntado solo una vez, después de la graduación, si creía que seguirían juntos. Fue mientras se besuqueaban, y él había contestado que sí sin pensar en nada más que en lo mucho que le apetecía quitarle la camiseta. Ella no había vuelto a preguntárselo, pero con frecuencia le informaba del coste medio de los vuelos desde Baltimore a Raleigh y de cuánto se tardaría en coche, con y sin tráfico.

John rompió con ella el Día del Trabajo, justo antes de la segunda semana de clase. El largo fin de semana había sido una continua fiesta de universitarios que derivó en bacanal. El viernes y el sábado les había dicho a todas las chicas que flirtearon con él que tenía novia en Carolina del Norte.

Pero el domingo, cuando sonaba AC/DC en un sótano abarrotado, con olor a cerveza rancia, y una guapísima morena acercó la cabeza a la suya con intención de besarle, él no se lo impidió.

Rompió con Sammy al día siguiente. Le dijo que necesitaba ser independiente, encontrarse a sí mismo, todas esas chorradas que él sabía que no se tragaría.

—¿Te has enrollado con alguien? —le había preguntado ella, elevando la voz de una manera que indicaba que estaba al borde de las lágrimas.

John le había colgado antes de que pudiera oírla llorar.

No había tenido la oportunidad de decirle que las borracheras y los escarceos amorosos eran cada vez menos emocionantes. Estaba deseando llamar a Sammy y hablarle de las payasadas del carcamal de su profesor de civilizaciones del mundo, con su voz nasal, sus camisetas de Grateful Dead y la cómica manera que tenía de decir «Bizancio». Quería decirle que a menudo se preguntaba si no se habría precipitado adoptando el espíritu universitario de nada-de-ataduras. ¿Y si había encontrado la relación perfecta y la había fastidiado como un imbécil?

Y ahora, ahí estaba, el libro que ella le había regalado unas semanas antes de que él le rompiera el corazón. Su padre le obligaba a hacer el curso preparatorio para ingresar en la Facultad de Medicina, pero él quería ser periodista, y por eso ella le había comprado *Los elementos del estilo*, la guía del escritor.

Lo abrió por la primera página y leyó la dedicatoria:

J, no hagas caso de quien te diga que no puedes ser lo que quieres ser. Tienes esto.

Besos y abrazos

Sammy

John levantó la vista y descubrió que Juan estaba observándole con una mano metida en la bolsa de Cheetos.

—¿Qué? —le preguntó John.

—¿Quieres que pidamos una pizza?

—No —contestó él enseguida, volviendo a mirar el libro.

Sin pensárselo dos veces, cogió el teléfono y se dirigió al balcón, donde la cobertura y la intimidad eran mejores.

Yo contemplé la escena aterrorizado: era demasiado tarde para hacer algo.

Vi que confiaba en que ella le diera una segunda oportunidad.

Y tenía el terrible presentimiento de que Sammy se la daría.

los chicos sí que lloran

—¿QUÉ TAL ESTOY? —LE PREGUNTÓ PIPER A GAEL CON orgullo cuando su madre y ella recorrían el pasillo hacia el cuarto de estar el miércoles por la tarde.

Finalmente había llegado Halloween, y Gael y su padre se encontraban allí un poco incómodos. Su madre iba a llevar a Piper a pedir chuches, pero su padre había insistido en acercarse a casa para ver el disfraz de la niña y hacer unas fotos, como si todos fueran una gran familia feliz otra vez.

Piper, por su parte, se deleitaba con las atenciones. Iba toda emperifollada con maquillaje de pasta blanca, peluca gris plateada y plumas brillantes en el pelo. La falda del vestido era exageradamente ahuecada en ambos lados, y sostenía un abanico que su padre le había conseguido el domingo en una tienda de artículos de segunda mano.

Gael tomó una foto con su teléfono.

—Chulísima.

—*Qu'ils mangent de la brioche!* —gritó Piper con bravuconería—. Que significa: «¡Que coman pasteles!».

—Ya me lo figuraba —repuso Gael.

—Pero en realidad significaba que no le importaban los pobres. Me lo ha dicho Sammy.

Gael no pudo evitar reírse.

En ese momento su madre sacó su teléfono y les dijo:

—Venga, poneos todos, que os hago una foto.

—Nosotros no estamos disfrazados —objetó Gael, pero su madre desechó esa protesta con un gesto de la mano.

—¿Qué más da? Simplemente quiero veros a todos juntos.

«¿Por qué? —le dieron ganas de preguntar—. ¿Por qué fingir que todo va bien cuando es evidente que no es así?».

Pero no quería montar una escena. No podía estropearle el momento a Piper; ya lo había hecho bastante últimamente.

Gael y su padre se pusieron a ambos lados de Piper. El vestido de su hermana era tan grande que su madre tuvo que poner el teléfono en horizontal para que salieran los tres. Piper adoptaba una pose tras otra mientras su padre sonreía radiante. Su madre incluso se les sumó de un salto para hacer un *selfie* con los cuatro.

Después de un montón de fotos, Gael se aclaró la garganta y cogió su bolsa de artículos de disfraces de Halloween.

—Tengo que irme —anunció al comprobar que su madre se negaba a dejar el teléfono.

—De acuerdo, de acuerdo —respondió ella, guardándose el teléfono en el bolsillo y agachándose para ajustar uno de los volantes del vestido de Piper.

Su madre se levantó y cruzó los brazos como hacía cuando se preocupaba por él.

—Ten cuidado y no hagas ninguna tontería. Nada de alcohol. Nada de drogas. Nada de jorobar a los policías. No quiero ver en las noticias cómo te rocían con gases lacrimógenos. Ya sabes cómo se las gasta la policía últimamente.

—Mamá...

—Vale, vale. Anda, vete.

Les dio un abrazo a su madre y a Piper, pero no se molestó en despedirse de su padre.

De todos modos, este le siguió hasta la calle. Desde la separación, a Gael le parecía que su padre era como un crío en busca de amigos.

Abrió el Subaru con el mando y le dijo:

—Deja que te lleve hasta Franklin.

Un pequeño grupo de niños se acercó a la casa de un vecino y Gael vio cómo un minifantasma se tropezaba con la sábana.

—No está lejos —replicó Gael, negando con la cabeza—. Iré andando.

—Vamos —insistió su padre—. Quiero llevarte.

—Ni siquiera voy a la calle Franklin. Primero voy a buscar a mi amiga al campus.

—Mejor aún. Tengo que recoger algo de la oficina.

—Pensaba que querías ver a Piper —apuntó Gael.

—No saldrá hasta la noche. Hay tiempo de sobra. Vamos.

Su padre abrió la puerta del conductor y se montó, sin dar oportunidad a Gael de seguir protestando. Luego comprobó unas cinco veces que no había críos detrás del coche, como hacía siempre, salió marcha atrás hasta la calzada y se dirigió al campus universitario.

Cuando estaban cerca, se encontraron con que había mucho tráfico, como Gael esperaba. Mucha gente ya había salido de marcha y la calle Franklin estaba parcialmente cortada.

—¿Dónde vive tu amiga? —le preguntó su padre.

—En Avery.

Su padre conocía bien el campus, incluso la zona de los colegios mayores, como Gael sabía, y enseguida estuvieron delante de la residencia de Cara. Su padre aparcó a un lado de la calle sin apagar el motor.

—Bueno, gracias por traerme —dijo Gael, haciendo el gesto de ir a abrir la puerta.

—Espera —repuso su padre.

Gael suspiró ruidosamente.

—¡¿Qué?!

—¿Qué ocurre entre nosotros últimamente, Gael? Tengo la impresión de que estás enfadado conmigo todo el tiempo, y no dejo de pensar que pasa algo más.

Gael encorvó los hombros y retorció la bolsa que tenía en las manos.

—¿Hay que hablar de esto ahora, en Halloween?

Su padre se giró para mirarle a la cara.

—Sí, Gael. Llevas evitándome como a la peste desde tu cumpleaños. Sé que la separación ha sido dura para ti, lo ha sido para todos nosotros, pero no creo...

—Ah, sí, claro, seguro que ha sido realmente dura para ti.

El hombre frunció el entrecejo al tiempo que una pandilla de personajes salidos de Super Mario pasaba junto a su coche.

—¿Qué quieres decir con eso?

Gael contempló la residencia en la que había visto entrar a su padre hacía una semana, más o menos. Ya no podía callárselo más.

—Mira, no soy idiota, ¿vale? Puede que hayas engañado a Piper, pero a mí no.

—Gael, ¿de qué narices estás hablando? —le preguntó su padre muy serio.

Gael apartó la vista de la residencia y se quedó observando a un grupo de chicas con medias de rejilla que pasaban por allí, junto a alguien que llevaba al edificio una enorme caja de cartón y un bote de pintura en espray. Pronunció las palabras rápidamente, temiendo no ser capaz de decirlas si lo hacía con calma.

—Sé que has engañado a mamá, ¿vale?

Gael notó que le corrían lágrimas calientes por las mejillas, pero era incapaz de mirar a su padre, de encontrarse con la confirmación allí delante.

(Solo yo podía ver la pena que Arthur Brennan sentía, el dolor que le retorcía las entrañas mientras lo reprimía, porque sabía que, en aquel momento, más que nada en el mundo, tenía que estar al lado de su hijo. El amor romántico es una cosa, pero el amor entre padre e hijo, bueno, es algo por lo que merece la pena luchar siempre.)

Gael sintió una mano en el hombro.

—Gael... —dijo su padre. Gael quiso sacudírsela de encima, pero su padre no quitó la mano—. Gael —repitió con calma.

—¿Qué?

Finalmente Gael se volvió hacia él, secándose las lágrimas de debajo de los ojos.

Entonces descubrió que la expresión de la cara de su padre, bueno, lo decía todo.

—Nunca engañaría a tu madre, Gael. Quiero que lo sepas.

Gael se sorbió la nariz.

—Mientes. Te vi... —hizo una pausa para recuperar el aliento—. Lo vi todo.

Su padre juntó las manos en el regazo y le preguntó:

—¿Qué es lo que crees que viste, Gael? Dímelo. Estoy aquí.

Gael respiró profundamente. Ya no había vuelta atrás. Señaló la residencia en cuestión y contestó:

—Te vi entrar con una chica en esa residencia. —Su padre suspiró y Gael aprovechó el momento—. Tuviste una aventura, ¿no? —inquirió, esperando contra toda esperanza estar equivocado—. Con ella.

Pero su padre negaba con la cabeza.

—Gael, ahí es donde se reúne el Club de Jóvenes Socialistas. Soy su asesor académico.

—Pero dijiste que tenías trabajo de despacho ese día. —Gael se limpió la nariz con una mano y siguió—. ¿Por qué dijiste eso?

Su padre se encogió de hombros.

—Eso es lo que digo siempre. Es más sencillo que entrar en detalles. Por el amor de Dios, hijo, esa chica tiene veinte años. ¿De verdad crees que soy de esa clase de personas?

Su padre sacó un paquete de pañuelos de papel de la guantera y se lo pasó a Gael, quien lo cogió agradecido.

—¿Y qué me dices del cepillo de dientes? He visto uno que no era tuyo en el cuarto de baño.

Su padre se rio con tristeza.

—Ya sabes lo tiquismiquis que soy con la higiene dental. Lo compré en La Tienda del Estudiante porque hace unas semanas un día almorcé comida india.

—Pero era rosa —arguyó Gael.

—Sí. —Su padre se encogió de hombros—. Y el más barato que había.

Gael volvió a enjugarse las lágrimas. Se sentía ridículo, como un niño pequeño, y, sin embargo, notó una ligerísima sensación de alivio.

—Pero ¿y las llamadas de teléfono? ¿Por qué siempre tienes que irte a tu habitación?

Su padre miró al techo, luego al volante y finalmente a Gael otra vez. Quizá por fin hubiera dado con algún secreto. Estaba seguro de que eso no tenía una explicación tan sencilla. El corazón empezó a latirle, una vez más, con aquel conocido temor.

—Hablaba con mi terapeuta —respondió su padre finalmente—. Y no quería que vosotros me oyerais llorar. —Se puso colorado, pero siguió hablando—. Mira, Gael, tu madre y yo pensamos que sería mejor no contaros todos los detalles, pero supongo que deberíamos haber sabido que echaríais a volar la imaginación. —Suspiró—. Confío en que no le cuentes nada, y me desagrada ponerte en esta situación, pero para ella era muy importante que os protegiéramos. —Gael asintió. Su padre se miró las manos y luego volvió a levantar la vista hacia a su hijo. A Gael le impactó ver que él también tenía los ojos húmedos—. Tu madre no era feliz, Gael. Necesitaba un cambio. Me sigue queriendo, claro, pero para ella ya no es lo mismo.

Aquellas palabras cayeron sobre Gael como una tonelada de ladrillos.

—Dios mío, ¿fue ella la que te engañó a ti? —saltó.

Su padre negó con un vehemente gesto.

—No, tu madre no haría eso. Pero dejó muy claro que quería seguir adelante con su vida.

A Gael la cabeza le daba vueltas.

—Pero ¿por qué es ella la que llora todo el rato?

Su padre se encogió de hombros.

—Porque es duro para todos —dijo—. Aunque ella lo quisiera, no deja de ser duro.

—¿Por qué no intentasteis hacer terapia? Siempre estás hablando de que la terapia es buena para todo el mundo...

—Lo intentamos —respondió su padre, y suspiró—. Ya puedes saberlo todo. ¿Te acuerdas del año pasado, cuando Sammy se quedaba los miércoles hasta tarde y los dos decíamos que teníamos trabajo de despacho? Pues...

(Esta es la parte que me da rabia, porque, el año pasado, si hubiera estado ahí, quizá podría haber ayudado a los padres de Gael. Podría haber recordado a la madre de Gael que los momentos bajos son naturales, haberla alentado a darle otra oportunidad. Podría haber animado al padre de Gael a que luchara por ella, en lugar de tomarse sus palabras al pie de la letra. Pero no lo hice. Durante años, no estuve a su lado cuando debería haberlo hecho. Estaba demasiado seguro de que su relación era un éxito, demasiado satisfecho de mi trabajo. Estaba enamorado del amor, igual que Gael. Cometí el error, como tantos otros, de pensar, aunque solo fuera inconscientemente, que si una relación es lo bastante buena, no necesita esfuerzo.)

—Odio a mamá —dijo Gael.

—Por favor, no lo hagas —repuso su padre con voz temblorosa.

(Arthur Brennan, lealista[6] declarado, nunca dejaría de amar a su futura exmujer. Y nunca dejaría de defenderla.)

---

[6] Lealista (ya sé que este término se aplica a la Guerra de Independencia de Estados Unidos, a los que fueron leales a Gran Bretaña y blablablá, pero me encanta la historia revolucionaria, qué le voy a hacer): aquel cuya mayor fortaleza en lo que se refiere al amor es la lealtad; aquel que quizá no se enamora con la rapidez del romántico, pero que, cuando le sucede, se enamora con mucha más profundidad. A veces puede aferrarse al pasado, pasar por alto los defectos de su pareja y, francamente, hasta dejarse pisotear. Pero también suele tener una capacidad para el perdón que le deja espacio para recuperarse y volver a amar.

—Ella te quiere. Yo te quiero. Nosotros nos queremos a nuestra manera. Siento que tengas que pasar por todo esto —se disculpó su padre, llevándose las manos a la cara y ahogando un sollozo.

Gael no sabía qué hacer, salvo decir:

—Yo también te quiero, papá.

Y entonces se secó los ojos por última vez y salió del coche.

el verdadero peor día de la vida de gael

CONOCÉIS BIEN EL SEGUNDO PEOR DÍA DE LA VIDA DE Gael. Y ahora parece oportuno hablaros del primero, daros una visión del indiscutible peor día, el día que, para Gael, mantendría ese puesto en los años venideros.

Fue un sábado del pasado julio. Cuando Gael y su familia deberían haber estado haciendo una barbacoa, de compras en el mercado, remando en el lago Jordan o haciendo cualquier otra cosa de entre las muchas que solían hacer como familia.

Porque siempre habían sido una familia feliz. Aunque Gael sabía que las familias felices escaseaban, él daba por descontado que la suya lo era.

(Y no tengo que deciros que yo también.)

Gael supo que pasaba algo cuando su madre y su padre entraron en el cuarto de estar y su madre apagó el programa educativo de Piper antes de que esta hubiera consumido ni siquiera la mitad del tiempo asignado diariamente a la televisión.

—¡Eh! —protestó Piper, corriendo hacia el aparato y encendiéndolo otra vez—. Aún me quedan cuarenta y cinco minutos.

Sus padres cruzaron la mirada y después su padre se acercó al televisor y lo apagó él mismo.

—Tendrás tus cuarenta y cinco minutos, pero en estos momentos es necesaria una reunión familiar.

Sus padres se sentaron en el sofá, el uno al lado del otro, como un frente unido. Piper siguió en la alfombra donde había estado viendo la tele. Gael se zampó las sobras de la cena italiana del día anterior y esperó a que sus padres dijeran lo que tuvieran que decir. Imaginó que su madre habría planeado un nuevo horario de tareas o que su padre querría hacer más actividades familiares al aire libre.

Se equivocaba, claro.

Y desde entonces el pollo a la parmesana nunca había vuelto a saberle igual.

Su madre inspiró profundamente y juntó las manos sobre el regazo. De repente Gael se dio cuenta de que tenía los ojos hinchados y de que quizá aquello no tenía nada que ver con las tareas.

Ella miró a su padre otra vez.

—No es fácil decir esto... —empezó, y enseguida dejó la frase en suspenso.

Su padre se aclaró la garganta y entrelazó las manos.

—Vuestra madre y yo hemos decidido llevar vidas separadas. A finales de mes me mudaré a un piso en Durham.

Aquella noticia estremeció a Gael, le conmocionó. Fue como si todo se ralentizara, se detuviera. La mirada se le fue hacia las fotos familiares colgadas a espaldas de sus padres, que con sus buenos momentos, sus malos momentos, sus momentos, parecían burlarse de todos ellos.

Y después posó los ojos en Piper, que tenía la cara tan contraída como cuando intentaba descifrar algo en francés.

Se produjo un silencio de ¿un minuto?, ¿un segundo?, ¿una hora? Gael no habría sabido decir.

Llevar vidas separadas. ¿Qué porras significaba aquello?, se preguntó.

Piper fue la primera en hablar. Estiró el ceño y en su cara se reflejó una pena infinita.

—¿Ya no quieres vivir con nosotros?

A su padre se le quebró la voz.

—Claro que sí, cariño —dijo, y miró a la madre de Gael—, pero creemos que esto es lo mejor para todos. Os queremos a los dos más que a nada en el mundo, y nos apreciamos el uno al otro, pero será mejor así.

Su madre se miró las manos y a continuación levantó la vista hacia Gael.

—A veces la gente deja de llevarse bien —comentó con voz débil.

A Gael le entraron unas enormes ganas de arrancar una de las fotos de la pared, hacerla añicos sobre sus rodillas y lanzar fragmentos de cristal a todas partes.

Piper empezó a llorar y él tuvo que apartar la mirada. Era duro verlo. Su hermana tenía la cara muy brillante, muy enrojecida, muy alterada.

—No quiero que vivas en ninguna otra parte —gritó Piper—. ¡Quiero que vivas aquí!

El padre miraba a Gael y Gael le miraba a él.

Gael se dio cuenta de que aquello iba en serio, que no iban a cambiar de opinión, que no era una broma insensata. Que de pronto estaba viviendo en un mundo extraño, y todo —desde las fotos de las paredes hasta las marcas que registraban su crecimiento y el de Piper en el comedor, pasando por la pequeña grieta que una paloma había hecho al chocar contra la puerta corredera de cristal—, bueno, de repente todo parecía muy ajeno, muy lejano.

Gael no podía seguir en aquel lugar. De un salto, se levantó del sofá, se marchó todo lo deprisa que pudo a su habitación, cerró la puerta y se tiró, bocabajo, en la cama.

Y mientras notaba que las lágrimas humedecían la almohada, supo, en lo más profundo de su ser, que algo enorme se había roto.

Supo que una parte de él ya no volvería a ver el amor, la familia y todo lo relacionado con ella, de la misma manera.

la noche de los muertos amantes

ERA EL CUARTO HALLOWEEN QUE GAEL PASABA EN Franklin y alrededores.

La calle estaba de bote en bote, como siempre. Todos los años, universitarios, profesores, algunos estudiantes de instituto como Gael y gente de las universidades cercanas se lanzaban sobre el tramo de Franklin que bordeaba el campus. Se estimaba que acudían unas setenta mil personas todos los años, haciendo de la ciudad uno de los centros más importantes de la fiesta de Halloween en todo el país.

Por tanto, la gente se tomaba Halloween muy en serio en Chapel Hill, convirtiendo tres o cuatro calles en una colosal fiesta atestada de gente que lucía de todo, desde disfraces fabricados en serie hasta unos cuantos muy elaborados que llevaban a preguntarse cuánto estarían estudiando los recién estrenados universitarios para los exámenes parciales.

Gael no había sido una excepción. A finales de septiembre, como una semana antes de que Anika le dejara, había comprado un disfraz de pareja para los dos, Marco Antonio y Cleopatra, pero dada la situación de Mason y Anika, Gael pensó que sería muy extraño utilizarlo con otra chica. (Por no hablar de que seguramente Cara no habría visto la película de Elizabeth Taylor y Richard Burton en la que el disfraz se basaba.) Así que esa tarde se fue corriendo a comprar el suficiente maquillaje zombi como para participar en un episodio de *The Walking Dead*. Ese disfraz no era tan elaborado como tenía por costumbre —otros años había elegido al protagonista de *La naranja mecánica* (bombín, pintura de ojos y demás) y al Joker de *El caballero oscuro*—, pero serviría.

Cara y él se habían preparado en la habitación de ella. La compañera de Cara tomaba chupitos mientras su novio le retocaba el maquillaje de la novia de Frankenstein. Para cuando terminaron de vestirse, la compañera de habitación de Cara iba por la tercera copa (por suerte, Cara solo había tomado una, así que Gael no se sintió muy mal por no acompañarles), y tanto Cara como Gael rezumaban sangre y coágulos, con la cara pálida y los ojos bordeados de negro.

Ventaja: con tanto maquillaje, Gael creía que Cara no se daría cuenta de que había estado llorando.

Así que ahora estaban en Franklin, perfeccionando el desmañado andar de los zombis, mientras Gael, sin el conocimiento de Cara, trataba de mantener la calma después de lo que había descubierto sobre sus padres.

Por suerte para él, la calle le ofrecía muchas distracciones.

—¿Estamos de acuerdo en que los mimos son más escalofriantes que los zombis? —preguntó Cara cuando la *troupe* blanca y negra marchaba en busca de su siguiente objetivo.

—Sí, al cien por cien —respondió Gael mientras un enjambre de *minions* amarillos pasaba corriendo a su lado.

—Venga, vamos por aquí —dijo Cara cogiéndole del brazo. Había un pequeño hueco en la multitud por donde un grupo de bomberos con tacones altos acababa de pasearse. Luego le soltó el brazo y se giró para mirarle—. ¿Te estás divirtiendo? —Él asintió con la cabeza enérgicamente, con miedo de ganarse un codazo si no resultaba convincente. No podría afrontar más discusiones serias. En aquel momento, no—. Me alegro de estar aquí contigo —añadió Cara, y Gael se preguntó si se habría tomado dos chupitos cuando él no miraba. No era muy propio de ella ser efusiva.

Un tipo con una máscara de Jason, el prota de *Viernes 13*, pasó a su lado tambaleándose, y por un instante Gael pensó en Sammy con añoranza, preguntándose dónde estaría.

Cara tiritó y empezó a frotarse los brazos.

(No lo hagas, Gael. No lo hagas.)

—¿Quieres mi chaqueta? —le preguntó Gael.

Ella llevaba una blusa blanca de manga larga que habían manchado de sangre falsa, pero había dejado la chaqueta en la habitación porque no pegaba con el conjunto del disfraz.

—Estoy bien —contestó, negando con la cabeza, pero le temblaba la barbilla.

—Venga —replicó él, y empezó a bajarse la cremallera.

—Estoy bien, de verdad —insistió Cara.

—Bueno, pues ven aquí entonces —dijo, y la rodeó con un brazo, acercándola a él para darle calor.

Era agradable. Le ayudaba a acallar todo lo que se le agolpaba en la cabeza. Una bandada de Angry Birds y cerditos malvados pasaron corriendo a su lado, y se dio cuenta, de pronto, de que aquello era exactamente lo que había deseado hacía unas semanas. Al día siguiente sería noviembre. Era libre de tirarle los tejos a Cara.

Entonces ¿por qué de pronto se sentía tan indeciso?

Cara se acurrucó contra él.

—Gracias —dijo—. Parece que no he venido preparada.

—Eso parece —repuso él, casi como un autómata. A continuación señaló al Cosmic, calle abajo, y le preguntó—: ¿Quieres que vayamos a comer unos nachos? ¿Para entrar en calor?

Cara levantó la vista hacia él y sonrió.

—Me parece perfecto —respondió—. Sencillamente perfecto.

Para cuando llegaron al principio de la cola, la Cosmic Cantina estaba hasta los topes de gente y olía a cerveza rancia.

—¿Quieres intentar pillar una mesa? —sugirió Gael—. Yo puedo pedir los nachos. ¿Te apetece alguna cosa más?

—Extra de guacamole, por favor —contestó Cara con una sonrisa.

—No se hable más.

Gael hizo su pedido y se colocó a un lado, examinando el local. Al menos la mitad de los comensales estaban totalmente borrachos, y la otra mitad llevaba el mismo camino.

Después de que Gael viera iniciarse no menos de tres discusiones y a dos estudiantes universitarios caerse al suelo, un hombre con la frente perlada de sudor apareció finalmente con los nachos.

Gael paseó la mirada en busca de salsa picante, pero el único frasco lo estaba usando un Superman que apenas podía sentarse derecho.

—¿Tienes más salsa picante? —le preguntó al camarero.

—Solo detrás, en el almacén —respondió el tipo.

—Vale —dijo Gael, y como el hombre no se movía, Gael añadió—: ¿Puedes ir a por ella?

El tipo miró a la multitud y luego otra vez a Gael.

—Estoy hasta arriba, chaval.

—Por favor.

Finalmente el camarero alzó la vista al cielo y se dirigió a la parte de atrás.

Gael, mientras tanto, abrió el envase y se comió una tortilla. No pudo menos de pensar en la última vez que había tomado nachos, justo antes de besar a Cara. ¿En qué estaba pensando para haberse lanzado a ella de aquella manera?

Volvió a preguntarse dónde estaría Sammy, pero enseguida se obligó a quitárselo de la cabeza.

—Aquí tienes. Que la disfrutes —dijo el camarero sarcásticamente al cabo de un rato.

Gael sonrió al ver el frasco de salsa picante recién abierto y echó otro dólar en el bote de las propinas.

Cogió la salsa y se abrió camino hasta el fondo.

—Siento haber tardado tanto —dijo mientras Cara se enderezaba y limpiaba la mesa con una servilleta—. He tenido que pedir que me trajeran un frasco de salsa picante del almacén.

—Oh. —Cara ladeó la cabeza pero no dijo nada, solo le miró. Finalmente añadió—: No tenías por qué hacerlo.

Gael se encogió de hombros.

—Sé lo mucho que te gusta la salsa picante. No quería decepcionarte.

—Aun así —dijo ella—. Podría haber pasado sin ella.

Gael abrió el tapón y bañó las tortillas de salsa.

—Podrías, pero no tenías por qué hacerlo.

Ella esbozó una sonrisa de las contagiosas y él sonrió también.

Cara seguía sin tocar los nachos, solo le observaba.

—¿Sabes qué? —dijo poco después—, estamos casi en noviembre. No pasa nada por... hacer como que ya está aquí.

Gael notó que el corazón le latía más deprisa, y no supo decir si estaba nervioso o qué. ¿Serían los chupitos?, se preguntó. ¿Se habría tomado más de uno después de todo? Porque de repente estaba siendo muy directa...

(Pero Cara no necesitaba tomar alcohol para ser directa. Era una monógama en serie, y sus votos estaban a punto de expirar.)

—Eehh —masculló él.

—¿Qué? —preguntó ella.

—¿No preferirías decir que has conseguido ser fiel a tu promesa durante un mes entero? —replicó Gael, esbozando una sonrisa forzada.

Cara se encogió de hombros y se metió una tortilla en la boca.

—Sinceramente, me da igual.

Él pensó en lo que había dicho Sammy: «¡Un mes entero sin salir con nadie!».

¿No resultaba un poco ridículo que ni siquiera se comprometiera a ir a por el mes entero?

—No quiero estar en tu lista negra de amigos —balbuceó, tratando de ganar tiempo—. Así que ¿qué te parece si quedamos el viernes?

Ella le miró entrecerrando los ojos, intentando adivinar qué quería decir realmente. Pero Cara no iba a permitir que una pequeña vacilación por parte de alguien la frenara. Los monógamos en serie realmente no funcionan así.

—Muy bien —dijo—. Quedamos el viernes. Y es una cita.

amor y *frisbee* golf

AL DÍA SIGUIENTE, DESPUÉS DEL INSTITUTO, GAEL ARROJÓ su *frisbee* hacia el cesto de tela metálica del cuarto hoyo con ávida precisión. El campo de *frisbee* golf preferido de Gael y Mason, situado al este del campus universitario, formaba parte en teoría de la universidad, pero nadie les había echado nunca la bronca por estar allí.

Gael se las había arreglado para llegar a casa después de la celebración de Halloween relativamente indemne (y sin más incómodas insinuaciones por parte de Cara). Habían tomado los nachos, regresado hacia el campus y se habían despedido en la oficina de Correos mientras Gael procuraba no pensar demasiado en la última chica de la que se había despedido en ese mismo lugar.

Cuando Gael llegó a casa, su madre pareció molestarse porque él no quiso contarle nada de cómo había pasado la noche; en Halloween ella siempre se quedaba hasta tarde viendo películas de miedo y estaba esperándole con impaciencia cuando él entró por la puerta. Pero Gael sabía que con que se la quedara mirando unos instantes perdería los papeles. Y le había prometido a su padre que no diría nada.

Como tenía tantas cosas dándole vueltas en la cabeza, le faltó tiempo para aceptar la invitación de Mason de jugar al *frisbee* golf. Y aunque no había olvidado lo que Mason había hecho, debía admitir que hacer algo normal con Mason, sobre todo después del drama que su padre le había montado el día anterior, le sentaba de maravilla.

El *frisbee* dio en el poste de metal y cayó al suelo. Casi, pero no.

—¡El hoyo en uno te rehúye, amigo mío! —exclamó Mason.

Hacía frío de verdad, y ambos llevaban unas sudaderas de la Universidad de Carolina del Norte que habían comprado juntos en La Tienda para Estudiantes el otoño anterior.

—¿Desde cuándo dices «rehúye»? —le preguntó Gael, riendo.

Mason se encogió de hombros y arrojó su *frisbee* sin poner mucha atención. El cacharro fue a parar a unos seis metros largos del cesto. El *frisbee* golf era algo en lo que Gael siempre había aventajado a Mason. El otoño anterior probablemente habrían jugado unas dos veces a la semana, pero Mason nunca conseguía dejar la muñeca recta cuando lanzaba. Era una absurdez de deporte, pero resultaba divertido.

Ese otoño era la primera vez que jugaban.

Gael recorrió el campo de hierba, pateando y aplastando las hojas a su paso, con Mason detrás. Cogió su *frisbee* donde había aterrizado y lo echó en el cesto.

—¡Un hoyo en dos! —dijo—. Tampoco está tan mal.

Mason arrojó su *frisbee* demasiado corto y demasiado lejos, como hacía siempre, perdiendo la cuenta del número de lanzamientos. Al final lo cogió sin más, fue hasta el cesto y lo metió a la fuerza.

—¿Todo bien? —preguntó Gael. No era propio de Mason que le importara el *frisbee* golf.

Mason se encogió de hombros.

—Anika está rara —contestó.

Gael enarcó las cejas.

—¿Crees que se habrá enrollado con tu mejor amigo? Eh, un momento, resulta que estoy aquí...

Quizá debía haber dicho exmejor amigo, pensó Gael. Aunque, bueno, quizá no.

Mason hizo una mueca.

—Muy gracioso. —Sacó el *frisbee* del cesto y se puso a juguetear con él—. Creo que se mosqueó porque no secundé su ridículo plan para que todos volviéramos a comer juntos. —Gael cambió el peso del cuerpo de un pie a otro. No sabía muy bien qué decir, así que no dijo nada. Mason no esperó a que respondiera—. Dijo que tendría que haberla respaldado, que si íbamos a salir juntos no podíamos seguir comportándonos como si nos diera vergüenza.

Gael se echó a reír.

—Tío, tú no te comportas como si te diera vergüenza. Y ella tampoco.

—Eso es porque Anika siempre procura guardar las apariencias, pero se siente mal, muy mal. No deja de hablar de ello.

Gael dio un puntapié a unas cuantas hojas.

—¿Qué quieres que te diga?

—Tú escúchame un momento —respondió Mason, tirando el *frisbee* al suelo—. Anoche nos enzarzamos en una ridícula discusión. De repente ella no quería salir por Halloween porque se sentía muy culpable. No dejaba de hablar de no sé qué disfraz de Cleopatra que tenía pensado llevar contigo. —Gael se rio por lo bajo. Que ella se acordara, que le importara, aunque solo fuera un poco, hacía que se sintiera mejor—. Y lo extraño es que con cualquier otra chica, una vez llegados a ese punto, sencillamente me habría largado. Pero después de discutir, cuando por fin llegamos a Franklin, ni siquiera me apetecía mirar a las chicas que llevaban disfraces provocativos. Ni me importaban.

—Porque solo querías mirarla a ella, ¿no?

Mason asintió con la cabeza.

—Exacto —contestó, y volvió a coger el *frisbee*—. Y sé que no está bien que te dé la lata con esto. Soy consciente de que lo que hicimos fue una cerdada. Si me lo hicieras tú a mí, no sé, querría matarte.

—Que no te quepa duda de que yo también quería matarte —replicó Gael.

Mason empezó a juguetear con el *frisbee* otra vez.

—Pero sigues siendo mi mejor amigo. Y no sé, eres la única persona con la que quiero hablar de estas cosas.

Gael cogió su *frisbee* del cesto y echó a andar hacia el siguiente hoyo, con Mason a la zaga. Sabía que se encontraba en una encrucijada. Podía montar un pollo y explicarle a Mason que le parecía el colmo de la desfachatez que fuera pidiéndole consejo sobre su chica después de haberle robado a la susodicha chica.

O...

O Gael podía reconocer que lo que había entre Anika y él quizá era más fantasía que realidad. Quizá podía dar crédito al hecho de que la rapidez con la que había sido capaz de recuperarse demostraba que ella no era el amor de su vida.

Podía aceptar de una vez que Mason estaba enamorándose, abierta e irremediablemente, de Anika.

—Tío —dijo Gael finalmente, y dejó de caminar—, a lo mejor es que te gusta mucho.

Mason también se detuvo.

—Ya, pero ¿y qué hago? ¿Y si se asusta y se larga?

Gael se encogió de hombros.

—Quizá lo haga.

Por la expresión de Mason se dio cuenta de que eso no era precisamente lo que quería oír.

—¿Y se supone que tiene que parecerme bien?

—Bueno, ¿y qué otra cosa vas a hacer? ¿Dejarla para que no te deje ella a ti primero?

Mason se rio.

—Sinceramente, a veces resulta tentador...

(El abandono preventivo es una estrategia fundamental del manual del errante, que lo sepáis.)

Llegaron al siguiente hoyo y Gael lanzó el *frisbee*, pero se le fue muy lejos.

—Lo siento —dijo Mason de repente—. Siento ser el peor amigo del mundo.

—Tú no eres el peor amigo del mundo —replicó Gael.

Mason se encogió de hombros.

—Pero un poco sí.

—Vale, un poco sí —admitió Gael—. Pero eres mi peor amigo. Así que supongo que tendré que apencar.

En ese momento el petardo de Mason sonrió satisfecho.

Gael, por su parte, sintió como si le hubieran quitado un peso de encima, un peso que ni siquiera había notado que cargaba hasta que desapareció. Se sentía bien. La sensación le gustó.

—Bueno, pues ya que somos amigos otra vez... —Gael titubeó y luego tomó aliento antes de seguir— supongo que puedo decirte que ayer me enteré de que era mi madre la que quería el divorcio. Al parecer, se cansó de mi padre o algo así. Durante un tiempo pensé que quizá mi padre la había engañado, pero no.

Masón dejó caer el *frisbee*.

—O sea, que has esperado a que te soltara el rollo sobre Anika y Halloween mientras tú te guardabas eso... Qué asco, tío. Lo siento mucho.

Gael se encogió de hombros.

—No sé si enfadarme con mi madre o simplemente sentirme decepcionado con el amor en todas sus formas.

—Es mejor haber amado y perdido que no haber amado nunca, tío. —Hizo una pausa—. Lo he leído en Reddit.

Gael se rio bien alto.

—¿Me lo dices en serio? Eso creía yo, pero ya no estoy tan seguro.

Gael pensó en Sammy, en lo terrible que sería perder su amistad, y Mason asintió con la cabeza y contestó:

—Yo creo que sí.

Y entonces, por una vez en su vida, Mason lanzó el *frisbee* directo al hoyo.

—¡Hoyo en uno! —gritó Gael—. ¡Ostras! ¡Vaya con el tío este!

Y mientras daba saltos de alegría y chocaba los cinco con su amigo, pensó en otra cosa.

Quizá la duda de la noche anterior no había surgido porque Cara no fuera perfecta.

Quizá había surgido porque Cara no era Sammy.

¿Y si resultaba que se había equivocado de universitaria?

rumbo a baltimore

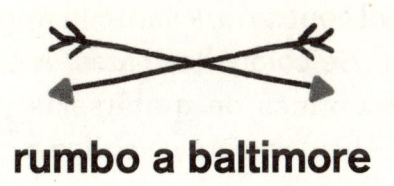

CUANDO GAEL VOLVIÓ A CASA ESA TARDE, SE SENTÍA mejor de lo que se había sentido en mucho, mucho tiempo. El alivio de haber perdonado finalmente a Mason era enorme. Incluso le dijo a su amigo que a lo mejor Anika y él podrían comer con ellos pronto; no de inmediato, claro, pero sí un poco más adelante.

Y, vale, añadamos a esos sentimientos de felicidad la impresión de haberse decidido. Gael ya no podía negarlo. Sentía algo por Sammy, y tenía que saber si a ella también le ocurría antes de pensar seriamente en salir con Cara. Era lo justo.

No sabía exactamente qué iba a decirle, pero cuando caminaba por el pasillo en dirección al comedor, notaba cierta ligereza en los pies.

Sammy y Piper estaban a la mesa, como era habitual. Piper copiaba definiciones en francés, tan absorta que casi ni le saludó.

Sammy, por el contrario, levantó la mirada inmediatamente y sonrió. Se colocó las gafas. A Gael le entraron unas ganas repentinas de quitárselas y besarla como hacían en las películas, pero se obligó a centrarse.

—Bueno, ¿vas a contarme todos los detalles escabrosos? —le preguntó.

—¿Eh?

—De tu cita romántica —aclaró ella.

Eso hizo que Piper levantara la cabeza.

—¿Cita? —repitió.

Había estado tan ensimismado con todo lo que tenía en la cabeza que, por un momento, no entendía de qué hablaba Sammy. Las miró desconcertado a las dos.

—Con Cara —añadió Sammy—. ¡En Halloween!

—¡Ah! —balbuceó—. Esto…, en realidad no era una cita.

Sammy se encogió de hombros y dibujó unas comillas con los dedos.

—La «quedada» con tu futura chica, entonces.

Piper miraba a Gael y a Sammy alternativamente.

—Un momento, yo creía que vosotros dos os gustabais.

Sammy se puso colorada como un tomate y perdió la compostura como él nunca había visto. Gael, por su parte, sintió que le ardía la cara.

—No —repuso—. O sea, bueno, la cosa es…

—Yo soy tu niñera, Piper, no puedo salir con tu hermano —replicó Sammy con mucho sentido práctico—. Además, ya hay otra chica que le ha robado el corazón.

—Pero fuisteis juntos al cine —siguió Piper con total naturalidad—. Y eso es… una cita.

—Bueno, bueno, Señorita Casamentera —dijo Sammy, cerrando el libro de francés de Piper—. ¿Por qué no te pones al ordenador y pasas un rato más buceando en la Wikipedia? No se lo diré a tu madre.

—Estáis intentando deshaceros de mí, ¿verdad? —inquirió Piper.

—Sí —respondió Sammy.

—Jolín, pues entonces no tenéis más que pedirlo —dijo Piper, y se fue arriba todo lo deprisa que pudo.

Sammy se echó hacia atrás en la silla. Gael intuía que aquel era el momento. Solo tenía que dar con las palabras adecuadas.

—¡Vaya corte! —exclamó Sammy, mirándole y riendo.

—Ajá —balbució Gael; se sentó al lado de ella y notó que empezaba a sudar.

Sammy le miró pero no dijo nada. Su cara empezaba a recuperar el color normal. Finalmente, cruzó los brazos, rompiendo el encanto.

—Cuéntame más cosas sobre tu noche de Halloween.

Él se encogió de hombros.

Halloween era literalmente lo último de lo que quería hablar en ese momento.

—Estuvo bien, supongo. Íbamos de zombis. ¿Y tú qué tal?

Ella apoyó los codos en la mesa y ladeó la cabeza hacia él.

—¿Estás bien?

Gael se apresuró a asentir, pensando por qué porras aquello era tan difícil.

—Bueno, mi noche de Halloween no fue nada del otro mundo. La verdad es que al final no salí.

Por la ventana, Gael vio a tres niños tirándose una pelota. Por un momento se preguntó cómo habría sido Sammy de pequeña. Lo más probable era que exactamente igual. Corrió su silla un poco hacia atrás. Luego pensó cómo narices iba a convertir una aburrida conversación sobre Halloween en lo que quería decir, pero ¿qué era lo que quería decir en realidad?

—¿Y cómo es eso? —preguntó finalmente—. Me habías dicho que tenías planes, ¿no?

Sammy se enderezó y se envolvió las manos con la parte inferior de la camiseta.

—Sí, iba a salir con mi compañera de habitación, pero, bueno, terminé hablando con John.

Gael se quedó totalmente perplejo y notó que el corazón le latía más deprisa. Eso era lo último que esperaba oír.

—¿Con tu ex?

Ella afirmó con la cabeza.

—Me llamó el lunes por la noche... —dijo, y su voz se fue apagando.

—¿Y qué quería?

Sammy vaciló.

—Se disculpó por todo.

—¿También por haberte engañado?

—¡Oye! —exclamó Sammy, arqueando las cejas—. Lo explicó todo. Se besó con una chica en una fiesta y rompió conmigo al día siguiente. No puedo decir que me engañara.

—Vaya, qué cómodo —comentó Gael, notando que empezaba a exaltarse, que se acaloraba.

—Bueno, es verdad —arguyó ella—. Me dijo que le dio miedo la idea de tener una relación a distancia. Desde el lunes me ha escrito mogollón de mensajes, e incluso me ha enviado flores. Ha sido todo un detalle. —Gael respiró profundamente y trató de ordenar las ideas. Sammy jugueteaba con el libro de francés de Piper, evitando mirarle a los ojos—. El caso es que mañana por la noche me voy a Baltimore. Creo que tengo que verle en persona para saber si podemos volver a intentarlo.

—¿Qué? —preguntó Gael, atónito—. ¿De verdad piensas reconciliarte con él?

Ella se volvió para mirarle, entrecerrando los ojos. Él se fijó en que había una pequeña lágrima en la página con la que había estado jugueteando.

—Si Anika hubiera vuelto y se hubiera disculpado, no me digas que no le habrías dado otra oportunidad... Y John no empezó a salir con mi mejor amiga a mis espaldas. Se besó con una chica en una fiesta. Así es la universidad.

Gael abrió la boca, pero se encontró con que no tenía nada que añadir, así que acabó encogiéndose de hombros.

—Lo que quieras. Es tu vida.

—¿Sabes? No es que me estés apoyando mucho. Se supone que somos amigos —argumentó Sammy.

Y entonces fue cuando Gael se dio cuenta desesperadamente de que no quería ser su amigo.

Pero era demasiado tarde. Y dolorosamente obvio.

—Tengo deberes que hacer —se apresuró a decir, levantándose—. Buen viaje.

Y así, sin esperar a que ella dijera nada más, se fue a su habitación.

movilterapia

GAEL SE QUEDÓ EN SU HABITACIÓN EL RESTO DE LA TARDE. Puso *Academia Rushmore*, una película que a Sammy no le gustaba, y se comunicó con Mason por el móvil para contarle los últimos acontecimientos.

creía que me gustaba Sammy pero
acaba de decirme que vuelve con su ex

                                        qué ha pasado con chica hippy?

no sé, no puedo dejar de pensar en Sammy

                          lo sabía! y por qué no estás impidiendo que
                                  vuelva con cara de imbécil?

porque es su vida y eso es lo que quiere

                                                          PATÉTICO

no se siente atraída por mí,
ha quedado claro en nuestra conver

                              pues yo siempre he creído que sí

si le atraigo por qué vuelve con
cara de imbécil bonito nombre por cierto

                              las chicas son raras
                anika está alucinando pq he asumido
                        que teníamos planes
                        para mañana sin preguntar

ja, ja, ja, nunca supongas nada
con anika, consejito para ti

                          vete a hablar con sammy
                              AHORA MISMO!!!!

no puedo ☹

                    qué le vas a decir a chica hippy?
            no ibas a ser su novio o algo en noviembre?

no sé ☹

                        la leche, eres más ligón que yo

☹☹☹

consejos familiares: el montaje de mamá

GAEL NO FUE A HABLAR CON SAMMY, PESE A LA INSIStencia de Mason. De hecho, seguía en su habitación cuando su madre llegó a casa pasadas las cinco. Un minuto después llamó a la puerta de su habitación.

—¿Sí? —dijo incorporándose.

—¿Puedo entrar? —preguntó.

Gael suspiró.

—Claro.

Su madre entró, echó una ojeada a la película, que se acercaba al final, pero debió de figurarse que muy metido en ella no estaba, porque sonrió y se apoyó en el armario. Ese día no tenía los ojos hinchados. «Me alegro por ti», pensó Gael con amargura.

—No llegué a enterarme de cómo te fue en Halloween —dijo mientras doblaba con aire distraído una camiseta que estaba tirada en la silla del ordenador.

—Bien —replicó él con un desdeñoso encogimiento de hombros.

Ella dejó la camiseta y cruzó los brazos.

—Estás muy callado. Y también lo estabas anoche. ¿Te pasa algo?

Gael se quedó mirándola. Tenía tantas ganas de gritar..., de decirle que sí, que a veces parecía que todo iba mal, que la familia entera se había ido al garete, que nunca más podría volver a tener fe en el amor. Y quería decirle, sinceramente, que la separación le estaba rompiendo el corazón. Quería preguntarle por qué porras había decidido dejar a su padre.

Pero no podía. Lo había prometido.

Ella sonrió con picardía.

—Papá me ha dicho que habías quedado con una misteriosa desconocida que está en la universidad. ¿Es maja? ¿Qué estudia? Quiero saberlo todo.

—La verdad es que no me apetece hablar de ello.

—¡Vamos! Cuando empezaste a salir con Anika me tenías al corriente de todos los detalles divertidos.

Era verdad. Lo hacía. Porque parecía triste y rota por la separación, y porque los dos siempre habían estado muy unidos, y porque daba la impresión de que en aquel primer mes lo único que podía hacer él para intentar animarla era hablar con ella sin parar, contarle los más nimios detalles de su vida, ser su distracción.

Se había sentido tan mal por su madre... Pero ahora sabía que la separación era obra suya.

—Es que no quiero hablar de esas cosas contigo, mamá.

Ella alzó las manos y sonrió un poco abochornada.

—Ya sé, ya sé. Solo soy tu vieja y aburrida madre.

Pero él negó con la cabeza. Se sentó en la cama, cogió el mando a distancia y detuvo la película.

Respiró profundamente y al final soltó:

—Sé que has sido tú la que ha terminado con papá.

Ella se quedó boquiabierta.

—¿Cómo te has...?

—Me lo ha contado papá. No es culpa suya —se apresuró a añadir—. Se vio obligado. Yo creía que estaba teniendo una aventura y no le quedó más remedio que decirme la verdad.

Ella se llevó una mano a la boca y volvió a bajarla.

—Oh, Gael... —dijo—. Cariño, lo siento muchísimo.

—No hace falta —replicó él con amargura.

—Deja que te explique...

—No quiero oír nada que venga de ti —saltó—. Papá ya me ha dicho bastante.

Y se volvió para ponerse de cara a la pared hasta que oyó que la puerta se cerraba y los pasos de su madre por el pasillo.

escenas de pasillo
en un instituto de chapel hill

A LA MAÑANA SIGUIENTE GAEL CRUZÓ CON BRÍO EL aparcamiento del instituto en dirección a las puertas de entrada del edificio. Quería pillar a Mason al menos unos minutos antes de que empezaran las clases. Estaba deseando contarle la confrontación que había tenido con su madre, y le parecía que los emoticonos no tenían las ventajas de la conversación directa. Pero Gael llegaba más tarde que de costumbre, lo que significaba que solo tenía un par de minutos como mucho para hablar con Mason, y la idea de esperar hasta la clase de química se le hacía insoportable.

Los pasillos rebosaban de estudiantes. En el principal Danny cruzó la mirada con él y le saludó con la mano, pero Gael respondió con un rápido gesto de la cabeza y siguió andando. Mason conocía a sus padres mejor que ningún otro miembro de la pandilla. Gael esperaba sinceramente que Mason encontrara la forma de arreglarlo todo.

Sin embargo, mientras se movía entre taquillas que se abrían y se cerraban y novatos que reían como tontos, y se acercaba ya a la taquilla de Mason, Gael vio a Anika con su amigo en el pasillo. Gael se paró en seco, haciendo que un musculoso jugador de fútbol chocara con él y soltara un taco.

—Lo siento, tío —se disculpó Gael por encima del hombro, y luego volvió a buscar a sus amigos con la mirada.

Anika tenía los puños apretados a ambos lados.

—¡Eso no es lo que quería decir!

Mason estaba inmóvil, con cara de perplejidad.

—Pero ¿por qué no ibas a querer salir esta noche? Lo teníamos todo planeado. Incluso he reservado.

Gael se acordó de lo que Mason le había escrito la noche anterior. ¿De verdad estaba Anika tan enfadada porque Mason había supuesto que saldrían esa noche? Cierto que era muy independiente, pero parecía un poco ridículo, incluso para ella.

—He dicho que he cambiado de opinión, ¿vale? Tengo derecho a cambiar de opinión.

—Lo sé, pero no veo por qué —alegó Mason.

Anika hizo un gesto con la cabeza y retrocedió.

—¿Sabes qué? Que a lo mejor esto no funciona, ¿vale? —replicó, y, dando media vuelta, salió disparada hacia donde Gael, paralizado, contemplaba la escena. Anika se detuvo en cuanto le vio—. ¿De qué te has enterado?

La gente pasaba a su lado rozándoles, pero no parecía importar que alguien les oyera. Por un momento fue como si estuvieran ellos dos solos, como les había ocurrido a veces en el pasado.

—De lo importante, creo —contestó Gael.

Anika se encogió de hombros.

—Bueno, pues ahora ya sabes que soy una mala persona —soltó—. Que te vaya bien.

—Espera —dijo él.

Eso no estaba bien. Él había visto cómo se comportaba con Mason. Eso fue lo que había hecho tan difícil la ruptura entre Gael y Anika.

Ella se detuvo.

—No necesito otro sermón, Gael. —Miró a su alrededor y añadió inmediatamente—: Y menos delante de todo el mundo otra vez. De verdad que no.

Algunos de los que pasaban les miraban de soslayo. Ella tenía razón. Habría mucha actividad ese día en la fábrica de rumores. Sin embargo, Gael no quería darle un sermón. Era lo último que tenía en mente.

—¿En serio que acabas de romper con él?

Anika suspiró y Gael vio que empezaban a humedecérsele los ojos.

—No lo sé —respondió ella.

—¿Qué ha pasado? A Mason le importas de verdad. Estoy seguro de que hay una explicación para lo que haya hecho.

—Él no ha hecho nada. Aparte de mirarme con buenos ojos a pesar de que tú eras su mejor amigo.

Gael enarcó las cejas.

—¿Me estás diciendo que estás furiosa con él aunque, estrictamente hablando, fuiste tú la que me engañó?

Anika dejó caer los brazos a ambos lados.

—Esto es un desastre, lo sé. Pero..., bueno... —se interrumpió, y hurgó en su mochila y sacó un libro que puso en manos de Gael.

El karma de las relaciones: lo que hagas te será devuelto

Gael lo cogió. Parecía la clase de libro que su padre leería. De hecho, se parecía a uno de los que su padre ya le había pasado.

—¿Qué es esto? —preguntó.

—Es un libro que encontré en Amazon, ¿vale? Lo pedí después de tu cena de cumpleaños. No sé, me sentía un poco mal por haber sido un poco casquivana, ¿vale?

Gael negó con la cabeza.

—¡Qué vas a ser casquivana! Y, además, ¿quién dice «casquivana» hoy día?

—Da igual. —Cogió el libro y lo guardó en la mochila, mirando a su alrededor para comprobar si alguien había leído las refulgentes palabras de aquel título *new age*—. Básicamente dice que todo lo que empieza en caos termina en caos y que no es bueno acumular esas malas vibraciones en las relaciones. Afectará al karma de tus relaciones el resto de tu vida, y puede que también a las de tus vidas futuras.

Gael se rio.

—¿Necesitas que un libro te diga que no engañes a tu chico?

Ella cruzó los brazos.

—Mira, olvídalo. Siento habértelo dicho —contestó, y empezó a darse la vuelta.

Pero Gael le puso una mano en el hombro. Y en lugar de sacudírselo de encima, Anika se volvió para mirarle.

Él bajó la mano. Era el momento de la verdad, la oportunidad de exponer en detalle lo mal que se había portado con él, pero no con la histeria con que lo había hecho en su cena de cumpleaños. Esta vez sus palabras harían mella, estaba seguro. De hecho, esta vez ella estaba escuchando.

Sin embargo, Gael tuvo la sensación de que Anika era muy consciente de cuánto la había cagado.

Tuvo la sensación de que quizá debía preocuparse de su propio karma.

—Mira —empezó—, me hiciste daño, y eso no va a desaparecer así como así. —Ella hizo una mueca. Gael levantó la mano. Quería terminar lo que tenía que decir. Ella se miraba los pies mientras él hablaba—. Pero te presioné mucho al decirte tan pronto que te quería. Y sin duda tú reaccionaste de pena, pero, no sé, quizá tenía que suceder así. Quizá no habrías hecho algo tan demencial de no haber habido una buena razón. —Anika no decía nada, solo miraba las polvorientas baldosas del suelo. Había vuelto a ponerse los Merceditas de tacón rojos. A él le encantaban esos zapatos, aunque a ella ya no la quisiera—. Pero no estropees lo bueno que puedas tener con Mason a cuenta mía —dijo Gael finalmente—. La vida es demasiado corta como para no estar con la persona con la que quieres estar.

Sonó el timbre y Gael se marchó sin añadir nada más, sintiéndose extraña e increíblemente bien.

pasemos hasta de fingir que hacemos algo en el laboratorio, ¿vale?

GAEL ESTABA NERVIOSO CUANDO SE DIRIGÍA A QUÍMICA por la tarde. No había visto ni a Mason ni a Anika durante la comida, y le preocupaba que, a pesar de su discurso motivador, Anika no hubiera sido capaz de perdonar a Mason, o, con más exactitud, de perdonarse a sí misma.

Pero cuando su amigo entró, sus temores se disiparon al instante. Se le apreciaba claramente un poco de brillo de labios en la parte inferior de la boca.

Gael hizo un gesto de alivio. No habían estado discutiendo a la hora de la comida. Habían hecho las paces con un beso. Típico de Mason. Y de Anika, si vamos al caso.

Mason se sentó, radiante.

—Tío —dijo Gael—, sé que eres famoso por haberte maquillado en alguna ocasión, pero de verdad que ya no es necesario. Ya hace tiempo que no me atormentan los imbéciles de secundaria.

—¿Eh?

Gael le señaló debajo del labio inferior.

—¡Ooohhhh! —exclamó, y se echó a reír—. Me has pillado. ¿Resulta extraño?

Gael afirmó con la cabeza.

—Sí, pero no pasa nada.

Los dos se rieron.

Era día de prácticas de laboratorio de química, y Gael y Mason se pasaron la clase entera haciendo poco o nada con el microscopio.

En cambio, hablaron de la madre de Gael y Mason le animó a escuchar lo que tuviera que decir, pero Gael no quería. Ya sabía suficiente.

Y la reserva que Mason había hecho para cenar con Anika esa noche era en el 411 West, el restaurante romántico más molón de Chapel Hill. Gael se rio para sus adentros imaginándose al desgarbado de Mason delante de un mantel blanco e intentando acertar a la hora de coger los cubiertos.

Finalmente hablaron de Cara.

—Así que vas a verla esta tarde, ¿eh? —le preguntó Mason—. ¿Y será la tarde?

La señora Ellison pasó a su lado, y por un momento Gael hizo como que ajustaba su microscopio.

—Sí —respondió—. No sabía cómo cancelar la cosa. Y tampoco sé si debería.

Mason arqueó una ceja.

—¿Estás seguro de que no le gustas a Sammy? —inquirió.

¿Lo estaba?, pensó Gael.

(En este instante me entristecí mucho, porque en el fondo yo sabía que Gael no debía estar seguro, que aún tenía una posibilidad, pero también sé que aunque los románticos se enamoran con ardor, se toman el rechazo con más ardor aún, sobre todo al principio.)

Gael estaba seguro de una cosa, de que Sammy tenía razón. El momento lo era todo. Quizá si las cosas hubieran ocurrido antes... Si no se hubiera distraído con Cara... Pero ¿cómo podía competir con su novio del instituto? Sammy amaba a John. Era algo tan evidente cuando ella hablaba de él antes de que este la dejara... ¿Cómo iba Gael a competir con eso?

(Los románticos aman profunda y maravillosamente, pero su peor defecto es que en su fuero interno dudan de que haya alguien que pueda corresponderles con la misma fuerza.)

—No creo que vaya a suceder con Sammy —dijo Gael finalmente.

Mason garabateó sandeces en la ficha de trabajo, fingiendo que hacía algo cuando la señora Ellison echó un vistazo. Un minuto después replicó:

—Cara es guay. Te gusta. ¿Y qué si no es el amor de tu vida? A lo mejor lo es en este momento.

los pros y los contras de salir con gael, según la lista improvisada de sammy

PROS:

- ~~OJOS BONITOS~~
- ~~TIENE 18 AÑOS~~
- CINÉFILO
- ~~PARECE QUE TRATABA MUY BIEN A ANIKA ANTES DE QUE ELLA LA CAGARA~~
- ~~PODEMOS HABLAR SOBRE PRÁCTICAMENTE CUALQUIER COSA~~
- BUEN HERMANO MAYOR + SU FAMILIA ME QUIERE
- ~~SE COMPORTA COMO SI YO LE GUSTARA, COMO SI LE GUSTARA MUCHO~~
- ES GAEL

CONTRAS:

- ESTÁ EN EL INSTITUTO
- TIENE 18, ES MUY JOVEN AÚN
- OBSESIONADO CON WES ANDERSON, AUNQUE SUS PELIS NO SON TAN BUENAS
- UN CINÉFILO TENDRÍA QUE HABER VISTO ALGUNA PELI DE TERROR X INICIATIVA PROPIA
- ES EL HERMANO MAYOR DE LA NIÑA A LA QUE CUIDO
- SI REALMENTE LE IMPORTARA ANIKA ¿SE HABRÍA METIDO EN OTRA RELACIÓN TAN DEPRISA??
- HABLA DEMASIADO
- ~~DEMASIADO MAJO~~
- SUS OJOS NO SON TAN BONITOS
- SI REALMENTE YO LE GUSTARA NO ESTARÍA LANZÁNDOSE A LOS BRAZOS DE CARA

el beso: primera parte

LA TARDE SE PRESENTÓ Y, POR MUY NERVIOSO QUE ESTUVIERA Gael, había llegado el momento de ver a Cara. El mes de soltería que ella misma se había impuesto había terminado oficialmente, y Gael había decidido seguir el consejo de Mason. ¿Por qué no? Estaba a gusto con Cara, por lo general. ¿Qué más podía pedir?

Hacía un calor poco habitual para el mes de noviembre, y Cara había propuesto hacer un pícnic en el campus de abajo.

Cuando él cruzaba el campus, había estudiantes lanzándose *frisbees* y bebiendo de vasos que probablemente contenían algo más que café, aprovechando uno de los últimos días agradables del otoño.

(Dato curioso: al menos cinco futuras parejas se conocerían en el campus ese viernes. Había algo en el inminente invierno que empujaba a la gente a emparejarse.)

Gael vio a Cara desplegada delante de la Biblioteca Wilson. Estaba sentada sobre una manta roja e incluso llevaba un vestido de lunares.

—¡Vaya! —exclamó al acercarse y sentarse a su lado—. ¡Qué guapa estás!

—No te hagas el sorprendido —rio ella.

—Sabes que no es esa mi intención.

Ella sacó un par de sándwiches y le dio una taza caliente de papel.

—He comprado los cafés con leche en el Daily Grind —dijo risueña—. No es tan bueno como el de Starbucks, en mi opinión, pero recuerdo que comentaste que es tu preferido.

—No tenías que molestarte tanto.

—No ha sido ninguna molestia. Toma un sándwich.

Gael lo cogió agradecido y comió, impaciente por hacer algo. Charlaron un poco, del tiempo, del café, de lo mal que lanzaban los *frisbees* unos chavales que estaban cerca de ellos.

Finalmente se terminaron los sándwiches y los cafés y ya no quedó nada que los distrajera.

Cara se movió hacia Gael y él vaciló, pero enseguida le rodeó los hombros con el brazo. Ella se arrimó un poco más, con el vaso vacío aún entre las manos, y empezó a romperlo en trocitos, mientras Gael le acariciaba el hombro. No sabía muy bien cómo proceder.

Finalmente, cuando el vaso estaba deshecho, Cara levantó la vista hacia él, él la bajó hacia ella, ambos se acercaron y sus labios se rozaron por segunda vez.

una sola cosa en la cabeza

FRANCAMENTE, ME PREOCUPABA UN PELÍN ESE BESO. Pero cuando eché un vistazo en la mente de Gael para ver si aún tenía alguna posibilidad de que la cosa funcionara, esto, lectores, es lo que vi:

«SAMMY, SAMMY, SAMMY, SAMMY, SAMMY, SAMMY, SAMMY…».

Y antes de que nuestra querida amiga y monógama en serie empiece a daros pena, he aquí lo que Cara estaba pensando:

«Seguro que el siguiente beso me gustará más».

«Seguro que llegaremos a entusiasmarnos el uno con el otro».

«Seguro que, al menos, tendré a alguien con quien salir las próximas semanas…».

¡Bingo! Daba la impresión de que mi plan no iba descaminado.

el beso:
segunda parte

GAEL ESTABA BESANDO A CARA CUANDO OYÓ RUIDO DE pisadas que se acercaban.

No había tenido tiempo ni de figurarse qué pasaba cuando un enorme chico que jugaba al *frisbee* chocó de espaldas contra él y se le cayó encima, separándole de Cara.

—¡Pero... qué narices...! —gritó Gael.

El chico se levantó enseguida y cogió su *frisbee*.

—Perdona, tío. No te había visto.

(Lo único que tuve que hacer fue mandar el *frisbee* mucho más lejos de lo debido. Algunas veces, os lo aseguro, mi trabajo está chupado.)

—¡Imbécil! —le chilló Gael al chico cuando este echó a correr. Luego se volvió hacia Cara y le preguntó—: ¿Estás bien?

Esta asintió despacio, más aturdida que otra cosa. Y entonces, de repente, pareció como si hubiera comprendido algo, resuelto un problema, caído en la cuenta de algo importante...

(¡Era yo otra vez! Les había dado el tiempo suficiente para reflexionar, para separarse del beso, para verlo como era en realidad.)

—Tengo que volver a mi habitación a estudiar —dijo Cara, levantándose y empezando a guardarlo todo.

Gael ni siquiera intentó detenerla. Al contrario, él se levantó también y la ayudó a recoger. Había entendido perfectamente lo que quería decir.

—Sí, no te preocupes —repuso con amabilidad—. Yo también tengo cosas que hacer.

Y así, amigos míos, la inoportuna relación de rebote que Gael había establecido con Cara llegó oficialmente a su fin.

atrapar a un ladrón

UNA VEZ CARA HUBO RECOGIDO TODAS SUS COSAS Y los dos se hubieron despedido con un incómodo adiós, Gael pasó por La Tienda del Estudiante y se dirigió a South Campus todo lo deprisa que pudo. Con suerte, Sammy aún no habría salido para el aeropuerto. A lo mejor todavía tenía una oportunidad con ella, pensó esperanzado; a lo mejor todavía podía lograr que el momento fuera el oportuno para los dos.

Corrió deprisa, esquivando a estudiantes cargados de libros, a un tipo alto con un trombón y a una chica pequeñita con un enorme equipo de fotografía sujeto a la espalda.

Pero cuando llegó al campanario, se detuvo. Había un enorme problema. No tenía ni idea de dónde vivía Sammy. Sabía que en las residencias, sí, pero había un montón.

Intentó llamarla, pero el buzón de voz saltó inmediatamente.

Miró el reloj. Eran casi las cinco. ¿Le había dicho a qué hora era el vuelo? No lo recordaba, pero creía que no.

Se puso a andar de un lado a otro por delante del campanario, devanándose los sesos intentando recordar el nombre de su residencia. Recordaba vagamente que se lo había dicho una vez cuando iban a la conferencia sobre el cine de terror.

Hines no sé qué. Empezaba por H y tenía dos palabras, estaba casi seguro. Ella había hecho una broma acerca de que era como el motel Howard Johnson.

Pero aunque recordara el nombre, no tenía ni idea de dónde estaba.

Necesitaba un plano.

Con absoluta determinación, Gael se dio la vuelta y echó una carrera hasta La Tienda del Estudiante, donde pensó que podrían tener un plano.

Se tropezó con un «monstruo de ladrillo», como Sammy los llamaba, uno de los ladrillos sueltos de la acera, pero no llegó a caerse y siguió corriendo.

Subió las escaleras de dos en dos hasta la tienda. Una vez dentro, se abrió camino entre las hileras de sudaderas de la UNC y demás parafernalia hasta la zona de los libros. En un cesto había planos laminados, al lado de los libros azules que los estudiantes utilizaban para preparar los exámenes. Dio la vuelta a uno: costaba 3,99 dólares.

Gael lanzó una mirada hacia la caja. Una señora, que probablemente había acudido a la ciudad a ver un partido de fútbol, estaba discutiendo con la cajera acerca del descuento de una sudadera.

«A la mierda», pensó.

Echó un rápido vistazo a su alrededor, se guardó el mapa en el bolsillo y luego caminó, con toda la tranquilidad de la que fue capaz, hacia la puerta trasera.

—¡Oye! —dijo entonces una voz a sus espaldas. Se le erizó el pelo de la nuca—. Te he visto.

Gael se volvió rápidamente y vio a un tipo bajo y macizo que le miraba. El hombre tenía pinta de poder correr.

Sin pensar en las consecuencias, sin considerar el hecho de que casi seguro sería más fácil llamar malentendido a aquella situación y pagar el dichoso plano, sin pensarlo en absoluto, Gael agarró un expositor de sudaderas talla XL y lo tiró al suelo. La gente empezó a chillar a su alrededor cuando un manto de espíritu universitario cubrió el suelo.

Entonces corrió, como nunca lo había hecho, zigzagueando entre estudiantes confundidos y padres horrorizados hasta tener delante las puertas dobles y salir, salir al aire otoñal, bajar los peldaños de tres en tres, levantar la mano para parar el tráfico del campus y esconderse detrás de la torre.

El corazón le latía desbocado, tenía la ropa empapada de sudor y casi no podía respirar. Se quitó la sudadera e intentó recobrar el aliento.

Luego asomó la cabeza por un lateral de la torre y lanzó una mirada hacia la tienda. Al dependiente que le había pillado no se le veía por ninguna parte. Como tampoco a los polis del campus, ni a un encargado de tienda furioso ni a ningún equipo de antidisturbios.

Lo había conseguido. Nunca jamás había robado nada. No se le había pasado por la cabeza siquiera, y mucho menos participado en una persecución a pie a toda velocidad. La sensación era agradable, de lo más estimulante. ¡Aquel era el nuevo Gael Brennan, un fanático del romance!

La campana de la torre repicó cinco veces. Eran las cinco.

Como no quería perder más tiempo, desdobló el plano a toda pastilla y buscó los nombres que empezaban por H: Horton, Hardin, Howell... No había nada con dos nombres. Siguió buscando mientras los estudiantes pasaban a su lado charlando animadamente, entusiasmados ante el fin de semana.

Al final, abajo del todo, lo más lejos posible, lo encontró: Hinton James.

Tenía que ser la residencia de Sammy. Estaba seguro.

Si lograra llegar a tiempo...

guía del trotamundos
de la universidad de carolina del norte

CON LA SUDADERA EN UNA MANO, EL MAPA EN LA OTRA y la mochila a la espalda, a Gael le resultaba difícil correr en dirección a South Campus, que quedaba a unos buenos veinticinco minutos. En Stadium Drive tiró hacia el sur y no tuvo más remedio que ir un poco más despacio para recuperar el aliento. Si seguía a aquel ritmo, cuando llegara a la residencia de Sammy no le quedarían fuerzas para soltar el discurso que no había tenido tiempo de preparar.

—Estoy de camino —oyó Gael que decía alguien a su espalda, y, al darse la vuelta, vio a un hombre en un cochecito de golf, bajando por el sendero de ladrillo, que se acercaba a él.

A Gael se le ocurrió una idea que le hizo pararse en seco. Una idea disparatada. Pero ya había robado un plano, arrojado al suelo un expositor de sudaderas y huido.

¿Qué suponía un movimiento ridículo más en su campaña por llegar hasta Sammy a tiempo?

Gael levantó las manos, símbolo universal del que quiere que alguien se pare, delante de aquel hombre.

—¡Epa! —exclamó el conductor, aminorando la velocidad.

Gael se acercó corriendo a un lateral del cochecito y puso una mano en la carrocería de manera que el tipo no pudiera marcharse sin hablar con él.

—¿Adónde se dirige? —le preguntó.

El hombre llevaba un chándal azul y una gorra en la que ponía «atletismo de la unc». Tenía la cara surcada por las líneas de expresión típicas de la risa.

—A Dean Dome. ¿Hay alguna emergencia, hijo?

—Dean Dome está al lado de Hinton James, ¿verdad?

El hombre se ajustó la gorra y asintió.

—¿Quieres que llame a la policía del campus? ¿Ha pasado algo?

Gael negó enérgicamente con la cabeza.

—Verá, no es una emergencia, pero, bueno, un poco sí. No me pasa nada, no se preocupe, sencillamente tengo que llegar a Hinton James así como... ya.

El hombre se quedó callado, miró a Gael de arriba abajo y volvió a ajustarse la gorra.

—Bueno, pues sube.

Gael le dedicó una retahíla de fervientes gracias y se subió al asiento del pasajero.

El hombre se puso en marcha y enseguida el paisaje universitario empezó a pasar a la que parecía una velocidad de récord. Gael nunca había robado nada. Y nunca había hecho dedo. Desde luego que aquello no había sido hacer dedo exactamente, no como en una carretera, pero él se sentía fenomenal consigo mismo. No todo el mundo conseguía que le llevaran a South Campus sin ningún problema.

Tomaron otro sendero, dejando el estadio Kenan a sus espaldas.

—Bueno, ¿quién es ella? —le preguntó el hombre, sonriendo.

—Sí, se trata de una chica. ¿Cómo lo ha averiguado?

El hombre se rio cuando ya se alzaban ante ellos las residencias de ladrillo de South Campus.

—Es viernes por la tarde y te diriges a las residencias. Apostaría a que esta presunta emergencia no es porque no hayas entregado el trabajo de filosofía a tiempo.

Gael sonrió.

—Bueno, esta chica es increíble. Con eso lo digo todo.

El hombre se detuvo en la esquina de Manning y Skipper Bowles Drive.

—Tengo que dejarte aquí. La residencia está al final del sendero.

—Gracias —dijo Gael, cogiendo su mochila.

El hombre guiñó un ojo.

—Para eso estamos aquí. Ve a por ella.

la chica de la residencia de al lado

GAEL SE DIO CUENTA DE QUE HABÍA DOS SENDEROS cuando el cochecito de golf ya se alejaba. Dos residencias en aquella zona. Sacó el plano, pero en el estado de agitación en que se encontraba apenas distinguía la izquierda de la derecha, así que mucho menos el norte del sur.

Mierda, pensó, y entonces decidió jugársela y tirar por el camino de la derecha, corriendo sendero abajo a toda velocidad.

Cuando se acercaba a la puerta principal, Gael paró a un hombre con una sudadera de capucha con pinta de ser medianamente amable.

—¿Esto es Hinton James? —preguntó.

—Esto es Craige, tío —Mierda y mierda, pensó Gael, pero entonces el chico añadió—: Es la siguiente residencia.

Gael ni siquiera se paró a darle las gracias; simplemente se dio la vuelta y echó a correr.

Llegó a Hinton James en cuestión de minutos. Gracias a Dios, Sammy había mencionado en una ocasión que vivía en el último piso, así que, al menos, sabía eso.

Y por segunda vez gracias a Dios, los estudiantes entraban y salían constantemente, de modo que no tuvo que preocuparse por no tener llave.

Se coló tan campante por la puerta de doble hoja y fue derecho a los ascensores. Apretó el botón unas quince veces.

—Tranquilo, tío, ya bajará —le dijo una chica alta y flaca en ropa de deporte, mirándole con recelo.

Él se hizo el loco y se arriesgó.

—No conocerás a Sammy Sutton, ¿verdad?

La chica arqueó una ceja con evidente fastidio y echó un buen trago de su botella de agua.

—Sabes que en esta residencia viven unas mil personas, ¿no?

Mierda, mierda y mierda, se dijo Gael.

Finalmente llegó el ascensor, y, al entrar, evitó cruzar la mirada con la borde señorita mallas de yoga, apretando el botón del décimo piso.

La subida fue espantosa, pues parecía que el maldito ascensor iba a parar en cada uno de los pisos. Además, a todos se les veía superdespreocupados y relajados, supercontentos por estar de fin de semana. «Quitaos de en medio y dejadme pasar —quería gritar—. ¡Me juego algo muy importante!».

Después de lo que le parecieron horas, llegó al último piso. Para entonces Gael se había quedado solo. Lleno de ansiedad, daba saltos sobre los pies mientras las oxidadas puertas del ascensor tardaban una eternidad en abrirse.

Por fin se encontró fuera. La residencia era un laberinto, como un hotel cutre. Gael no sabía por dónde empezar, así que se encaminó hacia la primera puerta. Salió a una especie de balcón, vio el campus desde arriba, se dirigió hacia la derecha y entró en el primer pasillo. Allí había cuatro puertas. Una de ellas estaba abierta. Llamó a ella y asomó la cabeza.

En un ordenador sonaba una canción de Mumford & Sons, y un grupo de chicos pálidos sostenían sendas botellas.

—Perdonad, ¿conocéis a Sammy Sutton? —les preguntó sin muchas esperanzas.

—Paga la entrada y te responderemos —contestó uno.

—¿Eh?

—Un trago y tendrá su respuesta, señor —dijo el mismo chico.

Gael negó con la cabeza.

—Me sentará mal y...

Otro chico se encogió de hombros y terció:

—Pues no podemos decirte nada. Qué pena, pero ¿qué se le va a hacer?

—¿Me estáis tomando el pelo? —repuso Gael—. ¿No podéis indicarme cuál es su habitación?

El tercer chico se puso en pie y abrió el frigorífico.

—Vale, tío, entra. Si no es un trago de alcohol, uno de jugo de pepinillos en vinagre servirá —dijo, y sin esperar respuesta de Gael, sacó un tarro de pepinillos tamaño familiar y le puso un chupito con toda naturalidad, como si aquello fuera lo más normal del mundo. Luego se lo pasó a Gael y afirmó—: Todo el mundo tiene que pagar la entrada.

Gael inspiró profundamente. Olía a rayos, pero él se lo tomó de todos modos. Le puso todos los sentidos en alerta y le hizo fruncir los labios. Si Sammy supiera hasta dónde era capaz de llegar por encontrarla...

—¿Contento? —replicó Gael, devolviendo el vaso de chupito al tiempo que se le escapaba un eructo con sabor a encurtido. Los chicos aplaudieron—. ¿Ahora podéis decirme dónde vive?

—Claro, tío, pero no la conocemos.

—Tenéis ganas de fastidiar, ¿verdad? —saltó Gael, y salió de la habitación a toda prisa antes de que hiciera algo estúpido, como darle un puñetazo a alguno cuando probablemente todos fueran más fuertes que él.

Gael se dirigió al siguiente grupo de habitaciones. Había una puerta abierta y una chica diferente sentada en casi todas las superficies disponibles. Debía de haber unas ocho allí metidas, por lo menos.

—¡Eh! —exclamó una de ellas—. ¡Un tío!

—Oye, ¿conocéis a...?

Pero la chica no le dejó terminar.

—Me alegra que estés aquí, porque de verdad que necesitamos la opinión de un chico.

—¡Jessica! —gritó otra chica.

Pero Jessica desdeñó las aprensiones de su amiga con un gesto de la mano y empezó:

—Vale, la cosa es que anoche Madison conoce a un tipo en una fiesta, y el susodicho está en la misma clase de historia que ella, y se hace amigo de ella en Facebook, pero él le envía un mensaje que dice... —La chica se interrumpió para coger el teléfono de Madison y añadir—: Y cito: «¿Tú sabes cuál es la lectura obligada de historia?».

Todas las chicas se quedaron mirando a Gael.

—Sí —dijo él—. ¿Y?

Jessica alzó los ojos al cielo en un gesto de impaciencia.

—Pues el debate es: ¿lleva segundas intenciones o no? Lo pregunto porque sé a ciencia cierta que su compañero de habitación, con quien hablé anoche, está en la clase también. Entonces ¿por qué no preguntarle a él por la lectura?

Madison suspiró.

—Pero es que anoche hablamos de cosas mucho más interesantes. Y le dije que probablemente iría a ver a Breakfast Club, ese grupo que canta canciones de los ochenta, ¿sabes?, en Sigma Chi esta noche, y eso le deja una ventana superabierta para pedirme que salga con él. Pero, en cambio, ¿va y me envía un mensaje sobre la clase de historia?

Gael se encogió de hombros.

—Quizá esté tanteando el terreno.

Jessica rompió a aplaudir, junto con algunas de las otras chicas.

—¡Te lo dije! —exclamó.

Hasta Madison estaba contenta con la respuesta.

—A lo mejor, si le contestas, él mencionará el concierto —añadió Gael.

Más aplausos.

—Gracias, amable joven —repuso Jessica.

—Ahora soy yo quien necesita ayuda. —Gael cruzó los brazos—. ¿Conocéis a Sammy Sutton?

Angustiado, vio que las ocho chicas negaban con la cabeza. Salió de allí disparado: no tenía más tiempo que perder.

Las siguientes tentativas fueron también infructuosas. Interrumpió a chicas que estaban maquillándose para salir por la noche, a chicos que discutían sobre si pedir extra de queso en las pizzas o no, a un grupo grande que se arremolinaba alrededor de un ordenador portátil en el que se veían vídeos de YouTube...

Nadie conocía a Sammy. Estaba a punto de darse por vencido.

Finalmente Gael se dirigió a la habitación del fondo. Un chico estaba haciendo dominadas en una barra instalada en la entrada.

—¿Conoces a Sammy Sutton? —le preguntó Gael cuando el chico tocó la barra metálica con el mentón.

El tipo se bajó enseguida y se limpió las manos con una toalla que llevaba a la cintura.

—Sí —respondió—. Vive en este piso.

«Gracias a Dios», pensó Gael.

—¿Sabes dónde?

—Cruza esa puerta de ahí, sal por la otra, tuerce a la derecha, y es el segundo o tercer grupo de habitaciones, no estoy seguro del todo.

El chico debió de notar la cara de confusión y desesperación de Gael, porque se echó a reír inmediatamente.

—Vamos, te acompaño —se ofreció. Le condujo de vuelta por el pasillo hasta la sala de los ascensores y se volvió hacia él cuando cruzaron la puerta hacia el otro lado para preguntarle—: No serás un acosador, ¿verdad?

Gael negó con la cabeza.

—Sammy y yo somos amigos, pero he olvidado cuál es su habitación.

—Entendido. —El chico giró a la derecha y luego entró por una segunda puerta a un pasillo con cuatro habitaciones. Señaló la primera y aclaró—: Esa es, aunque no estoy seguro de que esté.

—Gracias, tío —dijo Gael, y el chico se dio la vuelta y se marchó.

Gael se quedó mirando la puerta. Había un montón de fotos absurdas y una pizarra blanca pegada a la puerta en la que se leía:

«¿A qué película pertenece la cita? ¡¡NO VALE BUSCAR EN GOOGLE!!».

Gael se rio. Por supuesto, solo Sammy utilizaría preguntas sobre películas a modo de decoración.

Entonces se fijó en la cita que estaba justo debajo: «Muchos hombres creen que soy un concepto, o que les complemento, o que van a sentirse vivos conmigo. Pero solo soy una chica confusa que busca su propia paz interior, no me asignes la tuya».

Debajo de la cita había varios intentos por adivinar de qué peli era con diferentes caligrafías.

Embriagado de amor.
Lost in Translation.
El lado bueno de las cosas.
Pero Gael sabía que no era ninguna de esas.
Sabía también que Sammy aún pensaba en él. Tenía que ser así.
Cogió el rotulador que había colgado sobre la pizarra y escribió:
¡Olvídate de mí!
Y entonces llamó a la puerta.

cómo perder a una chica en diez minutos

GAEL OYÓ UN ARRASTRAR DE PIES AL OTRO LADO DE LA puerta y el estómago se le subió a la garganta. Si era ella, ¿qué iba a decirle? «¡No te vayas! ¡Planta a tu exnovio y vente conmigo!». Todas las palabras que se le ocurrían le parecían horriblemente cursis y patéticas.

Daba igual. Era demasiado tarde para echarse atrás. Y, de todos modos, no quería.

Finalmente la puerta se abrió.

Se le cayó el alma a los pies. No era Sammy.

—¿Qué quieres? —le preguntó una chica pelirroja. Gael se figuró que debía de ser la compañera de habitación de Sammy.

—Eeeh..., ¿está Sammy?

—¿Y tú quién eres? —replicó la chica, apoyándose contra la puerta abierta.

—Soy Gael. Un amigo de, bueno, Sammy cuida a mi...

—Ah, sí, sé quién eres —afirmó la chica mientras esbozaba una gran sonrisa. Gael notó que se ponía colorado. «Eso tiene que ser una buena señal, ¿verdad?», pensó, pero la sonrisa de la estudiante se desvaneció tan deprisa como había llegado—. Sammy no está aquí. Acaba de irse al aeropuerto, hará unos diez minutos. Podrías intentar llamarla al móvil, aunque creo que lo tenía descargado. Se ha ido con mucha prisa.

Él asintió.

—Sí, ya la he llamado y no contestaba.

La chica se encogió de hombros.

—Inténtalo de nuevo. Probablemente pueda cargarlo una vez llegue al aeropuerto.

Gael retrocedió, con el ánimo por los suelos.

—Bueno, gracias de todos modos.

—Buena suerte, Gael —dijo la chica, y después de volver a sonreír, cerró la puerta.

Él se quedó allí un minuto más, incapaz de moverse.

Diez minutos. La había perdido por unos miserables diez minutos en los que había estado bebiendo jugo de pepinillos y analizando mensajes de Facebook.

Sammy le había dicho que el momento lo era todo, pero hasta ese instante no se había dado cuenta de cuánta razón tenía.

consejos familiares: el montaje de piper

GAEL SE SENTÍA DEMASIADO MAL CONSIGO MISMO COMO para pensar siquiera en volver a casa andando, así que optó por el autobús de Chapel Hill. Intentó llamar a Sammy otras dos veces durante el trayecto, e incluso dejó un ridículo y embarazoso mensaje de voz en el que, como un imbécil total, decía: «Hay algo importante de lo que me gustaría hablar contigo». Pero fue inútil, el teléfono seguía apagado.

Para cuando llegó a casa, se sentía peor que nunca. Era demasiado tarde. Sammy volaría a Baltimore, John pondría toda la carne en el asador para compensarla por haberla engañado, y entonces regresarían todos los sentimientos del pasado. Lo que hubiera habido —o casi habido— entre él y Sammy se convertiría en un recuerdo lejano.

Piper y su madre estaban en el comedor cuando él entró, preparando un carrusel de diapositivas de Halloween en el MacBook.

La mujer esbozó una débil sonrisa y Piper saludó a su hermano con un alegre «Hola», pero él no tenía fuerzas para responder con entusiasmo, de modo que pasó junto a ellas sin decir nada. No soportaba la idea de estar con nadie.

Gael se dirigió a su habitación, dejó la mochila en el suelo y cerró la puerta con llave. Puso ¡*Olvídate de mí!* en el lector de Blu-ray. Probablemente se deprimiría, pero quería estar deprimido.

Poco después el picaporte hizo ruido.

—Largo —dijo—. No me encuentro bien.

El picaporte se movió aún más.

—¡Quiero entrar!

—Piper, ¡déjame en paz! —gritó él.

El picaporte dejó de moverse, y cuando Gael oyó que los pasos de su hermana se alejaban por el pasillo, arrancó la película.

Sin embargo, menos de un minuto después el movimiento del picaporte se vio sustituido por un insistente aporreo.

Gael se levantó de la cama y abrió de golpe la puerta.

—Por Dios, Piper, ¿qué problema tienes? —le espetó.

—Mamá quiere saber si esta noche vas a ir a casa de papá y si vas a llevarme a mí luego.

—No lo sé —dijo Gael, y se dispuso a cerrar la puerta, pero Piper la empujó con todas sus fuerzas, así que él se rindió y le permitió entrar.

—No puedes fallar otra vez. Ya fallaste la semana pasada y la anterior. Y sin ti no es tan divertido.

—Vale. Te llevaré a casa de papá y todos lo pasaremos en grande. ¿Ahora me dejas en paz, por favor?

—Pareces triste —comentó Piper mientras se sentaba en la cama.

—No quiero hablar de eso —replicó Gael, volviendo a tumbarse.

—Eso quiere decir que de verdad estás triste, porque no has dicho que no lo estés.

—¿Y?

—¿Vas a decirme por qué? Se me da bien escuchar. Eso dice papá.

Y entonces, puede que porque Piper a veces podía ser endiabladamente dulce, o porque él se sentía tan mal que necesitaba compartirlo con alguien, lo soltó. Todo. Cómo se había dado cuenta de que quería estar con Sammy, el robo del plano, el recorrido hasta su residencia y, por último pero no menos importante, su total y absoluta incapacidad para impedir que ella fuera a reunirse con su ex.

Para cuando Gael terminó, Piper estaba boquiabierta. Pero cerró la boca a la velocidad del rayo, cruzó los brazos y ladeó la cabeza.

—¿Qué? —preguntó él.

Ella agitó los brazos de manera teatral.

—¿Y qué haces aquí todo alicaído en lugar de ir a buscarla?

Gael levantó las palmas de las manos.

—Quizá era una señal. No tenía que ser. De todos modos, seguro que se habría ido a la mierda.

Piper resopló.

—Deberías decir a la «porra».

—Bueno, probablemente se habría ido a la porra, ¿vale?

Piper negó con la cabeza.

—No, eso no es cierto.

—¿Has visto a papá y a mamá? Al final siempre hay algo horrible que lo estropea todo. Los finales felices solo ocurren en las películas de Disney. Paso de soportar toda esa infelicidad, gracias.

—Mamá dice que aún quiere a papá —replicó Piper, cruzándose de brazos—, solo que de otra manera.

—Ah, ¿sí? —se burló Gael.

—Sí, de verdad. Le pregunté si le entristecía haberse casado con papá porque ahora llora mucho, y ella me dijo que volvería a hacerlo. Dice que cuando se conoce a alguien tan maravilloso como papá, hay que luchar por esa persona.

—No me creo que haya dicho eso.

Piper asintió enérgicamente con la cabeza.

—¡Es cierto!

Él hizo una pausa.

—¿En serio?

—Ajá.

Gael se quedó callado un momento. Por un lado, las palabras de su madre hacían que se sintiera mejor. Aunque no le compensaran por todas las cosas malas que había vivido en los últimos meses, al menos querían decir que no siempre todo había ido mal.

Por otro lado, eso daba aún más miedo.

Podías amar a alguien, elegir a la persona adecuada, entregarle la vida entera y aun así. Podías. Terminar. Herido.

Le dolía el corazón por su padre. Y por su madre, ya puestos.

Y por él mismo, Piper y todo el mundo.

Gael no quería volver a sufrir. Pero, en el fondo, sabía que de alguna manera todo aquello significaba sufrir. Que todos aquellos grandes sentimientos solo sucedían cuando dejabas el corazón en manos de otro. Podían aplastarlo, como hizo Anika. Podían cambiar de opinión después de veinte años, como su madre.

Pero quizá perdérselo fuera peor que acabar sufriendo, pensó Gael. Quizá Mason tuviera razón, quizá fuera mejor amar y perder que abstenerse de jugar.

—¿Te dijo Sammy con qué compañía viajaba? —preguntó Gael.

—No —respondió Piper.

Gael suspiró. Claro que no. ¿Por qué iba a hacerlo?

—Pero mamá lo sabrá —añadió Piper—. Ella la llevó al aeropuerto. Ha vuelto hace un rato.

Gael saltó de la cama y se calzó a toda pastilla.

—Te quiero, Piper —dijo mientras se dirigía a la puerta.

—Lo sé —replico ella con toda naturalidad.

Nunca debería haberla dejado ver *La guerra de las galaxias*.

hora punta

LA MADRE DE GAEL A PUNTO ESTUVO DE CAERSE DE LA silla cuando oyó que a) a su hijo le gustaba Sammy y b) quería ir al aeropuerto a toda prisa guiado por un ridículo y gran gesto romántico. Pero no solo le dio la información del vuelo, sino que mandó a Piper a casa de los vecinos e insistió en llevarle ella misma.

No hablaron mucho, aunque su madre condujo como una loca, dando volantazos para adelantar coches, pisando el acelerador a fondo, forzando su vehículo inteligente al máximo.

Eran las 6:45 de la tarde cuando llegaron al aeropuerto de Raleigh-Durham y vieron una enorme hilera de coches en la terminal de salidas.

—A la porra, ¡echaré a correr! —exclamó Gael.

Su madre asintió y él alargó la mano hacia la puerta.

—Te quiero, Gael —dijo ella. Él se volvió a mirarla. Ella respiró hondo—. Y quiero que sepas que quiero a tu padre y que quiero a tu hermana. Y siento mucho todo el daño que he causado. Siento mucho hacerte pasar por todo esto. —Se le entrecortó la voz un poco, aunque enseguida recuperó la compostura—. Pero eso no cambia lo mucho que os quiero a todos. Por favor, no lo olvides. Lo que ocurre es que a veces la gente se distancia.

Gael hizo un gesto con la cabeza. No tenía tiempo para aquello, pero deseaba desesperadamente oír lo que tuviera que decir. Seguía sin saber cuál era la verdadera razón por la que había dejado a su padre.

—¿Y eso qué significa? —le preguntó.

Su madre suspiró.

—El año que viene tú irás a la universidad. Y Piper crecerá aún más rápido. Tu padre está contento. Eso es lo que él quiere. Vosotros, Chapel Hill, su trabajo y demás.

—¿Y tú qué quieres? —inquirió Gael, a quien ya le empezaba a temblar el labio inferior—. ¿Marcharte y no volver a vernos?

Ella negó con la cabeza.

—¡Claro que no! No hasta dentro de muchos años, al menos. Pero, más adelante, no sé, a lo mejor… O a lo mejor viajo. A lo mejor llevo a Piper a Francia un verano. A lo mejor dejo la enseñanza y me dedico a otra cosa.

—Pero ¿por qué todo eso no puede hacerse con papá?

Su madre se miró las manos y luego a él otra vez.

—Porque no es lo que quiere tu padre. Él necesita a alguien que esté ahí. Yo necesito a alguien que quiera seguir moviéndose. Y durante mucho tiempo pensé que con vosotros dos tendría suficiente, y os quiero tanto que me siento culpable de pensarlo siquiera, pero también deseo vivir para mí.

Gael se quedó mirando a su madre. A la mujer que había estado a su lado todos los días desde siempre, a la mujer que había hecho algo tan inesperado como eso, a la mujer a la que, hasta aquel momento, Gael no había visto como una persona independiente, con su propia vida y sus propios problemas, que no giraban alrededor del hecho de ser su madre.

(Y aunque estaba hablándole a Gael, de alguna manera estaba hablándome a mí también. Angela Brennan era una soñadora[7] en lo que al amor se refiere —siempre lo había sido— y quizá, por terrible que fuera, creía que Arthur ya no era su sueño.)

—Tengo que irme, mamá —anunció Gael.

(De repente deseé con mucha fuerza que Gael la perdonara. Porque, de repente, yo la había perdonado.)

Ella sonrió.

—Lo sé. Solo quería decirte eso. Te esperaré en el aparcamiento para estancias breves. Tómate el tiempo que necesites.

Gael salió del coche a toda prisa, cerrando la puerta detrás de él, y ella empezó a mover el coche.

(A él le di un último empujoncito.)

---

[7] Soñador: aquel que ve el amor como el acto supremo de realización personal, buscando desafío y crecimiento constantes. Eso puede conducirle a un permanente deseo de definir y mejorar la relación, hacer planes de futuro y perder la fe cuando el futuro no es lo que había imaginado. Sin embargo, también puede construir unas relaciones románticas y unos lazos emocionales increíblemente profundos.

Gael se encaminó hacia las puertas correderas, pero entonces se dio la vuelta, corrió hacia el coche de su madre y pegó un golpecito en la ventanilla.

Ella la bajó.

—¿Has olvidado el teléfono, cariño?

Gael negó con la cabeza.

—Solo quería decirte que yo también te quiero, mamá.

¡que no!, primera parte

GAEL SE APRESURÓ A CRUZAR LAS PUERTAS QUE LLEvaban a la Terminal 2 con el corazón a mil por minuto.

Milagrosamente, no había nadie haciendo cola. A lo mejor el universo estaba cuidando de él aunque solo fuera por una vez, pensó.

(El universo siempre ha cuidado de ti, Gael.)

Se acercó al mostrador. El plan que su madre y él habían esbozado camino al aeropuerto consistía en comprar un billete para el mismo vuelo, de manera que Gael pudiera pasar el control de seguridad y con suerte detener a Sammy. Tenía unos trescientos dólares en su cuenta corriente, y su madre le había adelantado otros cien; rezaba para que fuera suficiente.

La mujer del mostrador aparentaba unos treinta y tantos años, tenía capas y capas de maquillaje y las cejas arqueadas, y eso le daba un aire de permanente buen humor.

—Hola, ¿qué desea?

—Me gustaría comprar un billete para el vuelo siete-cuatro-cinco que va a Baltimore —dijo, procurando parecer medianamente calmado.

—Llega un poquito justo, ¿no le parece? —replicó, y su sonrisa forzada se hizo aún más amplia. Gael se encogió de hombros como con vergüenza—. En fin, veamos si queda algún sitio libre. —Se puso a teclear furiosamente mientras movía las cejas arriba y abajo casi cada vez que le daba al *enter*. Finalmente anunció—: Está usted de suerte, señor. Nos queda un asiento. ¿Le parece bien la clase turista?

Gael afirmó con la cabeza. Menos mal; no quería ni pensar lo que costaría un billete en primera clase.

—Me parece perfecta.

—Estupendo —dijo la mujer—. El total con impuestos y gastos incluidos es de mil doscientos seis dólares con treinta y tres céntimos.

¡Ostras!

Gael tardó un minuto en encontrar las palabras.

—¿Ese es el precio de la clase turista? ¿Solo ida?

La mujer movió la cabeza afirmativamente, con una sonrisa un poquito menos radiante. Le había calado, estaba seguro.

—¿Quiere que se lo reserve, señor?

—¿Es lo más barato que tienen? —preguntó. Había supuesto que sería un poco caro, por comprarlo en el último momento y tal, pero ¿mil puñeteros dólares? Vaya tela, pensó.

—Es la última plaza, señor. —Miró hacia atrás. Se había formado una cola en los pocos minutos que llevaba allí. La gente empezaba a impacientarse. Al igual que la poco antes jovial señora de los billetes—. ¿Quiere que se lo reserve, señor? —repitió.

Gael se quedó paralizado. ¿Qué narices iba a hacer ahora?

—Es que no estoy seguro de que mi amiga pagara tanto. Pensaba que... —empezó, pero dejó la frase en el aire.

Y fue entonces cuando la sonrisa de la mujer desapareció por completo. Le miraba fijamente, con los labios fruncidos, como si él fuera un niño travieso en una guardería.

—Esto no es Expedia, señor. No somos un buscador de vuelos baratos. Somos una compañía aérea. Y esta es una venta de última hora.

—Lo sé, pero...

—¿Quiere el billete o no, señor?

Entonces a Gael se le ocurrió una idea, vio un rayo de esperanza. No tenía que ir a Baltimore. Simplemente quería entrar en la terminal...

El hombre que estaba detrás de él carraspeó ruidosamente.

—No —respondió Gael—. Pero ¿hay algún billete para esta tarde que cueste menos?

La señora suspiró.

—¿Con qué destino, señor?

—El que sea.

—¿Cómo? —replicó la mujer, arqueando una ceja.

—No, verá, solo tengo que hablar con mi amiga, así que lo que necesito es un billete a donde sea que me permita entrar.

La mujer levantó las manos del teclado y cruzó los brazos delante del pecho.

—Donde sea no es lo que se dice un destino que introducir en el sistema, señor.

—Esto es increíble —rezongó alguien a sus espaldas.

La señora del mostrador simplemente le miraba, esperando.

—De acuerdo, ¿a Charlotte? —sugirió entonces.

La mujer volvió a teclear. Unos minutos después le informó:

—Hay un vuelo a Charlotte a las nueve en punto. —Hizo una mueca—. Vayamos directamente al precio total, ¿vale? Ochocientos noventa y dos dólares con cincuenta y dos céntimos.

¡Ostras…, Pedrín!

—¿Washington? —soltó Gael, echando un vistazo a su espalda.

El hombre que estaba justo detrás de él, en la primera posición de la fila, le miró y exclamó:

—¡Vas a conseguir que todos perdamos nuestro vuelo, imbécil!

La mujer, mientras tanto, siguió tecleando y luego anunció:

—Novecientos treinta y cuatro…

—¿Sabe qué? Déjelo —la interrumpió Gael, y se marchó con el sonoro aplauso de todos los que estaban en la cola.

sammy sutton, desconectada

SAMMY ESTABA EN UNA SILLA CERCA DE LA PUERTA C7, casi convencida de que había olvidado algo.

Había hecho la maleta a toda prisa, aunque había llegado al aeropuerto con tiempo de sobra. Pero como su compañera de habitación pasó de llevarla al aeropuerto (eso fue obra mía, que lo sepáis) y entonces le pidió a la señora Brennan que le hiciera el favor, estaba un poco… aturullada.

Abrió la bolsa y volvió a comprobarlo todo. Entonces se preguntó si John solo habría tonteado con la chica de la fiesta o habría algo más.

Ese pensamiento la impactó con tanta fuerza que le resultó imposible no tomarlo en cuenta: Gael nunca, nunca, jamás la habría engañado. Eso no iba con él. Gael no era de esa clase de chicos.

Hizo un gesto como queriendo quitarse esa idea de la cabeza. Con aquel viaje no pretendía alimentar la absurda chaladura que le había dado por un chico de instituto, un poco menor que ella. Con aquel viaje buscaba confiar en John. Restablecer lo que había habido entre ellos. Volver a encauzarlo.

Y, sin embargo, estaba segura de que había olvidado algo.

Contribuía a esa desazón el hecho de que tuviera el teléfono sin batería y que el cargador finalmente se hubiera estropeado después de llevar varias semanas funcionando mal.

Aunque suponía que tampoco importaba demasiado. Seguro que John iría a recogerla, y que tendría un cargador en Baltimore que podría prestarle.

De todos modos, no era como si trastear en internet fuera a calmarle los nervios, así que abrió *Cándido* y procuró no hacer caso de la ansiedad que se le acumulaba en el pecho.

¡que no!, segunda parte

A GAEL SE LE HABÍA OCURRIDO OTRO PLAN.

Vale, no podía permitirse comprar un billete, pero a lo mejor sí podía cruzar el control de seguridad. Tenía su carné de identidad. Ni siquiera llevaba una bolsa. Salvaría el detector de metales sin ningún problema. Solo tenía que convencer a alguien de que le dejara pasar.

Eran las 7:15. No le quedaba mucho tiempo, pero tenía que intentarlo al menos.

Se acercó al control de seguridad como si no pasara nada, como si lo tuviera todo en orden y fuera del personal del aeropuerto. Mostró su carné y una señora lo cogió.

—¿Su tarjeta de embarque?

Gael hizo todo lo posible por parecer joven e ingenuo.

—La tiene mi padre, y él ya ha pasado. Nos hemos separado. Cuando pase se la puedo traer.

La mujer bajó la cabeza, desconcertada.

—No puedo dejarle pasar sin tarjeta de embarque, señor. Puede solicitar una copia en el mostrador de la aerolínea.

Gael se mordió el labio.

—Es que voy a llegar tarde y tengo que pasar.

Ella se encogió de hombros.

—No es mi problema, señor. Hágase a un lado, por favor.

Mierda, pensó, y probó con otra táctica.

—Vale. Mire, solo necesito pasar el control de seguridad para hablar con una persona. Es muy importante que hable con ella ahora, antes de que coja el avión. Es una especie de emergencia. Y tiene el teléfono apagado. Así que si me deja pasar (atravesaré todos los detectores y demás como si tuviera tarjeta de embarque y obviamente no voy a poder subir a ningún avión sin ella), la buscaré y le diré lo que tengo que decirle.

La mujer se echó a reír, se quedó mirándole, esbozó una sonrisa...

¡Vaya! ¿Había funcionado su plan?

—No hay ningún problema, señor. Pero contésteme a una pregunta y le dejaré pasar.

¡Ahí va!, pensó Gael. A lo mejor resultaba que las cosas se habían relajado un poco. Había rumores de que ya ni siquiera había que meter los líquidos en bolsitas de plástico. A saber.

—Claro —dijo.

—¿Podría decirme cuándo es mi cumpleaños, señor?

—¿Su cumpleaños?

—Ajá.

—No lo entiendo. ¿Cómo voy a saber cuándo es su cumpleaños?

Ella esbozó una sonrisa aún más amplia.

—Verá, señor: al parecer cree que me chupo el dedo, así que alguien tan inteligente debería ser capaz de deducir la fecha de mi cumpleaños... —Mierda y mierda—. ¡Siguiente! —añadió la señora, y Gael no tuvo más remedio que apartarse de la cola.

Agachó la cabeza y se fue de allí. Había sido un estúpido creyendo que cualquiera de esas ideas funcionaría.

Pero entonces lo vio claro, vio un resquicio.

Literalmente. Un resquicio.

Había una abertura en la sección acordonada donde la gente hacía cola para pasar por el detector de metales. Era como si alguien hubiera reajustado la línea y se hubiera olvidado de cerrar ese hueco.

Volvió a mirar a la señora. En ese momento estaba ocupada con una familia: los niños gritaban y los adultos luchaban con varias sillitas.

Esa era su oportunidad.

Pasó con serenidad, con indiferencia, por aquel hueco y se puso a la cola detrás de una pareja que estaba muy acaramelada. Procuró no asustarse por lo que había hecho.

Y por un momento llegó a creer que lo había conseguido.

Pero entonces oyó «Apártese, señor» y «Hay un problema», y antes de que pudiera pensar siquiera en salir de la cola, dos de los tipos más altos e imponentes de la Agencia de Seguridad Aérea que había visto en su vida le tenían rodeado.

—Va a tener que acompañarnos.

Mierda, mierda y mierda.

un iphone milagroso

SAMMY TENÍA EL CINTURÓN ABROCHADO, YA HABÍAN puesto el dichoso vídeo con las instrucciones de seguridad y el avión estaba preparándose para despegar. Ya no había vuelta atrás.

Y estaba bien, se dijo a sí misma. A veces necesitas tomar una decisión y permitir que pase lo que tenga que pasar. Se alegraba de no poder cambiar las cosas ya. Se alegraba de estar camino de ver a John.

Se agachó a por el bolso para sacar un chicle, porque los oídos siempre le daban guerra durante los despegues y los aterrizajes, pero cuando lo asió, se le cayó el teléfono y este fue a parar al suelo, junto a sus pies.

De repente descubrió que la pantalla estaba iluminada.

Cogió el teléfono. No solo estaba encendido, sino que además tenía un 87 por ciento de batería. ¿Y eso?, se preguntó. ¿Cómo había sucedido? ¿Estaría perdiendo la cabeza?

Sammy creía que su bisabuela cuidaba de ella desde el cielo y abrigaba la idea de que había vida en otros planetas. E incluso a veces pensaba que tenía alguna percepción extrasensorial. Pero había una cosa sobrenatural en la que desde luego no creía. Y era en que su iPhone sin batería se cargara solo como por arte de magia. La duración de la batería era, literalmente, la pesadilla de su existencia.

Pero ahí estaba, encendido y a la espera.

Tenía tres nuevos mensajes.

Uno era de su compañera de habitación, Lucy, a las 5:00 pasadas.

adivina quién se ha presentado en nuestra residencia dispuesto a declararte su amor

Otro, también de Lucy, había llegado diez minutos después:

te dije que lo de john no era una buena idea

Y había uno de Piper, curiosamente, que tenía un teléfono solo para emergencias. Sammy, sus padres y Gael eran sus únicos contactos. Sammy jamás había visto a Piper escribiendo en el móvil.

hola sammy, soy piper, quizá no deberías subir a ese avión, solo es una sugerencia

Y lo que era más, a continuación comprobó que tenía tres llamadas perdidas y un mensaje de voz.

«Madre mía», pensó Sammy.

Antes de que pudiera ver de quién eran las llamadas, tenía a la auxiliar de vuelo encima.

—Señorita, tengo que pedirle que ponga el teléfono en modo avión.

—Solo necesito comprobar una cosa, por favor.

La auxiliar de vuelo levantó una mano y replicó:

—Señorita, estamos rodando por la pista. Debe ponerlo en modo avión. Ya.

La gente que tenía a ambos lados miraba la escena con interés.

—Déjeme mirarlo, por favor. Solo será un segundo. Se lo prometo.

—Señorita, no me haga repetírselo por tercera vez.

—Pero...

Sammy no terminó la frase. Lo que hizo fue pulsar el registro de llamadas. Las tres llamadas perdidas eran de Gael.

Y también el mensaje de voz.

—Ponga el teléfono en modo avión, señorita —repitió la auxiliar de vuelo.

—No —respondió Sammy, desafiante—. Por Dios, espere un momento.

Entonces la mujer se volvió hacia sus compañeros y les dijo:

—Tenemos una pasajera rebelde.

Inmediatamente se oyó un anuncio por el interfono.

—Todos los auxiliares de vuelo diríjanse a la parte posterior del avión, por favor.

Sammy oyó el ruido de tacones y mocasines que se deslizaban por la deslucida moqueta y se llevó el teléfono al oído.

La azafata estaba poniéndose tan colorada como su chaqueta de poliéster.

—Señorita, si no deja el móvil ahora mismo, no tendré más remedio que sacarla del avión. —Pero Sammy no dejó el teléfono. A la mujer se le tensaron los músculos del cuello contra el pañuelo de seda sintética—. Señorita...

Sin embargo, mientras oía la voz nerviosa de Gael, aquel comentario ni le importó.

«Que la echen del avión a patadas», podría haber gritado la señora, que a ella le daba exactamente igual.

De todos modos, no quería estar en aquel estúpido vuelo.

seguridad aérea
y arrumacos

GAEL LLEVABA UNOS CUARENTA Y CINCO MINUTOS EN el cuarto de detención de la Agencia de Seguridad Aérea. Eran las ocho pasadas. El vuelo de Sammy ya habría despegado, él estaba allí esposado, y lo más probable era que le acusaran de algún acto terrorista. Su madre alucinaría.

Le habían confiscado el teléfono, así que Gael no podía ni siquiera advertir a su madre de que estaba bien o distraerse de la aterradora tarea de imaginar cómo sería la vida en Guantánamo.

Entonces, finalmente, la puerta se abrió. Entró un hombre medio calvo, de mirada cansada y barriga prominente, con una libreta en la mano. Miró a Gael de arriba abajo y abrió la boca para decir algo, pero justo en ese momento se oyeron voces en el pasillo y el hombre volvió a salir, una mano en la puerta, oculto el cuerpo.

Por Dios, ¿acaso habrían llamado a alguien para sacarle información a base de torturas?, se preguntó Gael.

—¿Otro *milenial*? Esto es increíble —comentó el hombre—. Son peores que los terroristas. —Gael oyó una voz apagada, pero no entendió las palabras—. ¿Cómo que el otro cuarto está cerrado por reformas? Mike está aún de descanso. ¿Qué voy a hacer con ella? —Más palabras imposibles de oír, y luego—: ¿Parece violenta? —Y después de unos segundos—: De acuerdo, tráela aquí.

La puerta se abrió y Gael tuvo que parpadear dos veces para asegurarse de lo que estaba viendo. Allí, en el umbral, estaba Sammy Sutton.

A Gael el corazón amenazaba con estallarle.

Ella también iba esposada, pero entró tan tranquila.

Cuando Sammy le vio, dio un grito ahogado. Sin embargo, en cuestión de segundos, la expresión de asombro que había en su cara se transformó en la sonrisa más adorable del mundo.

—Hola, forastero —dijo alegremente.

—Hola —replicó Gael.

El hombre miraba a Sammy y a Gael alternativamente.

—Vosotros dos no os conocéis, ¿verdad? —Gael negó con la cabeza rápidamente. Sammy hizo otro tanto. El hombre arqueó las cejas, pero no insistió. Sacó una silla del otro lado de la mesa y le dijo a Sammy—: Toma asiento. Tengo que llamar a mi compañero para que te busque otro sitio.

—Vale —repuso ella.

Mientras se sentaba, miró a Gael arqueando las cejas.

—Intentad no confabularos ni nada parecido mientras estoy fuera —soltó el hombre, dirigiéndose hacia la puerta—. Y encima es viernes... —farfulló entre dientes cuando salía de la habitación.

Sammy miró para atrás para asegurarse de que la puerta estaba cerrada.

—Vaya, no esperaba verte por aquí —dijo, apoyando las manos, esposadas, en la mesa, a escasos centímetros de las de él.

—Yo tampoco.

Gael se inclinó hacia delante y otro tanto hizo ella. Estaban tan cerca que creyó que iba a enloquecer.

—¿Y qué me cuentas? —le preguntó ella, acercando sus manos hacia las de él como si fueran un imán.

Gael sosegó la respiración.

—Intentaba burlar el control de seguridad para convencerte de que no subieras a ese avión. —Sus manos se encontraron con las de ella y con el pulgar empezó a dibujar círculos en su palma. De repente notó calor en todo el cuerpo—. ¿Y tú?

Ella sonrió con picardía.

—Milagrosamente mi teléfono se puso a funcionar justo cuando íbamos a despegar. Puede que no me haya mostrado muy dispuesta a colaborar cuando me dijeron que no podía escuchar tu mensaje de voz...

Gael sintió que se sonrojaba.

—De todos modos, no deberías haber escuchado ese mensaje de voz —dijo—. Es patético y embarazoso.

Ella se rio y se acercó aún más.

—No esperaba menos de ti.

—Oye, ese comentario no es muy amable... —replicó Gael sin retroceder ni un milímetro.

La cara de Sammy estaba a escasos centímetros de la de él cuando habló, tan cerca que solo tenía que susurrar para que la oyera.

—Y seguro que nunca te he gustado porque soy una buenaza, ¿verdad, señor Brennan?

—Tú lo has dicho...

Y entonces él se inclinó y apretó los labios contra los de ella.

Y fue increíblemente fantástico.

Fue como siempre había querido que fuera, fue lo que unas semanas antes ni siquiera sabía que quería. Fue justo como tenía que ser, estaba seguro...

Sammy se echó hacia atrás.

—Sabes a pepinillos —comentó.

Gael rompió a reír.

—Es una larga historia —dijo.

—Estoy deseando oírla.

Gael volvió a besarla, y la sensación fue maravillosa, tan emocionante, tan como tenía que ser, que apenas oyó que la puerta se abría.

—¡Oh, por favor! —exclamó el hombre de seguridad—. ¡A mí no me pagan por aguantar estas sandeces!

nota final de amor

¡AH!..., ¿NO OS ENCANTAN LOS FINALES FELICES?

Si os estáis preguntando si de algún modo contribuí a que finalmente Gael y Sammy se unieran, pues os diré que por supuesto que sí.

Puede que fuera responsable de que el teléfono de Sammy se encendiera inexplicablemente. Y puede que me encargara de poner el cartel de «cerrado por reformas» en la única otra sala de interrogatorios de la Terminal 2.

También hice algunos trucos más que no voy a explicar. Al fin y al cabo, debo mantener un aire de misterio.

La verdad es que aquello era lo mínimo que podía hacer después del desastre que había organizado.

Nunca podría compensárselo a los padres de Gael, y quizá, al final, era así como todo tenía que ser. Quizá, como Piper le recordó a Gael (y a mí), el amor que se profesaban ahora, aunque diferente, era igual de importante. Quizá el final feliz que les estaba reservado era distinto al que yo había imaginado.

Lo que quiero decir es que si he aprendido algo de todo este desastre, es que no siempre tengo razón, sin duda.

Pero he estado ahí para Gael y Sammy.

Iban por el buen camino y su amor estaba listo para alcanzar su plenitud.

Ahora lo único que debo hacer es esperar veinte años a que la gran película de Gael salga a la luz.

Y, creedme, me las arreglaré para conseguir entradas para el estreno...

Bueno, y ahora perdonadme la grosería, pero tengo que interrumpir aquí mi pequeño discurso.

Hay un chico esperando en el aeropuerto de Baltimore con un oso de peluche, globos y una caja de bombones en forma de corazón. Un chico que se quedará devastado cuando se dé cuenta de que Sammy no bajará del avión.

Y, para ser sincero, me espera un duro trabajo.

Porque John, como Gael, es un romántico de marca mayor.

¡Ay, Dios!

Allá voy.

agradecimientos

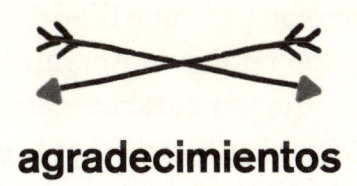

ENORMES GRACIAS A LAS MUCHAS PERSONAS (Y LOS muchos lugares) que hicieron posible la escritura de este libro.

A Annie Stone, por su prodigiosa perspicacia, sus llamadas telefónicas durante las vacaciones y su buena disposición para abordar notas de edición vía mensaje de texto: no podría haberlo hecho sin ti, y en el futuro prometo (intentar) no hacerte invertir tanto tiempo de tu vida personal en mí. Y a Josh Bank, Sara Shandler y la familia Alloy: sois ese soñado grupo de trabajo que no sabía que quería. Muchas gracias también a Emilia Rhodes por arriesgarse con mi escritura y esta historia. Y a Danielle Rollins: nuestras... reuniones semirregulares en Rye resultaron ser mucho más productivas de lo que ninguna de las dos habríamos imaginado.

A Anne Heltzel, por querer a Gael, ese incorregible soñador, tanto como yo, y por creer en este libro con todo el corazón de una persona a la que le encantan las historias de amor. Y al equipo entero de Abrams: chicos, vosotros sabéis cómo hacer que un autor se sienta apoyado.

A mi agente, Danielle Chiotti: tú y el equipo de Upstart Crow sois sensacionales. Muchísimas gracias.

A la ciudad de Chapel Hill, por acogerme y proporcionarme algunos de los cuatro mejores años de mi vida. Y al personal de la Cosmic Cantina: gracias por saber lo que quería durante cuatro años, y perdón por robaros la salsa picante una o dos veces. Al Hall of Hottness: a vosotros os debo lo que Chapel Hill significa para mí.

A mi madre, a mi padre y a Kimberly: no solo habéis apoyado mi vocación literaria, sino que también sois una pandilla de adictos al cine, como yo. Mamá, gracias por haberme descubierto a Hitchcock cuando era pequeña. Papá, gracias por llevarme a ver todas las *Guerras de las Galaxias*, a pesar de que el cine quedaba muy lejos. Kimberly, gracias por ver conmigo toda la sección de terror del videoclub. No podría haber escrito un libro sobre un cinéfilo sin ti. Y a *Farley*: no estoy segura de si las películas que vemos juntos te dicen algo, pero una vez ladraste como un loco al ver al malo de *Sicario*, así que me gusta pensar que sí.

Finalmente, a mis solteras (y exsolteras) de Nueva York: gracias por enfrentaros a la locura del mundo de las citas amorosas de Brooklyn conmigo de manera que tuviera suficiente material para construir una comedia romántica. Y a Thomas, por sacarme de dicho mundo y no temer su lado romántico.